Katja Brandis

GEPARDEN SOMMER

Für Sofia

FSC
www.fsc.org
MIX
Papier aus verantwortungsvollen Quellen
FSC® C110508

1. Auflage als Arena-Taschenbuch 2020

Rottendorfer Straße 16, 97074 Würzburg

Dieser Roman erschien erstmals in anderer Ausstattung 2009
im Verlag Carl Ueberreuter, Wien.
Dieses Werk wurde vermittelt durch die Autoren- und
Projektagentur Gerd F. Rumler (München)
Umschlaggestaltung: ZERO unter Verwendung von Bildmaterial
von FinePic®, München; Gettyimages / Photolibrary /
© Martin Harvey; Stocksy / © Carey Sha
Gesamtherstellung: Westermann Druck Zwickau GmbH
ISSN 0518-4002
ISBN 978-3-401-51162-7

Besuche den Arena-Verlag im Netz:
www.arena-verlag.de

PROLOG

Ein kräftiger Wind war aufgekommen und die Luft schmeckte nach Staub.

Geduldig bewegte sich der Wanderer nach Osten; seine Vorderpfote schmerzte, wo sich ein Dorn hineingebohrt hatte. Doch das war vergessen, als er in der Ferne die hellbraunen Rücken von Springböcken erkannte.

Das hohe Gras verbarg ihn, während er sich anschlich. Er merkte kaum, wie es seine Flanken streichelte; geduckt kroch er weiter. Doch er setzte zu früh zum Lauf an, die Antilopen sahen ihn und preschten davon. Er rannte mit ganzer Kraft und schaffte es doch nicht, sie einzuholen. Enttäuscht blieb er stehen und blickte den Springböcken nach. Wie hatte seine Mutter es nur geschafft, sie zu erwischen? Bei ihr hatte es immer so leicht ausgesehen.

Seine Pfote schmerzte jetzt noch stärker und der Hunger wühlte in seinem Bauch, stahl ihm die Kraft aus dem Körper. Seit seine Mutter gestorben war, getötet von dieser großen hellgrauen Antilope mit den furchterregenden Säbelhörnern, hatte er keine richtige Mahlzeit mehr gehabt. Nur dieses junge Warzenschwein, und das war auch schon ein paar Sonnenumläufe her.

Es war kein schlechtes Revier, kein anderes Männchen in der Gegend, aber länger als ein paar Tage würde er nicht mehr durchhalten. Vielleicht sollte er doch versuchen, eine dieser weiß-braunen, durchdringend meckernden Ziegen zu erwischen, vor denen seine Mutter ihn gewarnt hatte.

Was konnte schlimmer sein als dieser Hunger?

EIN UNFALL UND EIN GESCHENK

Wäre ich in diesem Winter zu einer Wahrsagerin gegangen, hätte sie mir – wenn sie etwas taugte – ziemlich seltsame Dinge erzählt. Dass für mich die Sonne bald aus dem Norden scheinen würde statt aus dem Süden. Dass ich Dutzende Raubkatzen persönlich kennenlernen würde … und einen Jungen, der es sogar wert war, dass ich für ihn das Gesetz brach.

Nur die wenigsten Wahrsagerinnen hätten sich getraut, mir zu sagen, dass erst jemand sterben musste, bevor all diese Dinge geschehen konnten.

Es war Frodo, der starb. Nicht der Hobbit natürlich, der ist immer noch irgendwo in Mittelerde dabei, seine haarigen Füße zu kämmen. Frodo war mein Kater. Ich hätte nie gedacht, dass er überfahren werden würde, weil er ein Stadtkater und so klug war, dass er ungelogen einmal nach rechts und links guckte, bevor er eine Straße überquerte. Aber diesmal hatte es ihn erwischt und ich kniete auf der Straße neben ihm, streichelte ihn zum letzten Mal und sah kaum noch etwas vor lauter Tränen.

»Es ist bestimmt schnell gegangen, Lilly, er hat sicher kaum was gemerkt«, versuchte mich meine Mutter zu trösten.

Was für eine dämliche Bemerkung. Wie kann man »kaum was merken«, wenn einem ein Metallmonster das siebte Katzenleben aushaucht? Frodo würde mich nie wieder wecken, indem er morgens auf der Bettdecke herumtrampelte und mir zärtlich ins Ohr prustete. Und das wahrscheinlich nur, weil jemand unbedingt austesten musste, ob sein blöder BMW es auf einer Landstraße im Odenwald bis hundertsechzig schafft, auch wenn Schnee liegt und jeder vernünftige Mensch die Karre sowieso in der Garage lässt.

Ich verzog mich zu Harry, unserem Eichhörnchen, das in einem hohlen Baum hinter unserem Haus lebt. Harry könnte jederzeit in den Wald zurück, bleibt aber bei uns, weil er süchtig nach Cashewnüssen ist. Außer ihm tummeln sich bei uns noch drei Border Collies, zwei Schildkröten, ein Papagei, fünf Wüstenspringmäuse und ein pensioniertes Springpferd namens Silver. Aber die Schildkröten hatten sich für den Winter irgendwo eingegraben und eigneten sich sowieso nicht zum Knuddeln und Trösten, Silver lebte in einem Stall auf der anderen Seite von Michelstadt, der Papagei schlief noch und Harry und die Springmäuse hatten eher Grund zum Feiern – sie waren immer in Gefahr gewesen, als Frodos Snack zu enden.

Harry turnte von einem Ast herunter, sprang mir auf die Schulter und untersuchte meine Hand mit den winzigen Pfötchen, um herauszufinden, ob ich ihm eine Cashew mitgebracht hatte. Traurig kraulte ich sein samtweiches rotes Fell und ging gleichzeitig das Telefon holen, um Sofia anzurufen.

»Ach du große Scheiße«, sagte sie, als sie hörte, was passiert war. »Ich komme gleich rüber.«

Sofia hat eine Menge dunkler Locken, ganz liebe Augen und einen ihrer Meinung nach viel zu großen Hintern. Sie gehört zu denjenigen, die den Test bestanden haben – den Test, bei mir daheim einzulaufen und weder das Gesicht zu verziehen noch nach einer Viertelstunde zu flüchten. Als Sofia zum ersten Mal zu Besuch kam, war ihre Hose nach fünf Minuten von Frodos Haaren übersät, eine der Schildkröten lief stur wie ein Panzer immer wieder gegen ihren Schuh und Harry machte sich daran, in ihren Locken ein Nest zu bauen. Sofia verzog keine Miene. Alles, was sie sagte, war: »Kann ich ihn mitnehmen, falls er in meiner Frisur einschläft?«

Dann mussten wir beide furchtbar lachen.

Jetzt gerade war mir aber nicht nach Lachen zumute. Sofia nahm mich in den Arm und versprach: »Wir organisieren ein tolles Begräbnis für Frodo.«

Ich nickte und wieder stieg die Traurigkeit in mir hoch, erstickte mich fast. Geduldig reichte Sofia mir noch ein paar Taschentücher.

»Hoffentlich versuchen meine Eltern nicht, mir eine neue Katze zu besorgen«, presste ich hervor.

»Sag ihnen doch einfach, dass du das nicht willst«, meinte Sofia und gab mir gleich die ganze Packung.

In drei Wochen war mein sechzehnter Geburtstag und nebenbei auch noch Weihnachten. Ich habe das Pech, am zweiundzwanzigsten Dezember geboren worden zu sein. Das bedeutet, dass die Geschenke alle eine Nummer kleiner ausfallen, weil kein Mensch es sich leisten kann, gleich zweimal hintereinander etwas schön Teures zu schenken. Also bekomme ich immer nur Sachen wie ein neues Gesellschaftsspiel oder ein paar Bücher und kann den Rest des Jahres schauen, wie ich über die Runden komme.

Meine Eltern nickten, als ich ihnen sagte, dass sie mir bitte keine Katze schenken sollten. »Hätten wir sowieso nicht gemacht«, meinte mein Vater. »Oder hältst du uns für so unsensibel?«

Ich musste zugeben, dass sie das nicht waren. Das könnten sie sich gar nicht erlauben, weil sie sonst ernsthafte Probleme mit ihren Kunden bekämen. Meine Mutter ist Psychologin und mein Vater Tierarzt, beide haben ihre Praxis im Haus. Wenn man so aufwächst, härtet das enorm ab. Ich mache mir schon seit Jahren einen Spaß daraus zu raten, mit welchen Problemen die Leute wohl zu meiner Mutter kommen. Dass ich anfing, sie im Wartezimmer auszufragen, kam bei meiner Mutter allerdings nicht sonderlich gut an. Seither helfe ich lieber bei meinem Vater in der Praxis mit, was nicht nur Spaß macht, sondern auch den Vorteil eines zusätzlichen Taschengelds mit sich bringt.

Ich hätte nie damit gerechnet, *was* mir meine Eltern schließlich schenken würden. Erst war ich verblüfft, weil auf dem Tisch außer einem kerzengespickten Erdbeercremekuchen nicht gerade viel lag. Ein Buch und ein neuer Rucksack, aber das war es auch schon. Na toll, noch weniger als sonst. Dabei ging es meinen Eltern beruflich blendend, denn Tiere hören nicht einfach auf, krank zu werden, und Krisen sind für Psychologen auch nicht gerade schädlich, weil in solchen Zeiten alle ihren Zuspruch umso dringender brauchen.

Auf den zweiten Blick sah ich den kleinen Umschlag neben dem Kuchen. Aha, ein Gutschein. Meine Eltern strahlten, als ich ihn nahm und mit dem Fingernagel aufriss. Meine Güte, die waren ja stolz auf sich. Ein klein bisschen misstrauisch zog ich das Blatt daraus hervor. Las es mir durch, was ziemlich schnell ging, weil nur ein Satz darauf stand. Dann wurde ich ziemlich blass, glaube ich. Vor Freude und vor Schock.

»Dafür gibt es aber nicht viel zu Weihnachten, Lilly«, sagte meine Mutter und spielte an ihrer Holzperlenkette herum.

»Die ganze Familie hat zusammengelegt«, erzählte mein Vater bestens gelaunt. »Tante Betty und Onkel Klaus, deine beiden Omas und wir. Um dich ein bisschen zu trösten wegen Frodo.«

»Du hast zwar gesagt, keine Katze, aber die hier sind ja auch ein paar Nummern größer …«, nahm meine Mutter den Faden auf.

Ich glotzte noch einmal auf den Gutschein in meiner Hand. Darauf stand:

> In den nächsten Sommerferien darfst du vier Wochen lang auf der Farm OUNENE EÚLU in Namibia mitarbeiten – bei einem Projekt, das sich dem Schutz der bedrohten Geparden widmet.

»Du sagst ja gar nichts.« Mein Vater klang besorgt. »Gefällt es dir nicht?«

Gerade in diesem Moment hatte ich den Schock überwunden und stieß einen gellenden Schrei aus, der unsere Border Collies in Deckung gehen ließ. Geparden! Ich mag zwar Hunde, Hamster und Wellensittiche – all die Wesen, die mein Vater tagtäglich behandelt – sehr. Aber wilde Tiere sind noch mal etwas anderes. Einfach toller. Und es ist erstaunlich, dass Harry bei seinen Besuchen in meinem Zimmer noch keinen Herzanfall bekommen hat, weil die Wände mit Bildern von Tigern, Jaguaren und Geparden dekoriert sind.

Dass mich meine Eltern vier Wochen allein nach Afrika lassen wollten, wunderte mich nicht besonders. Ihre Vorstellung von einem erholsamen Urlaub ist Trekking im Himalaja. Das ganze Jahr sparen sie, wo sie können – ich weiß gar nicht mehr, wann ich zuletzt etwas gegessen habe, was nicht von ALDI war –, um im Sommer ihre Praxen zumachen und in irgendeinen entlegenen Winkel der Welt aufbrechen zu können. Unfairerweise ohne mich – ich werde gewöhnlich in irgendein Jugendzeltlager am Plattensee oder zu meinen Großeltern nach Lübeck abgeschoben. Aber es sah so aus, als wäre ich jetzt endlich auch mal dran mit den Abenteuern!

Sofia hatte die Weihnachtsferien blöderweise bei ihrem Familienclan verbracht, ich konnte ihr erst nach den Feiertagen von dem Gepardengeschenk erzählen. Schon in der ersten Pause suchte ich nach ihr – und fand sie bei den Schließfächern. Mit ihrem neuen Freund Marco, den sie bei einem Zirkusprojekt kennengelernt hatte. Die beiden küssten sich und sahen nicht mehr, was um sie herum vorging. Das gab mir einen kleinen Stich ins Herz. Auf irgendeine geheime Art wusste Sofia, wie das mit dem Flirten funktionierte. Obwohl sie kein Modelgesicht hatte, gab es immer Jungs, die sich für sie interessierten. Ich gönnte es ihr, fragte mich aber, warum das bei mir nie klappte.

Freunde hatte ich jede Menge. Jonas Thompson zum Beispiel, der mich für den einzigen Menschen hielt, der seine surrealen Theaterstücke verstand, und Fabian, der ständig versuchte, mich auf Konzerte von irgendwelchen schrecklichen Indie-Bands mitzuschleppen. Aber verlieben? Ich war nicht mal sicher, ob Jonas oder Fabian mich überhaupt als Wesen wahrnahmen, in das man sich verlieben könnte.

Lautlos machte ich mich aus dem Staub und ließ Sofia und Marco allein. Zum Glück erwischte ich Sofia und meine andere Freundin Ricarda noch mal vor Ende der Pause und endlich konnte ich meine Neuigkeiten loswerden. Wie ich mir schon gedacht hatte, freuten sich beide für mich, starben aber fast vor Neid. »So viel zum Thema verwöhntes Einzelkind«, stichelte Sofia, spielte mit ihren großen roten Ohrringen und seufzte theatralisch. Sofia hat zwei Brüder, der eine studiert schon und liegt seinen Eltern, wie man so schön sagt, ordentlich »auf der Tasche«, der andere ist eine zehnjährige Nervensäge.

Es war nicht sehr nett von Sofia, mir vorzuwerfen, dass ich keine Geschwister habe. Ich hätte gerne welche, nur haben meine Eltern die Kurve nicht mehr gekriegt, wahrscheinlich, weil sie zu viel mit ihrer Selbstverwirklichung beschäftigt waren.

»Ja genau«, sagte ich zu Sofia. »Als verwöhntes Einzelkind habe ich eine gesellschaftliche Verantwortung und die praktiziere ich, indem ich Geparden rette!«

»Tun's normale Katzen nicht auch? Du könntest im Tierheim aushelfen.«

»Hab ich doch schon! Gib's auf, du schaffst es nicht, mir ein schlechtes Gewissen zu machen.«

Ricarda hatte nachdenklich zugehört. »Und … äh, hast du keine Angst? Ich meine, Raubkatzen sind nun mal gefährlich … und sie wissen vermutlich nicht, dass du sie nur retten willst.«

»Na, das muss ich ihnen eben vorher erklären.« Es wunderte mich, dass gerade Ricarda so etwas fragte. Sie ist zwar schüchtern und verträumt, aber sie hat ein Faible für große Tiere. Drachen. Anakondas. Wale. Und Elefanten, weil sie so viel Persönlichkeit haben.

»Vielleicht verstehen die Geparden kein Deutsch«, wandte Sofia ein.

Bevor ich antworten konnte, klingelte es schon zur nächsten Stunde. Physik, Sofias Lieblingsfach; meins ist Biologie und Ricarda freut sich unerklärlicherweise besonders auf Französisch und Kunst.

Am Nachmittag – es war erst vier Uhr, aber schon fast dunkel – jagte ich mit meinem Rennrad erst zur Klavierstunde bei der immer viel zu stark parfümierten Madame Joliet, danach zur Bibliothek. Um mir einen Stapel Bücher über Namibia zu besorgen. Denn bisher wusste ich zu meiner Schande nur ganz grob, wo das in Afrika lag. Sorgfältig in eine Plastiktüte eingepackt, reisten die Bücher zu mir nach Hause, denn es begann schon wieder zu regnen, eine eklige Mischung aus Schnee und Regen, nichts Halbes und nichts Ganzes.

Ich zog mich in meine Dachkammer zurück, warf mich

aufs Bett und schlug das erste Buch auf. Der warme Schein meiner Leselampe fiel auf apricotfarbene Wüste, Sträucher, Antilopen.

In einem halben Jahr ist es so weit, dachte ich ehrfürchtig. Dann füttere ich keine Eichhörnchen mehr, sondern Raubkatzen.

Es fiel mir noch ein wenig schwer, daran zu glauben.

DIE KATZEN VON OTJIWARONGO

Nein, die Geparden verstanden kein Deutsch. Aber dafür Englisch. Und das war gut so, sonst hätte ich sie an meinem ersten Tag auf Ounene eúlu vielleicht gar nicht zu Gesicht bekommen.

»Come heeeeere, come heeeere«, sang die junge schwarze Helferin, sie hieß Dessie Amathila, wenn ich es richtig verstanden hatte. Ich ließ den Blick gespannt über das gelbbraune Gras schweifen, über die niedrigen, knorrigen Bäume, die hier und da aufragten, über die Pfotenspuren im rötlich braunen Sand auf der anderen Seite des Maschendrahts. Das Gepardengehege, vor dem wir standen, war so groß, dass man den Zaun auf der anderen Seite nicht sehen konnte. Herrlich viel Platz für Katzen, die in Freiheit den ganzen Tag herumstreifen, rastlose Wanderer auf der Suche nach Beute. Aber was, wenn sie sich den ganzen Tag irgendwo auf der anderen Seite des Geheges herumtrieben und wir nicht mal ein Schnurrhaar von ihnen zu Gesicht bekamen? Das kannte ich aus dem Wildpark. Da durfte man ein Waldstück bewundern, in dem sich angeblich Wölfe oder Elche herumtrieben, aber zu sehen waren sie doch nie. Dann witzelte man, dass sie wahrscheinlich Urlaub machten, und ging enttäuscht weiter zu den Kamerunschafen.

Normalerweise war das völlig okay. Aber nicht jetzt. Ich war übermüdet, die afrikanische Sonne schälte mir gerade die Haut von der Nasenspitze, die vollen Futterschüsseln in meinen Händen wurden immer schwerer und ich wollte jetzt sofort einen Geparden sehen. Oder noch besser, gleich mehrere.

Nichts rührte sich im Gehege.

»Macht nichts«, sagte Dessie und grinste, als sie meine enttäuschte Miene sah. »Wahrscheinlich sind sie gerade ziemlich weit weg. Aber wenn wir reingehen, kriegen sie das mit und sind schnell da. Sie wissen, dass wir ihr Fresschen dabeihaben.«

»Äh, Moment mal – wir gehen da rein?«

Jetzt lachte Dessie über das ganze Gesicht. Das war ein toller Anblick. Ihre Haut hatte einen warmen dunklen Braunton und ihre runden Backen glänzten. »Ja, klar gehen wir da rein. Oder willst du die Schüsseln lieber über den Zaun werfen? Davon kriegen sie Dellen.«

»Das wäre mir aber lieber, als irgendwas abgebissen zu kriegen …«

»Ach, keine Sorge. Hock dich im Gehege nur nicht hin und mach keine unerwarteten Bewegungen. Sonst sehen sie dich, wenn du Pech hast, als Beute.«

Dessie entriegelte das erste Tor und winkte mir zu, ihr zu folgen. Eingeschüchtert tappte ich hinter ihr her und klammerte mich an den Blechschüsseln fest. Was wahrscheinlich keine gute Idee war. Vielleicht kamen die Geparden gleich aus dem Nichts angerast und stürzten sich auf ihr Futter und damit gleichzeitig auf mich.

Sorgfältig schloss Dessie das erste Tor wieder und entriegelte dann das zweite Tor.

O mein Gott, wir waren drin.

Es war nicht so, dass mein ganzes Leben wie ein Film vor mir ablief, aber immerhin die letzten Monate, seit meine Eltern mir diesen Gutschein geschenkt hatten. Erst mal war alles so weitergegangen wie gewohnt und das mit Namibia blieb völlig unwirklich, auch wenn ich so vielen Leuten davon erzählte, dass ich schließlich sogar von Unbekannten in Papas Praxis darauf angesprochen wurde.

Dann, auf einmal, waren es nur noch drei Tage bis zum Abflug. Ich packte meinen Koffer, packte ihn gleich wieder aus, um einen größeren zu nehmen, entschied mich doch für eine abgewetzte Reisetasche und stopfte meine Sachen dort hinein. Wuselte hektisch in der Wohnung herum, um Mückenspray und eine Nagelschere und meine Trinkflasche zu suchen. Hatte Albträume, in denen ich mein Flugzeug verpasste, und war am Tag der Abreise ein nervliches Wrack.

Sofia kam mit, als Papa mich zum Flughafen fuhr, und ihr war es offensichtlich nicht ganz geheuer, wie ich mich benahm. »Bist du sicher, dass du nicht schon einen Herzinfarkt hast, *bevor* du die ersten Raubkatzen siehst?«, fragte sie und legte mir fürsorglich den Arm um die Schultern.

»Ich glaub's nicht – jetzt habe ich doch tatsächlich den Ersatzakku für meine Kamera vergessen!«, jaulte ich auf.

»Können wir am Flughafen kaufen«, sagte mein Vater und seufzte.

Ich glaube, sie waren alle froh, als ich endlich im Flugzeug saß und auf dem Weg nach Afrika war.

Viele Stunden später gab der Pilot durch, dass wir jetzt über Namibia flogen, und ich beugte mich halb über meinen Sitznachbarn, damit ich mal aus dem Fenster schauen konnte. Und bekam einen Schreck. Das sah richtig schlimm aus! Wie eine Mondlandschaft. Zerfurchtes, karges Land. Die Berge hellbraun, umbrafarben, rötlich braun, ocker, graubraun. Nur hier und da eine Spur von staubigem Graugrün. Man sah, dass die Regenzeit schon eine Weile her war.

Die Landebahn des Flughafens Windhoek war ein schmaler grauer Streifen in einem unendlich weiten, sonnenverbrannten Nichts.

Aufgeregt hastete ich durch das kleine Flughafengebäude und entdeckte gleich meine Abholerin – eine rundliche, gut gelaunte junge Frau, die ein Schild mit *Lilly Jonassen* hochhielt. Meine erste Begegnung mit Dessie. Sie lotste mich in einen Jeep, auf dessen Seite *Cheetah Foundation* stand und ein rennender Gepard aufgemalt war, und dann ging es mit quietschenden Reifen los. Erst huschte draußen die Savanne vorbei, danach die Hauptstadt Windhoek und schon waren wir wieder draußen auf einer schnurgeraden, geteerten Straße nach Norden. Dort wartete eine Polizeikontrolle auf uns, aber nach einem kurzen Blick auf unsere Ausweise winkte uns der Uniformierte gelangweilt durch.

»Danke, dass du mich abgeholt hast«, sagte ich zu Dessie, sie verstand und sprach zum Glück richtig gut Englisch. »Wie lange brauchen wir bis Ounene eúlu?«

»Ach, so drei Stunden, schätze ich – es ist in der Nähe von Otjiwarongo«, meinte Dessie und steckte sich eine getrocknete Aprikose und ein paar Cashewnüsse in den Mund. Ich merkte mir gleich, wie der Ort richtig ausgesprochen wurde: »Otschiwarongo« hatte Dessie gesagt.

Sie erzählte mir, dass Ounene eúlu in einer der Ovambo-Sprachen *Großer Himmel* bedeutete, aber warum die Farm so hieß, hörte ich nur halb mit, weil ich zu sehr damit beschäftigt war, die Landschaft anzuglotzen. Wir kamen gerade an einem dreieckigen Warnschild vorbei. Es war kein springender Hirsch darauf, sondern ein Warzenschwein. Doch das, was kurz darauf über die Straße lief, war kein Warzenschwein.

»Cool – das sind ja Paviane!«, jubelte ich, kurbelte eiligst das Fenster herunter und steckte den Kopf hinaus. Es war ein ganzer Affenclan, der auf allen vieren über die Straße schlenderte – Männchen mit graubrauner Mähne, Weibchen mit Babys, die sich an ihren Bauch klammerten, übermütig herumgaloppierende Jungtiere.

»Steig besser nicht aus, die beißen«, sagte Dessie und ich nahm die Hand wieder vom Türgriff.

Ja, ich war endlich angekommen. Das hier war Afrika. Als Dessie wieder aufs Gas trat und mich die Beschleunigung in meinen Sitz drückte, hatte ich ein seliges Lächeln auf dem Gesicht.

Es war immer noch da, als wir am späten Nachmittag in Ounene eúlu eintrafen und in einer Staubwolke durch das Eingangstor mit dem Gepardenlogo brausten. Das flache, braun getünchte Hauptgebäude mit dem geschwungenen Dach schmiegte sich in die Buschsavanne, als wäre es eines

Nachts aus dem Boden gewachsen. Gewaltig und tiefblau wölbte sich der Himmel Namibias darüber und ich musste nicht weiter fragen, wie die Farm zu ihrem Namen gekommen war.

Ich wuchtete mir meine Reisetasche über die Schulter und taumelte hinter Dessie her, am Hauptgebäude vorbei und immer weiter in den Busch hinein bis zu einer runden Hütte mit einem Solarkollektor auf dem Dach. Es gab zwei Betten mit schwarz-rot-weißen Wolldecken, darüber an der Decke befestigt Moskitonetze. Klo und Waschbecken, das war's auch schon. Eine Dusche sichtete ich zum Glück auch – draußen unter freiem Himmel, in einer gemauerten Nische.

»Warmes Wasser?«, fragte ich hoffnungsvoll.

Dessie grinste. »Wenn die Sonne scheint, schon. Macht sie hier meistens.«

»Strom?«

»Ja klar. Aber nur bis neun Uhr abends.«

Wir gingen wieder rein. Neugierig beäugte ich das zweite Bett und die Besitztümer in der anderen Ecke des Raumes. Ein kleiner Stapel Tops und Hosen, eine dürre Giraffenstatue aus honigfarbenem Holz, ein Buch über Bestellungen beim Universum und eins mit dem Titel »Sorge dich nicht – lebe!«, ein Notizbuch, das über und über mit Gesichtern beklebt war, alle aus Zeitschriften herausgerissen.

»Wer wohnt hier noch?«, erkundigte ich mich.

»Teresa. Sie ist auch Praktikantin. Aber gleich für ein ganzes Jahr.« Dessie strahlte mich an. »Was ist, magst du die Geparden begrüßen? Du kannst bei der Fütterung mithelfen. Im Gehege West, bei den Weibchen.«

»Sind sie eigentlich zahm?«

»Nein, das kann man nicht sagen. Die Geparden sind alle aus der Wildnis zu uns gekommen, weil sie in Freiheit nicht überleben konnten. Manche sind schon zu alt oder zu krank, um wieder ausgewildert zu werden, andere sind noch zu jung und unerfahren.«

Und jetzt stand ich hier, mitten im Gehege, und fühlte mich ein bisschen überrumpelt von all den neuen Erfahrungen und den vielen Raubkatzen um mich herum. Konnte es wirklich sein, dass Geparden weniger bissig waren als Affen, oder handelte es sich um ein schreckliches Missverständnis?

»Come heeeere, come heeere«, lockte Dessie noch einmal und dann waren sie da. Huschten wie gelbbraune Schatten aus dem Gebüsch. Glitten leichtfüßig über den Sandboden. Lugten aus dem hohen Gras mit ihren bernsteinfarbenen Augen und den schwarzen Tränenspuren auf den Katzengesichtern. Keine zehn Meter von mir entfernt. Weglaufen war sinnlos. Schließlich hatte ich es hier mit dem schnellsten Säugetier der Erde zu tun.

»Na, hab ich's nicht gesagt?« Zufrieden blickte Dessie sich um. »Die Hübsche da ist Ohani. Neben ihr schleicht sich gerade Njika an. Das da vorne ist Elai. Und die beiden dahinten, die sich nicht aus den Büschen trauen, sind Muina und die kleine Jola. Bisschen schüchtern, unsere Muina.«

Hastig tat ich es Dessie nach und stellte die Blechschüsseln mit dem Fleisch auf den Boden. Dann stand ich so steif da wie eine Playmobilfigur, während eines der Weibchen sehr nah an mir vorbeiging. Elai? Ich glaubte schon.

Wie groß und langbeinig sie war. Ich hätte mich nicht mal bücken müssen, um sie zu streicheln. Aber das kam mir in diesem Moment sowieso nicht in den Sinn.

»Wie schaffst du es, sie zu unterscheiden?«, flüsterte ich Dessie zu. »Für mich sehen sie alle gleich aus.« Ich staunte über die perfekt kreisrunden Flecken auf ihrem Fell, bewunderte die sehnigen Vorderläufe, die pelzigen Ohren, die jedem Teddybären Ehre gemacht hätten.

Dessie zuckte die Schultern. »Ach, sie auseinanderzuhalten, ist reine Übung. Die Flecken sind bei jedem unterschiedlich und die Augen und schwarzen Streifen im Gesicht sowieso.«

Wie aufs Stichwort blickte Elai hoch und sah mich forschend an. Ich verliebte mich auf der Stelle in sie, auch wenn ich immer noch ein bisschen Angst vor ihr hatte. Oh, wie herrlich sie war! Gelassen, ohne jede Scheu vor uns Menschen, kauerte die riesige Katze sich hin und begann, ihre Schüssel leer zu fressen.

Muina dagegen war das alles nicht geheuer. Halb geduckt, kroch sie näher, fauchte mich an und zeigte ihre dolchartigen Eckzähne. Befahl mir wahrscheinlich in Gepardisch, mich wegzuscheren, damit sie endlich an ihr Futter herankam. Nichts lieber als das. Langsam machte ich einen Schritt rückwärts, dann noch einen.

»So, während die Katzen abgelenkt sind, machen wir das Gehege ein bisschen sauber«, meinte Dessie und marschierte durch das Gras, begann, mit einer Zange irgendetwas vom Boden aufzuheben und in einen Eimer fallen zu lassen. Vorsichtig folgte ich ihr und sah, was Dessie da einsammelte: große, blank abgenagte Knochen.

»Aha, jetzt weiß ich endlich, was ihr mit den letzten Praktikanten gemacht habt«, unkte ich.

Dessie blickte mich mit hochgezogenen Augenbrauen an und holte dann eine kleine Schaufel aus ihrer Ausrüstungstasche. »Ja, und du wirst gleich merken, was wir mit den jetzigen Praktikanten machen. Rat mal, wofür das gut ist.«

Ich musste nicht lange raten, weil ich gerade reingetreten war. Und ja, es stank ganz ähnlich wie das, was mein Kater Frodo immer so gründlich im Garten vergraben hatte.

Auf dem Rückweg sah ich meine neue Chefin – allerdings nur aus der Ferne. Sie streifte, ein Stück vom Hauptgebäude entfernt, durch kniehohes Steppengras, an ihrer Seite war ein Gepard, er ging ruhig und frei neben ihr.

»Jamie Edwards und King«, sagte Dessie. »Sie hat ihn mit der Hand aufgezogen, seither sind die beiden ein Herz und eine Seele.«

Ich hätte die beiden gerne kennengelernt, aber schon ging Dessie weiter, wir waren auf dem Weg zum Abendessen. Der Speisesaal war ein einfaches Gebäude mit Strohdach; hinter einer hölzernen Theke dampften die Töpfe, zwei schwarze Köchinnen arbeiteten dort. »Setz dich schon mal, ich muss noch was erledigen und komme gleich nach«, sagte Dessie und tätschelte mir aufmunternd die Schulter.

Ich war schon sehr neugierig auf meine anderen Kollegen. Aber es waren erst zwei da, ein rothaariger junger Mann mit Tausenden von Sommersprossen und eine schmächtige, hübsche Frau.

Die beiden lehnten sich halb über den Tisch und redeten lautstark aufeinander ein.

Na wunderbar. Sollte ich mich jetzt dazusetzen und sie stören oder mir irgendwo alleine einen Platz suchen und ungesellig wirken? Schließlich entschied ich mich für das geringere Übel und stellte meinen Teller neben sie auf den schlichten Holztisch.

»Ihr könnt ruhig weiterstreiten, das stört mich nicht«, meinte ich freundlich. »Aber bitte keine Schusswaffen, okay?«

Niemand lachte. Ups. War wohl doch nicht so witzig gewesen. Verständnislos blickte die junge Frau mich an, meinte dann »Ach, du bist die Neue« und lächelte. »Ich bin Karla. Hier zuständig für Organisatorisches.« Sie reichte mir eine schmale Hand, die sich zerbrechlich anfühlte. Karla hatte ein puppenhaftes, von dunklen Haaren umrahmtes Gesicht mit einer Nase, die man nur als niedlich bezeichnen konnte. Aber wenn ich ihr das gesagt hätte, dann wäre wahrscheinlich eine Faust in meinem Gesicht gelandet. Karla wirkte wie jemand, der sich nichts bieten lässt, von niemandem.

»Wir haben eigentlich gar nicht gestritten«, erwiderte der junge Mann und grinste. »Karla will nur nicht einsehen, dass ich mal wieder recht habe, das ist alles. Ach ja, ich bin übrigens Rob, ich mache mit Jamie zusammen die Forschung hier.«

Karla schnaubte und säbelte an ihrem Steak herum. »Recht? Haha. Aber reden wir ein andermal drüber.«

»Dann habt ihr doch sowieso wieder ein neues Thema.« Ein schlaksiges Mädchen mit langen dunklen Haaren und braunem Teint setzte sich mir gegenüber und stellte ihren Teller ab. Sie hatte sich ein rot-weißes Piratentuch über den Kopf geknotet, und als sie meinen Blick bemerkte, erklärte sie mit einem schüchternen Lächeln: »Gegen die Sonne.«

Aus irgendeinem Grund war sie mir sofort sympathisch und ich hoffte, dass es sich um Teresa handelte, meine Zimmergenossin. Wie sich herausstellte, stimmte das.

Rob hatte sich anscheinend einen Nachschlag geholt, denn er widmete sich einem zweiten vollen Teller. Seiner Figur nach tat er das wahrscheinlich jeden Tag – er war nicht wirklich dick, aber man sah, dass er gegen einen Bierbauch ankämpfte.

»Aus welchem Land kommst du?«, fragte ich Teresa und sie erzählte, dass ihre Familie aus Mexiko stammte, aber schon seit längerer Zeit in den USA lebte. »Und zwar ausgerechnet da, wo es kalt ist!« Teresa zog eine Grimasse. »Dabei brauche ich das. Die Wärme. Die Farben. Ich mag die Wüste unheimlich gern, ich hab mich sofort zu Hause gefühlt hier in Namibia.«

»Oje, hoffentlich geht mir das nicht auch so«, rutschte es mir heraus. »Ich will mich lieber fremd fühlen. Zu Hause war ich lange genug.«

Teresa schwieg und widmete sich ihrem Essen. Ich war nicht sicher, ob ich sie mit meiner blöden Bemerkung gekränkt hatte, aber bevor ich fragen konnte, schob Rob geräuschvoll seinen Stuhl zurück. »Muss noch ein paar Forschungsberichte fertig schreiben.« Er rülpste, sah auf putzige Art verlegen aus und winkte uns zum Abschied zu.

»Wie geht es eigentlich morgen weiter, was soll ich alles mithelfen und so?«, fragte ich Teresa und wurde ganz hibbelig bei dem Gedanken, dass ich morgen wieder mit den Geparden arbeiten würde.

»Auf einer Schiefertafel vor dem Büro steht jeden Morgen, wer wofür eingeteilt ist«, erklärte mir Teresa. »Jamie, unsere Chefin, knobelt das aus – wahrscheinlich nachts, manchmal habe ich das Gefühl, sie schläft gar nicht.«

Wir quatschten in unserer Hütte noch die halbe Nacht lang und ich erfuhr zwar nicht wirklich viel über Teresa, aber dafür eine Menge über Jamie Edwards. Sie war früher Musikerin gewesen, Cellistin genauer gesagt, hatte sich aber beim Skifahren die Hand gebrochen und ihre Karriere aufgeben müssen. Danach hatte sie eine erfolgreiche Eventagentur aufgezogen und viel Geld verdient. Nebenbei hatte sie begonnen, sich für den Umweltschutz zu engagieren. Zehn Jahre später, nach einer Safari in Afrika, hatte sie dann spontan entschieden, sich in Zukunft ganz dem Schutz von Geparden zu widmen, ihren Lieblingstieren.

»Dafür hat sie ganz nebenbei noch ihren Masterabschluss in Wildtierbiologie gemacht, stell dir vor«, sagte Teresa; ihr Gesicht leuchtete.

»Wahnsinn«, meinte ich. »Aber wieso hat sie alles aufgegeben? Einfach so? Steckte sie gerade in der Midlife-Crisis?«

Teresa wirkte überrascht, als hätte sie nie darüber nachgedacht. »Wie meinst du das?«

»Na ja, Männer in mittleren Jahren bekommen oft die Krise, wenn sie ihr Leben genauer unter die Lupe nehmen, meist kaufen sie dann einen Sportwagen oder legen sich eine jüngere Geliebte zu. Bei Frauen sind die Symptome anders, die meisten entdecken sich auf einmal selbst.« Meine Mutter hatte Scharen solcher Patientinnen.

»Hm, kann schon sein.« Teresa zögerte. »Jamie hat mir mal erzählt, dass sie sich damals gerade von ihrem Mann getrennt hatte und in einer schweren Phase steckte. Vielleicht hat sie einen neuen Sinn im Leben gesucht.«

Irgendwann gegen Mitternacht passte in meinen Kopf wirklich gar nichts mehr Neues hinein, nicht mal der Name eines einzelnen Geparden. Ich entschuldigte mich, kroch in mein Bett und war sofort weg.

Als ich am nächsten Morgen wach wurde, blieb ich einen Moment lang liegen und blinzelte in die Dunkelheit. Auf dem Nachbarbett bewegte sich noch nichts, dort lag nur ein Deckenbündel, aus dem oben ein verwuschelter dunkler Haarschopf herauslugte. Ich schlüpfte aus dem Bett, tappte mit einem Handtuch bekleidet zur Dusche und zog erwartungsvoll an der Eisenkette, die das Wasser in Gang setzte. Ein eiskalter Schwall prasselte auf mich herab und ich japste vor Schreck. Mist, ich hatte vergessen, was Dessie mir gesagt hatte. Eins war klar: Ab jetzt war ich schlauer und duschte abends, wenn die Sonne das Wasser angewärmt hatte!

Bibbernd lief ich zurück in die Hütte und zog mich an. Teresa schlief immer noch und so schlich ich mich nach draußen. Es war richtig kalt und ich freute mich über meinen dicken roten Fleecepulli. Der große Himmel über mir war heute mit fedrigen Wolken dekoriert, die von der aufgehenden Sonne rötlich angeleuchtet wurden. Ich hörte das Meckern von Ziegen und sah aus der Ferne zwei schwarze Arbeiter vorübergehen, sonst schien noch niemand unterwegs zu sein. Ein leichter Geruch nach Holzrauch hing in der klaren Luft.

Meine Neugier war stärker als der Hunger. Noch vor dem Frühstück pilgerte ich zum Hauptgebäude, um einen Blick auf die Tafel mit den täglichen Aufgaben zu werfen. Schräg darüber hatte eine Kolonie Webervögel in einem Baum ihr Nest gebaut. Es hing wie ein hellbrauner, unregelmäßig geformter Kokon zwischen den Ästen und Dutzende von Vögeln schwirrten durch die Einfluglöcher ein und aus. Ihr Zwitschern hörte man von Weitem.

Im Büro dagegen war es noch ruhig. Still und dunkel kauerten die Computer auf den Schreibtischen. Aber die Chefin war schon hier gewesen, auf der Tafel stand das Datum von heute und in bunter Kreide hinter jedem Namen eine Notiz.

LILLY
9 UHR ANATOLIANS VERSORGEN
14 UHR FÜTTERUNG GEHEGE OST (JEEP)
16 UHR BÜROHILFE

verkündete der Plan.

Aber es kam dann doch ganz anders.

RETTER VOM DIENST

Ich hatte keine Ahnung, wer oder was Anatolians waren. Klang wie der Name einer türkischen Rockband. Kurz nach neun Uhr war ich schlauer und hatte erfahren, dass es sich um eine Rasse großer hellbrauner Hunde handelte. Irgendwann mal aus der Türkei importiert, wo ihr Job darin bestand, Herden zu hüten. Sie lebten mit den Geparden hier auf der Farm und vermehrten sich fleißig. Das stellte genau ihre Aufgabe dar. Denn ihr Nachwuchs wurde dringend gebraucht, um Ziegen- und Schafherden vor wilden Geparden zu schützen.

»Das ist enorm wichtig«, informierte mich Dessie. »Jeder Gepard, der sich an einer Herde vergreift, ist ein Gepard, der bald von einem Farmer abgeknallt wird.«

»So schlimm?« Ich tätschelte eine Hundemama, deren Nachwuchs gerade auf Entdeckungsreise im Stroh herumkugelte. Mir wurde langsam klar, warum mein Witz mit den Schusswaffen gestern nicht richtig gezündet hatte. Anscheinend hatte hier *wirklich* jeder eine Knarre.

Weit weg im Büro klingelte ein Telefon. Kurz darauf hörte ich Schritte, die eilig näher kamen. Der Anatolian hob wachsam den Kopf und ich drehte mich um.

»Dessie, hast du Zeit, bei einer Rettung mitzumachen?« Jemand lugte in die Box. Eine drahtige blonde Frau mit einem klaren, fast scharf geschnittenen Gesicht. Ich ahnte sofort, dass ich es mit Jamie Edwards zu tun hatte, meiner Chefin für die nächsten Wochen. Sie sah mich an, lächelte mir zu und vergaß mich wahrscheinlich im selben Moment wieder.

Dessie zögerte. »In eineinhalb Stunden muss ich in der Elementary School sein … nee, das schaffe ich nicht. Aber wie wär's mit unserer Neuen aus Deutschland?«

Strahlend blaue Augen richteten sich auf mich, blickten mich zum ersten Mal richtig an.

»Okay«, sagte Jamie Edwards und dann ging alles ganz schnell. Bevor ich zum Nachdenken kam, saß ich auf dem Rücksitz eines Jeep Wrangler und war unterwegs. Teresa war im letzten Moment auch noch eingestiegen.

Es war brüllend heiß im Auto, weil die Klimaanlage nicht funktionierte, und es roch nach Benzin. Ein bisschen eingeschüchtert saß ich da und staunte die Ausrüstung im Laderaum hinter mir an. Hoffentlich wurde mir nicht schlecht, es musste nicht sein, dass ich gleich an meinem ersten Arbeitstag den Dienstwagen vollkotzte. War der Sitz vielleicht deswegen so klebrig, weil das schon mal jemand vor mir getan hatte? Nein, es schien eher ein Marmeladenfleck zu sein.

»Äh, wo genau fahren wir eigentlich hin?«, fragte ich Rob, der am Steuer saß und mit zusammengekniffenen Augen über die Schotterstraße hinwegspähte. »Wen retten wir?«

»Angeblich hält jemand zwei junge Geparden unter miesen Bedingungen auf seiner Farm«, meinte Rob und wischte sich mit einem karierten Taschentuch den Schweiß von der Stirn. »Aber derjenige, der es uns gemeldet hat, hat sie nicht selbst gesehen. Lassen wir uns mal überraschen. Vielleicht ist es in Wirklichkeit ein altersschwacher Leopard.«

»Kann man die denn mit einem Geparden verwechseln?«

»Na ja, beide haben eine ähnliche Farbe und Flecken«, meinte Teresa, »aber Geparden sind schlanker, nicht so schwer und kräftig wie Leoparden.«

Rob nickte, nahm eine Hand vom Steuer und begann, Sonnenmilch auf seiner hellen Haut zu verteilen. Mit Lichtschutzfaktor fünfzig!

Nach zwei Stunden hatten wir die Farm erreicht. Meine verschwitzten Beine waren auf dem Kunstleder des Sitzes festgepappt und es gab ein schmatzendes Geräusch, als ich sie hochzog. Die Luft draußen war nur etwa fünfundzwanzig Grad warm, aber die Sonne knallte grell und gnadenlos auf mich herab. Aus dem Norden, weil wir uns jetzt auf der Südhalbkugel befanden. Früher hatte ich mich immer gefragt, warum die Leute hier nicht einfach vom Erdball herunterfielen. Jetzt wusste ich es. Sie klebten sich mit Schweiß und Marmelade fest.

Still lagen die heruntergekommenen Ziegelgebäude der Farm vor uns, ein halbes Dutzend graugrüne Bäume wuchsen um sie herum. Irgendwo in der Ferne hörte ich das Meckern von Ziegen und das Klingeln von Glöckchen. Ein Hund bellte. Es klang gelangweilt, nicht sehr aufgeregt. Anscheinend gab es hier keinen Wachhund, der sich für Besucher – ob gebetene oder ungebetene – zuständig fühlte.

»Hallo! Jemand da?«, brüllte Rob in die Stille.

Eine Fliege summte mir um das Ohr, dann waren es auf einmal zwei, dann drei Fliegen. Hm, seltsam. Ich wandte den Kopf, versuchte herauszufinden, wo sie herkamen – und sah etwas Schreckliches. Einen Drahtkäfig mit einem dunklen Etwas darin, das sich nicht bewegte.

»O nein!«, sagte ich und Rob und Teresa folgten meinem Blick.

Gleichzeitig stürzten wir zu dem winzigen Käfig hin. Darin lagen apathisch zwei junge Geparden, ihr flaumiges beigesilbriges Fell war verfilzt und dreckig. Zwar stand eine Blechschüssel in ihrem Minigehege, aber sie war leer. Es stank nach Kot und verwesendem Fleisch.

»Die haben bestimmt schrecklichen Durst!« Teresa kniete sich neben den Käfig.

Ich hockte mich ebenfalls hin und versuchte, Einzelheiten zu erkennen. »Müssen Geparden auch täglich trinken? Ich dachte, weil sie Wüstentiere sind ...«

»Sie brauchen trotzdem Wasser. Gerade wenn sie noch so jung sind wie die beiden Weibchen hier, die sind höchstens drei Monate alt.« Rob nahm seine Trinkflasche, goss sich etwas Wasser in die Hand und zwängte sie durch das Gitter. Eines der Weibchen quälte sich auf die Füße, kam schwankend heran und begann, das Wasser gierig aufzuschlecken. Die Schwester war nicht so mutig und wich leise fauchend in die entfernte Ecke des Käfigs zurück.

»Sieh an, Besuch! Was führt Sie hierher?«

Ich sah einen in staubige Kakisachen gekleideten Mann auf mich zukommen, klobige Schnürstiefel an den Füßen und eine Schaufel in der Hand. Mit seinem dichten braunen Haar im Bürstenschnitt und seiner massigen Figur sah er aus wie ein Bär.

Teresa hatte ein nervöses Lächeln aufgesetzt, aber Rob wirkte zum Glück nicht im Geringsten unsicher. »Hallo, Mr de Niekerk«, sagte er freundlich. »Wir sind von der Cheetah Foundation. Jemand hat uns gemeldet, dass Sie hier Geparden halten.«

»Ja, ich hab ihre Mutter in der Nähe meiner Herde gesehen und bin lieber kein Risiko eingegangen.«

»Das heißt, Sie haben sie geschossen?«

»Genau, genau. Meine Hunde haben dann die Jungen in der Nähe aufgespürt. Tja, meine Frau war dafür, sie zu behalten.« Mit einem schiefen Lächeln zuckte de Niekerk die Schultern.

Mir war elend zumute. Es war nicht mal nötig, dass die Geparden eine Ziege rissen … sie brauchten sie nur schief anzusehen! Das reichte für ein Todesurteil.

Rob ließ sich nicht anmerken, was er dachte. »Wenn so was noch einmal passiert, rufen Sie uns am besten gleich an, wir fangen das Tier ein und Sie sind es los. Aber jetzt sind wir erst einmal da, um die Jungen abzuholen.«

»Jungen? Wer? Ach, meine Geparden?« Der Mann wirkte verdutzt, aber nicht feindselig. »Abholen? Wieso denn das? Es geht ihnen doch gut hier.«

Das verschlug uns allen erst mal die Sprache. Konnte es sein, dass er das ernst meinte?

Eines der Gepardenweibchen lief nervös im Käfig umher. Wieder fiel mir auf, wie unsicher es auf den Pfoten war. Verletzungen sah ich aber keine. Hatte es sich im engen Käfig zu wenig bewegen können? Hm, könnte sein. Aber

Moment mal, wir hatten doch einen ähnlichen Fall in Papas Praxis gehabt – verwaiste Kätzchen, die auf einem verwilderten Grundstück gefunden worden waren …

»Was haben Sie ihnen eigentlich zu fressen gegeben?«, mischte ich mich ein. »Ich finde, das sieht nach einem Kalziummangel aus.«

Jetzt schauten mich alle an und ich spürte, wie ich rot wurde. Hoffentlich lag ich wenigstens richtig mit meiner Vermutung.

»Katzenfutter hab ich ihnen gegeben. Sind doch Katzen, oder nicht?« Der Mann lachte. »Hat ihnen auch geschmeckt, haben nie was übrig gelassen.«

Rob musterte mich aus zusammengekniffenen Augen und wandte sich dann wieder dem Farmer zu. »Meine Kollegin hat recht. Heranwachsende Geparden brauchen sehr viel Kalzium und Katzenfutter enthält längst nicht genug. Dadurch entstehen schwere Knochenschäden. Außerdem brauchen Jungtiere in dem Alter auch noch Milch, Fleisch allein genügt nicht.«

Jetzt blickte der Farmer dann doch betroffen drein. »Wusste ich nicht. Hab mich schon gewundert, warum sie so herumtorkeln. Ich wollte ihnen ja auch mal 'nen Pavian schießen, damit sie was Ordentliches zu beißen haben, bin aber nicht dazu gekommen. Mache ich aber gleich morgen.«

»Ich glaube nicht«, sagte Rob höflich und streckte die Hand aus. »Geben Sie mir bitte den Käfigschlüssel?«

Der Mann drehte sich halb um, rief einem schwarzen Arbeiter etwas zu, wandte sich wieder uns zu und sagte: »Kann ich nicht machen. Meine Frau hängt an den beiden.

Aber ich verspreche, wir kümmern uns ab jetzt besser um sie.« Er hob kurz die Hand zum Gruß, dann begann er davonzugehen.

Wir blickten uns an, Rob, Teresa und ich. Dann räusperte sich Rob und sprach mit etwas lauterer Stimme: »Wir können uns natürlich vom Ministerium die Erlaubnis holen, die Tiere zu beschlagnahmen. Dann bekommen Sie allerdings Ärger, weil Sie hier unerlaubt geschützte Tiere halten. Oder haben Sie etwa eine Genehmigung dafür?«

Jetzt blieb der Farmer doch stehen. »Wie, dafür braucht man eine Genehmigung? Woher soll ich denn das wissen? War letztes Jahr noch nicht so.«

»Den Käfigschlüssel hätte ich jetzt gerne«, sagte Rob sanft.

Kurz darauf gab es ein leises *Klack* und das Vorhängeschloss an der Käfigtür sprang auf. Ich gab den Geparden noch eine Schale Wasser, diesmal trank auch das scheuere der beiden Weibchen. Dann packten Rob und Teresa die beiden Kleinen mit geübtem Griff am Nackenfell, hoben sie in eine Transportkiste und schoben die Kiste hinten in den Jeep. Mit verdutzten braunen Augen schauten die Geparden durch das Gitter an der Kistenseite.

Ich hatte Rob völlig unterschätzt. Auch wenn er normalerweise nicht so wirkte – er war ein Held! Aber auch er behandelte mich irgendwie anders als zuvor.

»Sag mal, hast du eine medizinische Ausbildung?«, fragte er, als wir wieder auf dem Heimweg waren und die Sandpiste zurück zum Hauptweg hinunterholperten. Verlegen erzählte ich ihm, dass ich in der Praxis meines Vaters mithalf. Teresa hörte interessiert zu, sagte aber nichts.

»Was meinst du, können die Kleinen irgendwann mal ausgewildert werden?«, fragte ich Rob schließlich. »Oder werden sie nie wieder richtig gesund?«

Robs Gesicht wirkte verkniffen. »Mal schauen, was Louis – unser Tierarzt – dazu sagt. Ich hätte diesen de Niekerk erwürgen können. Wenn er uns gleich von sich aus angerufen hätte …«

»Vielleicht macht er es ja nächstes Mal«, meinte Teresa.

Die Sandpiste führte schnurgerade durch den Busch. Sie war in nicht sehr gutem Zustand und Rob hielt das Lenkrad mit beiden Händen fest. Trotzdem wurden die armen kleinen Geparden bestimmt ganz schön durchgeschüttelt.

»Ich schaue mal nach, wie es den beiden geht.« Ich schnallte mich ab, drehte mich um und kniete mich auf meinen Sitz, um an die Transportkiste heranzukommen. Als ich den Finger durch das vordere Gitter steckte, näherte sich eine kleine Nase vorsichtig und schnupperte daran. Immerhin, nachdem die beiden etwas zu trinken bekommen hatten, waren sie nicht mehr so apathisch wie vorher.

»Schnall dich besser wieder an«, sagte Teresa unruhig – und in diesem Moment geschah es.

DER JUNGE MIT DEN GEPARDENAUGEN

Es gab ein dumpfes Geräusch, dann brach der Jeep wie ein scheuendes Pferd zur Seite aus, schlingerte wild hin und her. Rob schrie einen Fluch und trat auf die Bremse, doch das machte alles nur noch schlimmer. Ich wurde herumgeworfen wie eine Erbse in einer Blechdose. Au, verdammt! Ich hielt mich fest, so gut es ging, aber dann gab es einen heftigen Ruck und ich rutschte zwischen den Vordersitzen hindurch ins Führerhaus.

Holpernd kam der Jeep zum Stehen. »Lilly! Alles in Ordnung mit dir?«, keuchte Rob.

»Kann sein.« Ich stellte fest, dass ich auf Teresas Knien lag, und versuchte mühsam, das zu ändern. Einfach war das nicht, denn der Wagen stand schräg, die Motorhaube lag tiefer als das Heck. Schließlich hatten wir unsere Arme und Beine wieder entwirrt und ich konnte einen Blick durch die staubige Windschutzscheibe werfen. Der Jeep befand sich abseits der Straße, zum Glück hatten wir weder einen Baum noch den Gitterzaun, der de Niekerks Farm umgab, gerammt.

Drei Menschen, ein Gedanke – wir krabbelten nach draußen und rissen die Heckklappe auf, um nach den jungen Geparden zu sehen. Sie hatten sich verängstigt in den hintersten Winkel ihrer Transportkiste verzogen, sahen aber unverletzt aus. Uff, Glück gehabt! Auch ich hatte nur ein paar Abschürfungen, die an meinem Arm war allerdings ziemlich groß und brannte höllisch. Ich ließ die Finger davon, damit keine Bakterien in die Wunde kamen, und versuchte, den Schmerz zu ignorieren.

»Was ist überhaupt passiert?«, fragte ich Rob, der prüfend um den Jeep herumstapfte.

»Uns ist ein Reifen geplatzt.« Rob deutete auf einen der Vorderreifen, dessen Unterseite platt wie ein Pfannkuchen auf dem Boden ruhte. »Wahrscheinlich das Übliche, ein scharfer Stein. Und dann war ich so blöd und habe zu heftig gebremst. Gerechte Strafe, dass ich schon zum dritten Mal im Monat diesen verdammten Reifen wechseln muss.«

»Das machen wir natürlich zusammen, dann geht es schneller«, tröstete ihn Teresa. Wir wuchteten den Reservereifen vom Heck, während Rob versuchte, den Jeep Wrangler auf dem lockeren Sandboden irgendwie mit dem Wagenheber hochzustemmen.

»Puh. Geschafft.« Schweiß strömte Rob über die Stirn, sein Taschentuch war nur noch ein nasser Lappen. Aus einer Seitentasche seiner Safariweste zog er ein frisches hervor, blau kariert diesmal. »Jetzt müssen wir die Kiste wieder auf die Straße kriegen.« Doch obwohl er den Motor aufheulen ließ und Vollgas gab, kam der Jeep kaum einen Zentimeter voran. Die Reifen saßen tief im Sand und fraßen sich durch alle Versuche nur noch tiefer hinein.

»Ohne Hilfe kommen wir da nie wieder raus«, stellte Teresa schließlich nüchtern fest.

»Äh, und was machen wir jetzt?« Ich lehnte mich an die Seite des Jeeps und das heiße Metall wärmte mir den Hintern. Mein Arm tat ziemlich weh, aber ich wollte es mir nicht anmerken lassen. Es war nur eine gewöhnliche Abschürfung.

»Jetzt rufe ich erst mal Jamie an.« Teresa ging das Satellitentelefon holen, eine Art Handy mit länglicher schwarzer Antenne an der Oberseite. Doch als sie versuchte, es einzuschalten, stutzte sie. »Mist, ich habe gestern vergessen, das Ding aufzuladen. Akku leer.«

»Mensch, Teresa!« Rob runzelte die Stirn.

»Mensch, Rob!«, äffte Teresa ihn nach und grinste. »Nächstes Mal fährst du halt vorsichtiger.«

Rob grinste nicht zurück. Er wirkte beunruhigt. Nachdem er noch einmal nach den Geparden gesehen hatte, hockten wir uns hinter dem Wagen in den Schatten. »Ich fürchte, es kann dauern, bis jemand vorbeikommt«, kündigte Rob an. »Das ist eine Pad – so nennt man die Straßen hier –, die nur von ein paar Farmern benutzt wird. Wahrscheinlich findet uns erst in ein paar Stunden jemand.«

Alle paar Stunden ein Auto! Ich stand wieder auf und starrte die Sandpiste entlang. In der Ferne lag eine flimmernde, spiegelnde Schicht darüber, die aussah wie eine Wasserfläche. Mit geschlossenen Augen atmete ich ein – die trockene, saubere Luft, den Geruch nach heißem Sand und den herben Duft der Akaziensträucher. Ich spürte den Wind auf meinem Gesicht, die Hitze der Sonne, den Sandboden unter meinen Füßen. Es war vollkommen still, eine

Stille, wie ich sie nicht kannte. Kein Auto dröhnte vorbei, keine Musik dudelte, keine Werbung nervte. Jetzt war ich von Deutschland so weit entfernt, wie es nur ging.

In diesem Moment ahnte ich, dass es mir genauso gehen würde wie Jamie Edwards. Dieses Land würde mein Leben verändern. Ich wusste nur noch nicht, wie.

Als ich die Augen öffnete, sah ich keine zwanzig Meter entfernt eine Herde von Springböcken. Elegant wie Ballerinas bewegten sich die Antilopen auf ihren zierlichen Hufen durch den Busch. Misstrauisch witternd, blickte einer der Böcke zu mir herüber, dann senkte er den Kopf mit den gebogenen Hörnern wieder und knabberte an einem Grasbüschel herum.

»Schaut mal, da!«, flüsterte ich meinen Kollegen aufgeregt zu, aber Rob brummte nur: »Hm ja. Von denen gibt's hier sehr viele.« Fehlte nur noch, dass er anfing zu gähnen!

»Zum Glück sind es viele«, sagte Teresa. »Sonst hätten die Geparden in der Gegend nichts zu fressen. Hast du eigentlich die Oryx da vorne gesehen?«

»Nein, hab ich nicht!« Ich strengte meine Augen an, aber erst, nachdem Teresa mir genau gezeigt hatte, wo ich hinschauen sollte, bemerkte auch ich die hellgraue Antilope; sie war etwa so groß wie ein Pferd und trug unglaublich lange, spitze Waffen auf dem Kopf. Immerhin gab es eine gute Entschuldigung dafür, dass ich so lange hatte suchen müssen. Die Oryx besaß eine natürliche Tarnfarbe – wenn sie sich nicht bewegte, verschmolz sie mit dem Busch.

»Warum nur habe ich meinen Fotoapparat nicht mitgenommen?«, stöhnte ich. »Wenn ich gewusst hätte, dass es so toll sein kann, hier eine Autopanne zu haben …!«

Rob verzog das Gesicht. »Du kannst froh sein, dass es in dieser Gegend keine Löwen gibt. Sonst wären wir vielleicht schon tot.« Er setzte sich die Wasserflasche an die Lippen, legte den Kopf in den Nacken und nahm einen langen Zug.

Mir fielen diverse Filme über Schiffbrüchige und Verunglückte in der Wüste ein und das mulmige Gefühl kam zurück. »Äh, sagt mal, haben wir eigentlich genug Wasser? In meiner Trinkflasche gluckert jedenfalls nicht mehr viel.«

»Fünf Liter, in dem weißen Kanister dahinten. Wenn wir hier übernachten müssen, könnte es knapp werden. Und Futter für die Geparden haben wir blöderweise keins.« Rob vergrub die Hände in den Taschen seiner Weste. »Ich hoffe, die Kleinen überstehen das alles. Wenn sie eingehen, verzeihe ich mir das nie.«

Ich nickte stumm. Nein, das war nichts, was man sich verzeihen konnte. Aber noch lebten sie ja.

Wir hockten uns wieder in den Schatten, warteten und lauschten auf das hilflose Piepsen der Geparden. Teresa gab ihnen noch einmal Wasser und sprach leise mit ihnen. Nach einer halben Stunde schienen sich die kleinen Raubkatzen zu beruhigen, denn sie riefen nicht mehr so oft. Oder sie waren vor Erschöpfung eingeschlafen. Auch ich war müde, lehnte den Kopf gegen die Seite des Autos und döste vor mich hin. Dafür war ich berüchtigt. Lilly, die Penntüte. Kann überall einschlafen und macht das auch. »Weckt mich, wenn noch irgendwelche tollen Tiere vorbeikommen«, murmelte ich.

Niemand weckte mich, und erst als Rob aufsprang,

schreckte ich aus dem Schlaf hoch. Ich blinzelte in die Richtung, in die Rob deutete, und sah eine lange rötlich beigefarbene Staubfahne, die über dem Horizont aufstieg. So sah das in Westernfilmen aus, wenn die Kavallerie oder eine Horde Indianer heranritt. Wir jedoch hörten kurz darauf ein Motorgeräusch.

»Ich glaube, das Auto kommt in unsere Richtung!«, rief Teresa.

Es dauerte noch gut zehn Minuten, bis ein klapprig wirkender dunkelgrüner Landrover Defender mit offener Ladefläche neben uns hielt. Er zog einen Anhänger für Turnierpferde – doch dieser hier war eine Mogelpackung, drinnen standen zwei Rinder mit dunkelrotem Fell.

Ein schlanker junger Mann mit dichten, sonnengebleichten blonden Haaren sprang aus dem Führerhaus, er begrüßte uns mit einem Lächeln und einem freundlichen »Hallo, wie geht's?«. Er trug abgewetzte Jeans, ein hellgraues T-Shirt und Trekkingstiefel.

Rob wirkte sehr erleichtert. »Heute geht's uns ausnahmsweise nicht so gut«, sagte er und nach einem kurzen Blick auf den gestrandeten Geländewagen meinte der junge Farmer: »Steckt fest, was? Soll ich euch rausziehen?«

»O ja, bitte«, seufzte Rob. »Wir sind schon seit drei Stunden hier!«

»Ihr habt Glück. Außer mir kommt heute bestimmt keiner mehr vorbei. Außer ein paar Schakalen.« Der Blick des Mannes streifte mich, wanderte dann weiter, um kurz den Busch um uns herum zu mustern. Seine Augen faszinierten mich. Sie waren von einem durchscheinend hellen Braun, das mich an die bernsteinfarbenen Augen der

Geparden erinnerte. Es waren Augen, die stolz in die Ferne blickten, die Augen eines Jägers.

Als ich ihn beobachtete, geschah irgendetwas in mir, es war wie eine Stille in meinem Inneren.

»Ich mag Schakale«, meinte Teresa fröhlich und brach damit den Bann. »Das Problem ist – wir haben zwei kleine Raubkatzen dabei, die so bald wie möglich in ihr neues Zuhause sollen.«

Der junge Farmer nickte, antwortete aber nicht, sondern machte sich schnell und sicher an die Arbeit. Er koppelte die Transportbox ab und manövrierte seinen Landrover in Position. Dann stieg er wieder aus und holte ein Abschleppseil von der Ladefläche seines Wagens.

Ich nahm all meinen Mut zusammen. »Kann ich helfen?«, fragte ich und der Blonde schaute mich kurz und prüfend von der Seite an. »Ja, du könntest das Seil an eurer Karre festmachen.«

Ich schnappte mir das staubige Seil, knotete es an die vordere Stoßstange unseres Jeeps und prüfte mit einem kräftigen Ruck, ob es fest saß; währenddessen setzte sich Rob hinters Steuer. Ganz vorsichtig gab der Blonde Gas, bis sich das Seil gestrafft hatte. Dann brachte er den Motor auf Touren. Innerhalb von Sekunden stand unser Wagen wieder auf der Straße.

»Tausend Dank, Erik – wirklich ein Glück, dass du vorbeigekommen bist«, sagte Rob und kletterte ins Heck, um noch einmal nach den Geparden zu schauen.

Erik hieß er also. Und Rob kannte ihn irgendwoher. Gut, dann konnte ich meine Kollegen nachher über ihn ausfragen. Wie schade, dass er jetzt gleich wieder verschwunden sein würde und ich ihn vielleicht nie wiedersah. Komisch, wie viel mir das ausmachte.

Zum Glück schien Erik es nicht eilig zu haben weiterzufahren. »Habt ihr die beiden Geparden von der Farm geholt? Gut – denen ging's dort dreckig«, sagte er und unterhielt sich mit Rob noch eine Weile über die Raubkatzen.

Ich hörte kaum zu, dazu stürmten zu viele Eindrücke auf mich ein. Erik lehnte genau neben mir an der sonnenwarmen Kante der Ladefläche. So nah, dass ich das Spiel seiner Muskeln unter dem T-Shirt erkennen konnte und die feinen hellen Haare auf seinen Armen. Er roch gut, nach Erde und Sonne. Die Tür seines Wagens stand offen und im Führerhaus lief noch immer Musik, sie kam mir bekannt vor, ach ja, das war »Nightswimming« von REM.

Ganz beiläufig wandte sich Erik auf einmal um, sah mich von der Seite an. »He, du bist Deutsche, stimmt's?«, meinte er. »Man hört es.«

Mein Herz setzte einen Schlag aus. Wenn ich jetzt etwas sagte, würde ich wahrscheinlich schrecklich herumstottern. Also nickte ich einfach – und war völlig verblüfft, als Erik vom Englischen ins Deutsche wechselte. »Soll ich dich verarzten? Das an deinem Arm sieht nicht gut aus.« Sein Deutsch war perfekt und hatte einen leichten norddeutschen Akzent.

»Das wäre nett«, brachte ich irgendwie heraus. »Es brennt ganz schön.«

Es stimmte sogar. Auch wenn ich es in den letzten Minuten, ehrlich gesagt, nicht bemerkt hatte.

Aus seinem Auto kramte er einen Erste-Hilfe-Kasten

hervor, der aussah, als würde er häufig benutzt. Geübt breitete Erik die Utensilien aus, die er brauchen würde … doch dann zögerte er, meinen Arm zu berühren. Erst als ich ihn fragend ansah, schien er sich einen Ruck zu geben und machte sich an die Arbeit.

Ich vergaß den seltsamen Moment schnell wieder. Denn während sich Erik auf meinen Arm konzentrierte, kam ich dazu, ihn genauer zu mustern, ohne dass er es merkte. Er hatte schön geschwungene Lippen, sie gaben seinem Gesicht etwas Weiches, das mir auf den ersten Blick nicht aufgefallen war. Auch seine Hände gefielen mir, sicher und geschickt waren sie. Behutsam strichen sie Salbe über die Abschürfung und die Berührung sandte warme Schauer über meinen Rücken.

»Wie heißt du eigentlich?«, fragte Erik, ohne hochzublicken.

»Lilly. Wieso kannst du so gut Deutsch? Kommst du auch aus Deutschland?«

»Nein. Ich bin Namibier.« Er sagte es mit Stolz. »Schon mein Vater ist hier geboren worden.«

»Wie alt bist du?«

»Zwanzig, bin grade mit der Schule fertig – und du?«

»Sechzehn. Und leider noch in der Schule. Ich weiß, bei euch beginnt gerade der Winter, aber ich habe jetzt tatsächlich Sommerferien.«

Mit einem Lächeln blickte er auf. Auch sein Lächeln gefiel mir, es war, als ginge auf seinem Gesicht plötzlich die Sonne auf.

Ich hätte gerne mehr über ihn erfahren, doch aus dem Hintergrund drängte Robs Stimme gnadenlos: »Wir müssen los, sonst schaffen wir es nicht bis zum Einbruch der Nacht zurück nach Ounene eúlu.«

»Ich muss auch weiter.« Vorsichtig befestigte Erik den Verband an meinem Oberarm, dann richtete er sich auf und wandte sich Rob und Teresa zu. »Grüßt Louis von mir. Er hat noch was gut bei uns.«

»Richte ich aus. Alles klar auf der Farm?«

»Ja nee, man schlägt sich so durch«, sagte Erik und zuckte lächelnd die Schultern. Dann wünschte er uns »Gute Pad« und stieg wieder in seinen Landrover. Ich sah ihm nach, als er in einer Staubwolke davonbrauste, und stieg dann mit den anderen zurück in den Wagen. In mir war eine eigenartige Leere.

Auf der Rückfahrt fuhr Rob betont vorsichtig, die Tachonadel kletterte nie über sechzig Stundenkilometer. Erst als wir auf die gute Schotterpiste kamen, die nach Otjiwarongo führte, trat er aufs Gas.

»Was hat Erik eigentlich mit ›Gute Pad‹ gemeint?«, fragte ich Teresa.

»Es ist einfach ein Abschiedsgruß, so was wie ›Gute Reise‹.«

»Und woher kennt ihr Erik?«, fragte ich beiläufig. »Wohnt er auf einer der Farmen hier in der Gegend?«

»Ja, seinem Vater gehört Friedrichshöhe«, meinte Rob. »Auch wenn er's nicht sagen würde – ich glaube, die Farm läuft nicht besonders gut. Sonst müssten sie keine Rinder an de Niekerk liefern. Aber Erik ist nicht der Typ, der herumjammert.«

»Warum solltest du denn Louis von ihm grüßen? Das ist euer Tierarzt, oder?«

»Genau. Louis hat ihm und seinem Vater vor ein paar Monaten mal geholfen, als eins ihrer Pferde wegen einer Kolik dringend einen Tierarzt brauchte.«

»Ach so«, meinte ich. Dann begann Rob, davon zu erzählen, wie Louis einmal einen angeschossenen Geparden gerettet hatte, und die Gelegenheit, mehr über Erik herauszufinden, war erst mal vorbei.

Ich schaute aus dem Fenster und dachte darüber nach, was für ein komischer Teil Afrikas Namibia doch war. Eine Farm, die mitten im Busch lag und Friedrichshöhe hieß! Afrikaner, die perfekt Deutsch sprachen!

Und was für Afrikaner. Auf einmal war ich noch froher, dass ich hergekommen war.

Auf Ounene eúlu hoben wir die Neuankömmlinge mitsamt Box aus dem Auto und trugen sie direkt in die Krankenstation. Einen weiß gekachelten Raum mit einem metallenen Untersuchungstisch in der Mitte und Holzschränken, durch deren Glasfront man Verbandsrollen, gläsernen Laborbedarf und in Plastik verpackte Einmalspritzen sehen konnte. Hey, die waren hier ja fast so gut ausgestattet wie Papa in Deutschland!

Ein junger schwarzer Mann mit ernster Miene und blütenweißem Kittel erwartete uns. Das musste Louis sein. Kurz darauf kam auch Jamie Edwards mit langen Schritten angedüst, grüßte kurz und meinte: »Na, dann schauen wir uns mal an, wie es um die beiden steht.«

Teresa hob eine der großen Katzen aus der Box, dann nickte Rob mir zu. »Nimm du ruhig die andere raus, wenn du magst.«

Ich ließ mich nicht lange bitten. Der junge Gepard war um einiges größer als Frodo, aber nicht viel schwerer, er schien nur aus langen Beinen zu bestehen. Sein Fell war erstaunlich rau und fühlte sich ein bisschen an wie Kunstrasen. Darunter konnte ich die Rippen fühlen. Oje.

Zitternd vor Furcht, versuchte das kleine Weibchen, den Kopf unter meinem Arm zu verstecken. »Ganz ruhig, dir passiert nichts«, flüsterte ich ihm zu, streichelte seinen Kopf und kraulte es hinter den Ohren. Hauskatzen mochten das – vielleicht auch Geparden? Erst zuckte die kleine Raubkatze zusammen, ups, sah so aus, als wäre die Streichelei doch nicht so ihr Fall. Doch nach einer Weile hörte sie auf zu zittern und einmal meinte ich sogar, ein leises Schnurren zu hören. Geparden konnten schnurren, wie schön!

Teresas Gepard war nicht so friedlich wie meiner. Er wehrte sich nach Kräften, fauchte und zeigte die kleinen, spitzen Zähne – anscheinend hatte Teresa das mutigere der Geschwister erwischt. Teresa bekam einen Kratzer ab und kniff die Lippen zusammen, sagte aber nichts. Schließlich musste Louis ihrem Schützling eine Beruhigungsspritze geben, damit er ihn in Ruhe untersuchen konnte. Träumerisch blinzelnd, sank der kleine Gepard auf die Seite. Meine Raubkatze bekam auch gleich eine Dosis verpasst.

Louis runzelte die Stirn, während er arbeitete – anscheinend waren die Ergebnisse nicht gut. »Die Pfoten müssen wir röntgen«, meinte er. »Aber so auf den ersten Blick würde ich sagen, mit gutem Futter und der richtigen Pflege kriegen wir das wieder hin.«

Mir wurde klar, dass er wahrscheinlich immer die Stirn runzelte, wenn er sich konzentrierte.

Teresa verfrachtete das kleine Weibchen wieder in die Box. Jetzt war mein Gepard dran, ich setzte ihn sanft auf dem Metalltisch ab. Das war ihm zwar nicht geheuer, aber er war schon ziemlich weggetreten von der Spritze.

»Louis, du kannst unsere Neue aus Deutschland ruhig mithelfen lassen«, meldete Rob sich aus dem Hintergrund zu Wort. »Sie versteht was davon.«

Der junge Tierarzt und ich blickten beide etwas verdutzt drein und schauten instinktiv zu unserer Chefin hinüber. Jamie zog die Augenbrauen hoch, nickte dann aber. Bevor ich meine Meinung zu der ganzen Sache kundtun konnte, reichte Louis mir schon Handschuhe, ein Thermometer und das Stethoskop.

Auf einmal waren alle Augen auf mich gerichtet.

CISKA UND IHRE JUNGEN

»Nimmst du bitte mal die Temperatur?«, sagte Louis höflich zu mir. »Dann Herzschlag und Atemfrequenz, wenn es kein Umstand ist.«

»Äh, natürlich nicht. Ich meine, es macht mir keine Umstände.« Ich war wahrscheinlich aufgeregter als die kleine Patientin, die vor sich hin döste und alles gleichgültig über sich ergehen ließ. Doch schon nach ein paar Augenblicken hatte ich vergessen, dass so viele Leute zusahen, und konzentrierte mich auf den mageren kleinen Geparden auf dem Metalltisch vor mir. Ich hob vorsichtig seinen Schwanz und führte das Thermometer ein, dann trug ich die anderen Werte, die Louis brauchte, auf dem Datenblatt ein. Anschließend säuberte und desinfizierte ich noch zwei kleine Wunden, eine am Hals und eine am Rücken, während Louis Blut- und Gewebeproben nahm.

Wir arbeiteten einträchtig und schweigend. Jamie selbst assistierte mir und drückte mir in die Hand, was ich brauchte, manchmal sogar, bevor ich danach fragen konnte. Währenddessen betrachtete Louis die Gewebeproben und

Abstriche unter dem Mikroskop. Zum Schluss zeigte Jamie mir noch, wie ich das raue Fell auskämmen sollte, um Dornen und Zecken daraus zu entfernen. Dann trugen Teresa, Rob und ich die beiden Geparden in einen Raum, in dem sie unter Beobachtung langsam wieder ganz wach werden konnten. Eng aneinandergekuschelt, lagen sie auf einer großen, weichen Decke.

»Ich glaube, wir haben sie gerade noch rechtzeitig von der Farm geholt«, sagte Jamie Edwards. Sie kniete neben einem der Geparden und ließ die Hand über sein Fell gleiten. Dann sah sie mich und Teresa mit forschendem Blick an. »Was ist, wollt ihr beiden die Kleinen übernehmen? Als Verantwortliche für ihre Pflege? Es ist praktisch, dass du tierärztliche Erfahrung hast, Lilly.«

Mir wurden die Knie weich vor Freude. Doch bevor ich antworten konnte, fügte Jamie hinzu: »Aber überleg's dir gut, Lilly, es könnte anstrengend werden. Diese beiden hier brauchen jetzt nicht nur das richtige Futter, sondern auch ganz viel Zuwendung. Das heißt, in der ersten Zeit auch mal nachts nach ihnen zu sehen.«

»Das ist kein Problem«, sagte ich schnell und zwang mich hinzuzufügen: »Aber seid ihr sicher, dass das alles eine gute Idee ist? Ich bin nur vier Wochen lang hier ...«

»Deswegen sollen sie ja zwei Bezugspersonen bekommen. Wenn du abfliegst, nimmt Teresa beide Katzen.«

Teresa blickte Jamie geradezu andächtig an und lächelte. »Von mir aus gerne!«

»Ich schicke euch Joseph vorbei – ich glaube, er ist gerade in der Kantine.« Jamie hob die Hand zum Gruß und verschwand. Rob und Louis gingen mit.

»Was hat sie denn damit gemeint?«, erkundigte ich mich. »Wozu brauchen wir Joseph? Wird er mit uns einen Vertrag schließen, uns segnen oder so was?«

»Segnen?« Teresa schaute drein, als zweifle sie vorübergehend an meiner geistigen Gesundheit. »Nee, er wird Namen für die Geparden aussuchen. Das macht immer er – ich habe keine Ahnung, warum, irgendeine geheimnisvolle Abmachung mit Jamie. Eigentlich ist er unser Vorarbeiter. Ausbildung hat er keine, aber er kann trotzdem alles.«

Wenige Minuten später schon lehnte Joseph in der Tür, solide und gelassen und anscheinend völlig zufrieden damit, minutenlang schweigend die Geparden zu beobachten, während er ein Stück Trockenfleisch kaute. Ich schätzte ihn auf etwa sechzig Jahre, sein Gesicht sah aus wie uraltes, rissiges Leder. Aber vielleicht war er auch erst vierzig.

»Hübsche Meisjes«, sagte Joseph schließlich und er meinte mit diesem Wort für »Mädchen« keineswegs uns. *»Tila,* die eine. Ängstlich. *Okana,* die andere. Kind.« Er zeigt erst auf meinen, dann auf Teresas Schützling.

»Ijaloo«, antwortete Teresa höflich, das hieß vermutlich so etwas wie Danke.

Joseph lächelte und schlenderte davon.

Teresa übernahm die erste Schicht bei unseren kleinen Geparden und ich hastete ins Büro, um an einem Computer, der gerade frei war, eine lange Mail an Sofia zu schreiben. Das musste jetzt ganz dringend sein.

Hi Sofia,
du glaubst gar nicht, was heute passiert ist … wir sind mit dem Jeep von der Straße abgekommen –

und wer kommt vorbei und steigt aus dem Auto, um uns zu helfen? Mein absoluter Traumtyp. Er heißt Erik. Ich glaube, ich habe mich ein kleines bisschen verknallt – und das Beste ist, ich glaube, er mochte mich auch irgendwie.
Ich habe nicht mal ein Foto von ihm, sonst würde ich es dir schicken. Morgen schaue ich mir mal auf der Karte an, wo seine Farm liegt …
So, und jetzt zu dem, was ich alles mit den Geparden erlebt habe … und das ist schon eine ganze Menge …

Während ich tippte, lächelte ich in mich hinein. Sofia würde begeistert sein, dass ich endlich dabei war, mich zu verlieben. In Deutschland hatte sie immer wieder erfolglos versucht, mich zu verkuppeln – zuletzt mit einem schüchternen Elftklässler, der sämtliche Songs von One Republic mitsingen konnte und Spinnen züchtete. Seither wusste ich, wie sich eine Vogelspinne auf dem Handrücken anfühlt.

Tja, und jetzt war das Herzklopfen da. Mit einem Typen, den ich nur einmal kurz getroffen hatte und vielleicht nie wiedersah.

Es wurde eine lange Nacht. Ich übernahm die zweite Schicht und beobachtete Tila und Okana, bis mir fast die Augen zufielen. Sie taten nicht sonderlich viel, ruhten sich in ihrer Hütte aus und richteten sich hin und wieder steifbeinig auf, um herumzuschnüffeln. Das gab mir jede Menge Zeit, über Erik nachzudenken. Ich konnte mich an die ersten Momente unserer Begegnung so genau erinnern, als liefe ein Film in meinem Inneren ab.

Kurz nach Mitternacht hörte ich plötzlich leise klassische Musik. Es waren tiefe, warme Klänge aus dem Nirgendwo und ich lauschte wie verzaubert. Ein Cello. Irgendjemand hier spielte Cello. Mir fiel ein, was Teresa über Jamie Edwards erzählt hatte. Spielte sie immer nachts, wenn niemand zuhörte, ganz allein für sich? Dachte sie manchmal an das Leben, das sie zurückgelassen hatte?

Am nächsten Morgen bekamen Tila und Okana ihr Frühstück serviert, Teresa und ich hatten es im gekachelten Futterraum für sie zusammengemischt – eine Portion Milch, dazu Oryxfilet, angereichert mit Vitaminen und Kalzium. Unsere Border Collies daheim hätten sich gegenseitig totgetrampelt für diesen Leckerbissen.

»Heute geht es den beiden Kleinen bestimmt schon besser, nachdem sie sich ordentlich ausschlafen konnten«, meinte Teresa.

»Schlafen Geparden denn nachts, so wie wir? Ich konnte es nicht genau sehen, weil die beiden sich so oft in ihre Hütte verkrochen haben.«

»Ja – viele Raubkatzen so wie Leoparden sind eher nachts aktiv, aber Geparden jagen tagsüber und schlafen nachts.«

Später halfen uns Jamie und Rob, die beiden Katzen in ihr neues Heim zu bringen – ein geräumiges Gehege hinter dem Hauptgebäude, in dem die Kleinen auf dem Sandboden herumtollen und auf einen Baum klettern konnten. Doch danach stand ihnen erst mal nicht der Sinn, sie verschwanden hastig in ihrem kleinen, mit Decken ausgelegten Holzhäuschen. Nicht mal eine gefleckte Pfote war noch zu sehen.

Und so blieb es bis zur nächsten Fütterung.

»Meinst du, die werden noch zutraulicher?«, meinte ich enttäuscht.

Teresa wirkte weniger entmutigt. »Ach, das wird schon. Wart nur ab.«

Tatsächlich, schon bald lugten zwei misstrauische pelzige Gesichter zu uns herüber. Doch herankommen wollten die kleinen Geparden nicht, solange wir da waren. Also stellten wir die Futterschüsseln auf den Boden und hockten uns in einer Ecke des Geheges auf den Boden. »So gewöhnen wir die Kleinen nach und nach an uns«, erklärte Teresa.

»Ich glaube nicht, dass das klappt, nachdem sie so schlechte Erfahrungen mit Menschen gemacht haben.« Karla, die puppenhafte Dunkelhaarige, stand am Ausgang des Geheges und spähte hinein. »Jetzt wissen sie, was sie von uns komischen nackten Affen zu halten haben. Wir haben ihnen die Mutter weggenommen und zerstören ihren Lebensraum … eigentlich müssten sie uns hassen.«

Stimmt, dachte ich. Aber konnten Tiere überhaupt hassen? Ganz sicher. Wir hatten mal einen Schäferhund in der Praxis gehabt, der von seinem früheren Besitzer misshandelt worden war. Dieser Besitzer hatte einen Bart gehabt. Seither rastete der Hund vor Wut aus, wenn er einen Mann mit Bart sah …

»Kommst du?«, riss Karla mich aus meinen Gedanken. »Du bist eingeteilt, mit Jamie und Rob die wilden Geparden zu überwachen, und ich soll dir noch zeigen, welche Ausrüstung ihr dafür braucht.«

»Wow, du darfst mit? Schon am zweiten Tag?« Teresa staunte.

Eigentlich wäre ich gerne bei Tila und Okana geblieben, aber wenn ich wilde Geparden sehen durfte, war ich natürlich dabei. Ich stemmte mich hoch, klopfte mir den Sand vom Hintern und versprach: »Ich komme gleich wieder vorbei, sobald ich zurück bin.«

Um wilde Geparden sehen zu können, musste man sie erst mal finden. Das stellte sich als ziemlich kompliziert heraus.

»Geparden legen jeden Tag Dutzende von Kilometern zurück«, erklärte mir Jamie, während wir zu der kleinen Start- und Landebahn von Ounene eúlu fuhren. »Jeder von ihnen hat ein riesiges Revier. Deswegen suchen wir sie mit unserem Flugzeug, und wenn wir dann die Sender an ihren Halsbändern geortet haben, geben wir die Koordinaten an unsere Leute am Boden durch.«

»Äh, ist das die Startbahn?«, fragte ich. Vor uns lag ein ebener Sandstreifen im Busch, eine kleine rot-weiße Cessna parkte darauf.

»Allerdings«, sagte Jamie Edwards. »Ich hoffe, du hast noch nicht gefrühstückt, Lilly.«

»Äh, doch. Wieso?«

Fünf Minuten später wusste ich, wieso. Obwohl es noch früh am Morgen war, stieg schon heiße Luft flirrend in die Höhe und hob die Cessna an, kippte sie hin und her, zwang sie zu einem irren Tanz hoch über dem Boden. Mein Magen tanzte unfreiwillig mit. Verzweifelt konzentrierte ich mich auf Jamies und Robs blecherne Stimmen in meinen Kopfhörern, auf die endlose rotbraune Savanne unter uns. Ich sah eine kleine Gruppe Zebras, die an einer Wasserstelle trank und die Flucht ergriff, als der Schatten des Flugzeugs über sie hinwegstreifte. Sogar ein einzelnes Nashorn stapfte wie in Zeitlupe durch den Busch, das Erste, was ich von ihm bemerkte, war sein Schatten, der um diese Uhrzeit noch wie ein langer schwarzer Finger aussah.

»Na also, jetzt haben wir ein Signal – es ist Ciska«, sagte Jamie nach einer Ewigkeit und Rob notierte auf einer Karte den Standort. Jamie legte die Maschine in eine steile Kurve; mein Magen schien in die Tiefe zu sausen.

»Ah, da ist sie!« Rob deutete auf den Boden. »Ich sehe sie.«

Ich erkannte nur einen gefleckten Schatten, der durchs Gebüsch huschte. Aha, das war also ein wilder Gepard. Leider brauchte man Adleraugen, um ihn zu erkennen. Ich überlegte, ob ich Jamie um eine Kotztüte bitten sollte.

Zum Glück dauerte der Flug nicht lange – wir machten noch zwei weitere männliche Geparden ausfindig, die sich in dem Schutzgebiet rund um Ounene eúlu aufhielten, dann ging es zurück zur Landepiste. Ich war heilfroh, als die Cessna endlich auf festen Boden zurückkehrte und wir umstiegen in einen offenen Jeep.

In flottem Tempo steuerten wir die Orte an, bei denen wir die Geparden von oben erspäht hatten. Zum Schluss querfeldein. Auf dem Sandboden wuchs sowieso nicht viel, hier und da Grasbüschel und manchmal ragte ein grüngrauer Baum oder ein rotbrauner Termitenhügel auf. Rob lenkte den Jeep, Jamie stand immer wieder im offenen Führerhaus auf, schwenkte eine große Drahtantenne umher und lauschte auf die Signale in ihren Kopfhörern. Ich durfte es auch mal ausprobieren und hörte ein »Pieppiep«, das stärker oder schwächer klang, je nachdem, in welche Richtung man die Antenne schwenkte.

Schließlich flüsterte Jamie: »Da! Seht ihr?«, und Rob stellte den Motor ab.

Diesmal sah ich sie sofort. Die Gepardin war auf einen kleinen Hügel geklettert und hielt Ausschau. Im Licht der Morgensonne glühte ihr Fell golden und ihre schlanke Gestalt war perfekt wie eine Statue. Ich konnte kaum atmen vor lauter Glück. Es war zwar toll, die Raubkatzen auf Ounene eúlu zu erleben – aber diese wilde Gepardin hatte eine ganz andere Würde und Schönheit.

Seltsamerweise musste ich gerade jetzt an Erik denken und wünschte ihn mir herbei. Es würde ihm bestimmt gefallen, zusammen mit mir Ciska zu beobachten; er wirkte, als wäre er gerne in der Natur, so wie ich. In meinem Magen breitete sich ein sehnsüchtiges Ziehen aus. Wie Schmetterlinge fühlte es sich aber nicht gerade an, eher wie ein unsichtbares Bungee-Jumping-Seil, das an mir festgemacht war und mich zu ihm hinzerrte.

Ciskas Augen richteten sich wachsam auf den Jeep, aber die Gepardin verließ ihren Aussichtspunkt nicht und nach einer Minute schaute sie wieder in eine andere Richtung.

»Normalerweise sind die Geparden in Namibia sehr scheu, aber Ciska ist an uns gewöhnt«, erklärte Rob. Er hatte sich auf den Fahrersitz gestellt, um besser beobachten zu können, und hielt sich an der Windschutzscheibe fest, während er durch den Feldstecher schaute. »Wir beobachten sie seit Jahren. Jamie, siehst du ihre Jungen?«

»Nein. Ich wette, sie hat die im hohen Gras da vorne zurückgelassen, als sie auf die Jagd gegangen ist.«

»Passt der Vater in der Zwischenzeit auf sie auf?« Ich nahm kurz den Feldstecher, den Jamie mir reichte, und sah das stolze Gesicht der Gepardin ganz nah vor mir.

»Die Väter kümmern sich nicht um ihre Jungen, Gepardinnen sind alle alleinerziehende Mütter«, erklärte Jamie und drückte mir ein dickes Logbuch, einen Stift und eine Uhr in die Hand. »So, jetzt zu deinem Job. Schreib alles mit, was ich dir diktiere. Mit der genauen Uhrzeit dazu, bitte, und den Koordinaten des Ortes, die hier auf dem GPS stehen.«

»Mach ich.« Um mir frühere Eintragungen anzusehen, blätterte ich im Logbuch; die nach rechts geneigte, elegante Schrift gehörte wahrscheinlich Jamie, andere Einträge stammten sicher von Rob, Karla oder Teresa. Einer von denen kritzelte ganz schrecklich, und o Mann, Dreck und Blutspuren waren auch auf dem Papier!

»Da hat ein Mord stattgefunden«, sagte Rob und grinste, als er meinen Gesichtsausdruck sah. »Aber keine Sorge, er wurde aufgeklärt. Und die Ermittlungen haben ergeben, dass der Moskito zuerst angegriffen hat. Ich bin nicht verurteilt worden.«

Bevor ich überfliegen konnte, was im Logbuch stand, musste ich auch schon selbst den Stift ansetzen. »Ciska beobachtet vom Ausguck aus eine kleine Herde Springböcke«, diktierte mir Jamie, »etwa zehn Tiere, die meisten davon mit Nachwuchs.«

Noch während ich schrieb, fügte Jamie hinzu: »Sie schleicht sich an, offenbar will sie ihr Glück versuchen … aber sie ist noch ziemlich weit entfernt …«

Ich riss den Kopf hoch – und sah, wie die Gepardin geduckt voranschlich, den Bauch nur wenige Zentimeter über dem Boden, ganz und gar auf ihr Ziel konzentriert. Ihr Blick verließ die Beute keinen Moment lang. Dann schoss sie auf einmal los, warf sich vorwärts. Panisch hetzte der junge Springbock, auf den sie es abgesehen hatte, davon, holte mit den spindeldürren Läufen weit aus, um der Gefahr zu entkommen. Doch obwohl er blitzschnelle Haken schlug, folgte ihm die Gepardin und blieb ihm auf den Fersen. Ich war hin- und hergerissen – sollte ich mir nun wünschen, dass der Springbock entkam, oder Ciska die Daumen halten, damit sie und ihre Jungen nicht hungern mussten?

Diesmal hatte der Springbock Glück. Nach einigen Hundert Metern brach Ciska die Jagd ab, ohne dass ich einen Grund dafür erkennen konnte, und blieb einfach stehen. Ihre Flanken hoben und senkten sich. Schließlich legte sie sich im Schatten eines Baumes hin. Die Antilopen hatten längst mit hohen Sprüngen das Weite gesucht. Ich notierte alles im Logbuch.

Rob meinte: »Sie hat sich bei der Entfernung verschätzt, glaube ich. Dabei ist Ciska eigentlich eine gute Jägerin.«

Ciska atmete immer noch schwer.

Und ich bemerkte: »Sieht aus, als hätte sie sich diesmal überanstrengt.«

»Das ist jedes Mal so.« Jamie beobachtete die Gepardin durch den Feldstecher. »Nach jedem Sprint muss ein Gepard einige Zeit verschnaufen, erst danach kann er es noch mal probieren. Hundertzehn Stundenkilometer haben eben ihren Preis!«

Bei der nächsten Jagd hatte Ciska Erfolg. Sie holte die kleine Antilope ein, schlug mit der Vorderpfote nach ihr und brachte sie damit zu Fall. Beide verschwanden in einer Staubwolke. Der Staub verzog sich und ich sah, dass die Gepardin ihre Beute am Hals gepackt hatte, bis diese sich nicht mehr rührte.

Als der Springbock tot im Gras lag, blickte sich die Gepardin um und stieß einen eigenartigen Ruf aus. Es klang überhaupt nicht katzenartig, sondern eher wie der Laut eines Vogels. Sofort kamen drei kleine Geparden, kaum so groß wie Hauskatzen, aus dem Gebüsch gerannt und tapsten auf ihre Mutter zu. Sekunden später war die Familie friedlich am Fressen.

Jamie und Rob wirkten nicht ebenso begeistert von diesem Anblick wie ich. »Verdammt, es sind nur noch drei!«, sagte Jamie. »Eines muss eingegangen sein.«

Rob stöhnte. »Und das nach der Sache mit dem Leoparden letztes Jahr.«

Während Jamie weiter durch den Feldstecher spähte und herauszufinden versuchte, welches Junge fehlte, fragte ich: »Was war denn mit dem Leoparden?«

»Er hat Ciskas Junge aufgespürt und sie getötet, alle fünf«, berichtete Rob, ohne die Augen von der Gepardenfamilie zu nehmen. »So was ist in Namibia zum Glück selten, aber in Kenia und Tansania ist es Alltag. Dort erledigen Löwen, Hyänen und andere Tiere so viele Gepardenjunge, dass nur etwa fünf Prozent von ihnen überleben.«

Ich war sprachlos vor Entsetzen. Nur fünf von hundert kleinen Geparden überlebten ihre Kindheit? »Und warum ist das in Namibia nicht so?«

»Hier gibt's kaum noch Löwen. Schade zwar, aber gut für die Geparden.«

»Ja, aber warum machen die Löwen so was?«

»Ganz einfach. Konkurrenz ausschalten. Da sind Löwen nicht zimperlich. Und Leoparden auch nicht.«

Wir blieben einen großen Teil des Tages bei der Gepardin und ihrer Familie. Aber viel geschah nicht mehr. Nach ihrem Festmahl leckten sich Ciska und ihre Jungen zärtlich gegenseitig sauber, dann verdösten sie die heiße Mittagszeit im Schatten eines mächtigen Anabaumes.

Unser Jeep stand leider voll in der Sonne. Um uns davon abzulenken, dass wir uns gerade in drei große Pfützen verwandelten, erzählte Rob, was er letzte Nacht alles auf CNN gesehen hatte. Er war der einzige Mitarbeiter, der Satellitenfernsehen in seiner Hütte hatte; nur unter dieser Bedingung hatte Jamie ihn zu ihrem Projekt holen können. Auf seine Lieblingsserien hätte er nie verzichtet.

Am Nachmittag sagte Jamie endlich: »Okay, genug geschwitzt. Lasst uns heimfahren.«

Auf der Rückfahrt hatte ich über vieles nachzudenken. Töten, getötet werden, das alles war ganz nah hier draußen. Milde, Mitleid, Rücksicht – alles Worte, die es hier nicht gab, nicht geben konnte. Es war ein hartes, kurzes und herrliches Leben, das Ciska und ihresgleichen führten. Ich fragte mich, ob ich all die verhätschelten West Highland Terrier, übergewichtigen Golden Retriever und frisch frisierten Perserkater in Papas Praxis je wieder ernst nehmen konnte.

In dieser Nacht schauten Teresa und ich abwechselnd nach Tila und Okana, doch jedes Mal schliefen die kleinen Geparden friedlich in ihrer Hütte. Am nächsten Morgen brachten wir ihnen wieder ihr Frühstück, aber sie trauten sich noch immer nicht an uns heran. Gähnend machten ich und Teresa uns auf den Weg, um selbst etwas zu essen. Dabei kamen wir am Parkplatz vorbei. Es war erst sieben Uhr früh, aber Karla und Louis luden schon eine Transportbox auf einen Jeep Wrangler mit offener Ladefläche. Ich sah, dass Louis eine längliche Segeltuchtasche dabeihatte, wetten, da war ein Betäubungsgewehr drin?

»Was ist denn los?«, erkundigte ich mich und Karla antwortete hastig: »Auf der Farm Friedrichshöhe hat ein Gepard ein Kalb gerissen und der Farmer hat ihn angeschossen. Wir müssen sofort hin …«

Friedrichshöhe. Es durchfuhr mich wie ein Stromschlag. Das war doch die Farm von Eriks Familie!

»Darf ich mit?« Ich sprang auf die offene Ladefläche und wartete, ob jemand Einspruch erheben würde. Tat aber niemand. Prima!

»Ich gehe lieber frühstücken.« Teresa hob grüßend die Hand und ging weiter.

Karla fuhr schnell und ich saß steif wie ein Stock auf der Ladefläche und schwitzte noch mehr als sonst. Die Erinnerung an den Autounfall war noch zu frisch; wenn ich mal kurz vergaß, was passiert war, dann fiel mein Blick garantiert auf einen meiner blauen Flecken und alles war wieder da. Außerdem wurde mir immer mulmiger zumute, je länger wir fuhren.

Der Farmer hat ihn angeschossen … bedeutete das etwa, dass Erik einen Geparden abgeknallt hatte? Warum hatte er nicht vorher angerufen, damit die Leute von Ounene eúlu das Tier einfangen und irgendwo anders aussetzen konnten? Oder war es sein Vater gewesen, der abgedrückt hatte? Ob Erik gerade überhaupt auf der Farm war, wusste ich nicht. Vielleicht war er unterwegs, so wie neulich, als er uns geholfen hatte. Oder er hatte auf einem anderen Teil der Farm zu tun. Viele Farmen hier, hatte Teresa erzählt, waren gigantisch, die im Süden Namibias waren teilweise so groß wie das kleine Land Liechtenstein oder das halbe Saarland. Mit gutem Grund, in diesem kargen Wüstenland fanden die Herden wenig Futter und mussten weit umherstreifen, um satt zu werden.

Nach einer Dreiviertelstunde auf einer Sandstraße kamen wir an ein großes Metalltor, an dem ein Holzschild mit der Aufschrift *Friedrichshöhe* angebracht war.

»Das ging ja richtig schnell«, freute ich mich.

»Noch sind wir nicht da«, sagte Louis in seinem sorgfältigen Englisch. »Von hier aus umfasst die Strecke noch zehn Kilometer.«

Schließlich hatten wir das Hauptgebäude erreicht und Karla parkte unseren Jeep auf einem von Bäumen umgebenen Sandplatz. Direkt neben dem dunkelgrünen Landrover. Mein Herz klopfte bis zum Hals und auf einmal traute ich mich kaum auszusteigen.

Er ist da. Erik ist da.

DRAMA IM BUSCH

Durch die Bäume sah ich makellos weiß gekalkte Farmgebäude mit roten Ziegeldächern hindurchschimmern. In angespanntem Schweigen gingen wir den Schotterweg zum Hauptgebäude hoch.

»Da sind Sie ja«, hörte ich eine Stimme und ein breitschultriger Mann mit zerfurchtem Gesicht und schmalen, durchdringend blickenden Augen trat uns entgegen. Er trug ein altmodisches kariertes Hemd und sandfarbene Hosen aus grobem Stoff; unter seinem breitkrempigen Lederhut lugten kurze graue Haare hervor. Das war also Eriks Vater! Ich schaute ihn mir neugierig an. Er war kleiner als Erik, strahlte aber Autorität und Kraft aus; ein scharfer Blick aus diesen Augen hätte die übelste Klasse in Berlin-Mitte dazu gebracht strammzustehen. Die einzige Ähnlichkeit mit Erik, die ich erkennen konnte, waren die hellbraunen Augen.

»Tag, Herr Sartorius«, sagte Karla freundlich lächelnd. Wie schaffte sie es, in so einer Situation zu lächeln? »Wir sind gleich ins Auto gesprungen. Vielleicht haben Sie ja Zeit, mit uns rauszufahren und uns zu zeigen, wo das mit dem Geparden passiert ist.«

Eriks Vater dachte gar nicht daran zurückzulächeln. »Für so was habe ich eigentlich keine Zeit. Aber ich muss ohnehin zu einem Camp, das in der Nähe liegt. Fahren Sie mir am besten hinterher.«

»Albrecht, glauben Sie, dass das Tier noch lebt?«, fragte Louis. Soso, er durfte Eriks Vater sogar beim Vornamen nennen. Ein Farmer muss sich mit seinem Tierarzt gut stellen!

»Ich hab ihn zwar getroffen, aber dann ist er mir entwischt – könnte sein, dass er noch irgendwo verletzt im Busch hockt. Wenn's nicht dunkel geworden wäre, hätte ich ihn aufgespürt. Dann suchen wir ihn eben heute.«

Wenigstens war es nicht Erik, der geschossen hatte. Unauffällig schaute ich mich nach ihm um, aber er war nirgends in Sicht. Dafür bemerkte ich ein zartes, etwa zehnjähriges Mädchen mit dünnen blonden Haaren. Misstrauisch spähte es aus einem Fenster, duckte sich aber sofort weg, als es merkte, dass ich es gesehen hatte. He, wer war das denn? Hatte Erik eine Schwester?

So richtig wohl fühlte ich mich nicht. Für Sartorius senior waren wir Eindringlinge hier, das war klar. Ähnlich willkommen wie die Raubkatzen selbst, die es auf seine Herden abgesehen hatten. Und das Mädchen war scheuer als die Antilopen in der Gegend. Was war das eigentlich für eine komische Farm hier?

Sartorius ging in Richtung des Parkplatzes davon. In diesem Moment kam Erik aus dem Haupthaus; über seiner Schulter hing ein Jagdgewehr und er trug einen ähnlichen Lederhut wie sein Vater. Als er mich sah, hellte sich sein Gesicht auf und mit etwas Verzögerung – nachdem ich mich vom Anblick des Gewehrs erholt hatte – strahlte ich zurück. Wahrscheinlich hätte Sofia sich an die Stirn getippt und so was gesagt wie: »Mensch, Lilly, lass es nicht so raushängen, dass du ihn toll findest, sonst interessiert er sich nicht mehr für dich!«

Egal. Er sollte ruhig sehen, dass ich mich freute. Was zählte es hier in Namibia schon, was cool war und was nicht? Das alles war so weit weg.

Erik begrüßte auch Louis freundlich, doch dann folgte er seinem Vater und beachtete uns nicht länger. Leise unterhielten sich die beiden Männer, während sie nebeneinanderher gingen. Eriks Vater sagte etwas, Erik nickte und antwortete ebenso gedämpft. Ich spitzte natürlich die Ohren, konnte aber nicht hören, worum es ging. Schweigend folgten wir den beiden hinunter zum Parkplatz. Dort waren zwei Arbeiter dabei, Rohre auf einen flachen Anhänger des Landrovers zu heben und festzuzurren.

»Noch vier mehr, Elias – das sollte reichen«, befahl Albrecht Sartorius einem der Männer. Der junge Schwarze war groß und dünn wie ein Fahnenmast, aber er bewegte sich geschmeidig und elegant. Erik lächelte ihm zu und sagte ein paar Worte in einer afrikanischen Sprache; Elias lachte und rief etwas zurück.

Kurz bevor wir losfuhren, entdeckte ich das dünne blonde Mädchen wieder. Es lugte hinter einem Baum hervor. Um seine Beine wuselte ein Terrier, der die Farbe einer dreckigen Klobürste hatte und irgendwie seltsam aussah. Bevor ich Genaueres erkennen konnte, steuerte Karla unseren Jeep hinter dem Wagen der Sartorius' her, raus aufs Farmland.

»Das war so dermaßen klar«, meinte Karla zu Louis, als wir im Wagen wieder unter uns waren. »Sartorius hat uns nur angerufen, weil er ein schlechtes Gewissen hat. Normalerweise hätte er sich nie bei uns gemeldet!«

»Wieso schlechtes Gewissen?«, fragte ich neugierig.

»Unter Jägern ist es Ehrensache, dass sie ein Tier möglichst sofort töten, ohne ihm unnötige Qualen zu bereiten«, erklärte Louis. »Wenn man es nur angeschossen hat, dann folgt man ihm, bis man es findet und erschießen kann. Sonst stirbt es manchmal erst nach Tagen unter furchtbaren Schmerzen.«

Ich verzog das Gesicht, das mochte ich mir nicht mal vorstellen. Hoffentlich fanden wir den angeschossenen Geparden schnell. »Ist es eigentlich erlaubt, auf Geparden zu schießen? Stehen die nicht unter Naturschutz?«

»Man darf einen Geparden töten, um seine Farm oder sich selbst zu schützen«, erklärte Karla bitter. »Das Problem ist, dass in Namibia fast alle Geparden auf Farmland leben. In den Neunzigerjahren hat jeder Farmer hier in der Gegend mehrere Hundert Raubkatzen im Jahr getötet. Stell dir das mal vor! Zum Glück ist es durch unsere Arbeit ein bisschen besser geworden. Und das ist auch gut so, in Namibia sind nämlich nur noch zweieinhalbtausend Geparden übrig.«

»Gejagt werden Geparden in Namibia auch – allerdings braucht man dafür eine Lizenz«, fügte Louis hinzu. »Das kostet pro Tier etwa zweitausend US-Dollar.«

»Äh, und wer zahlt die?«

»Der Jäger – meist ist er Gast auf einer Jagdfarm. Für das Geld bekommt er die Erlaubnis, einen Geparden zu erlegen.«

O Mann. Das durfte doch einfach nicht wahr sein. Klar, zweitausend Dollar waren viel Geld, besonders wenn jemand arm war – aber was zählte Geld, wenn eine Tierart vielleicht für immer von der Erde verschwand? Ich konnte mir nur vorstellen, dass andere Überlegungen dahinterstanden. Wenn die Farmer mit Geparden Geld verdienen könnten, schützten sie die vielleicht eher.

Der Jeep von Ounene eúlu holperte über eine Piste, die kaum mehr war als eine helle Spur auf dem Boden. Karla bemühte sich, den größten Steinen und Rinnen im Boden auszuweichen; trotzdem wurden wir ordentlich durchgeschüttelt. Durch die staubige Windschutzscheibe beobachtete ich den Wagen der Sartorius'. Der junge schwarze Helfer hockte auf der Ladefläche, hielt sich mit einer Hand an der Seite fest und blickte hinaus in die Weite der Landschaft. Was ihm wohl durch den Kopf ging? Ob er zum selben Stamm gehörte wie Louis? War es unhöflich, nach so etwas zu fragen? Ich hatte gelesen, dass elf verschiedene Volksgruppen in Namibia lebten; der größte und einflussreichste Stamm waren die Ovambo.

»Weil sich Geparden in Gefangenschaft nur sehr selten fortpflanzen, bringt es noch viel mehr Geld, die Tiere lebend an einen Zoo zu verkaufen«, fügte Karla hinzu. »Ist allerdings verboten. Sonst gäb's hier schon keine Raubkatzen mehr.«

Eine Familie von Warzenschweinen rannte mit steil erhobenen Schwänzen vor uns über die Straße und Karla musste hart bremsen. Kurz darauf sahen wir nur fünfzig Meter neben der Straße eine Herde von Oryxantilopen, ihre schwarz-weißen Gesichter sahen lustig aus.

Schließlich hielt der Wagen vor uns an und Erik und

sein Vater sprangen heraus. »Hier in der Nähe war es«, meinte Albrecht Sartorius knapp. Diesmal trug er das Gewehr und in der Tasche seines karierten Hemdes steckte eine Schachtel Patronen. »Schauen wir mal, ob wir die Blutspur finden.«

Ich ärgerte mich ein bisschen darüber, dass Erik einfach so dabeistand und nichts sagte. Sein Gesicht war ausdruckslos und er vermied es, mich anzusehen. Wieso war er heute so ganz anders als neulich? Vielleicht weil er sich schämte, weil ihm die ganze Situation unangenehm war? Oder regte er sich insgeheim über uns auf, weil wir uns für Raubkatzen interessierten und nicht für die Probleme der Farmer?

»Wie haben Sie überhaupt gemerkt, dass es ein Gepard war, der Ihr Kalb gerissen hat?«, fragte ich seinen Vater. »Kann es nicht eine Hyäne oder ein anderes Tier gewesen sein?«

Albrecht Sartorius wandte sich mir zu, sein Blick war kühl. »Wenn ich die Reste eines toten Kalbes finde und ein Gepard ist in der Nähe, dann ist das Raten nicht besonders schwierig.«

Okay, okay! Ich beschloss, vorerst den Mund zu halten. Um die Aufgabe, mit Sartorius senior zu verhandeln, beneidete ich Karla und Louis nicht.

»Hyänen haben wir nur wenige auf der Farm und Löwen gar keine«, mischte sich Erik ein und ich warf ihm einen dankbaren Blick zu. Doch er schaute schon wieder in eine andere Richtung, suchte das Akaziengestrüpp vor uns mit den Augen ab.

Konzentriert begannen Louis und Karla, die Gegend nach der Blutspur abzusuchen, und ich schloss mich ihnen an, obwohl ich keine Ahnung hatte, wie diese Spur aussehen könnte. Wahrscheinlich wie dunkelbraune Flecken – Blut blieb ja nicht rot, wenn es trocknete.

Erik und sein Vater stapften ebenfalls durch den Busch, den Blick auf den Sandboden zwischen den silbrig gelben Grasbüscheln geheftet. Ich war froh, dass ich keine Sandalen, sondern feste Schuhe angezogen hatte. Die Dornen der Akazien waren überall, bohrten sich sogar tief in die Sohlen meiner Wanderschuhe.

Schließlich rief Louis: »Hier!« Er stand neben einem mehr als mannshohen Termitenhügel und deutete auf den Boden. Ich eilte hin – tatsächlich, dort auf dem Boden waren unauffällige braune Flecken. Daneben zeichneten sich Pfotenabdrücke im Sand ab.

»Eindeutig ein Gepard«, sagte Karla und wandte sich mir zu. Es machte mich nervös, sie anzublicken, weil ich durch ihre spiegelnde Sonnenbrille ihre Augen nicht erkennen konnte. »Weißt du, woran man das erkennt, Lilly?«

Ich nickte und kniete mich neugierig neben Karla, um die Spur aus der Nähe zu untersuchen. »Habe ich gelesen. Sie sind die einzigen Katzen, die ihre Krallen nicht einziehen können.«

In diesem Pfotenabdruck konnte ich die Krallen deutlich erkennen. Sie erinnerten mich an die Abdrücke von Laufschuhen, die ich auf dem Sportplatz gesehen hatte. Wahrscheinlich funktionierten diese Krallen so ähnlich wie Spikes – sie bohrten sich in den Boden und gaben den Pfoten Halt beim blitzschnellen Beschleunigen.

Elias, der Helfer von der Farm, stellte sich als guter Spurenleser heraus und folgte der Fährte mit ernstem Gesicht und ohne Zögern. Er wirkte nicht so zugänglich und nett wie die Schwarzen, denen ich auf Ounene eúlu begegnet war, aber er besaß eine Haltung und Würde, die mich beeindruckten.

Es war kein Vergnügen, der Spur zu folgen. Der Gepard war auf der Flucht manchmal durch Dornengestrüpp gekrochen, das jedem Menschen Kleider und Haut in Fetzen gerissen hätte.

»Is' nie 'n Problem, nie«, versicherte Elias, schlug einen Bogen um das Buschwerk und schaffte es, die Spur auf der anderen Seite wieder aufzunehmen.

»Er hat ganz schön viel Blut verloren«, sagte Louis besorgt und blickte auf die dunklen Tropfen hinunter, die in der Hitze längst eingetrocknet waren. »Weit hat er es bestimmt nicht mehr geschafft.«

Die kühlen Morgenstunden waren vorbei, jetzt begann die Sonne wieder zu sengen. Ich mochte mir gar nicht vorstellen, welche Backofentemperaturen im namibischen Sommer herrschten. In meinen Schuhen scheuerte der Sand, aber ich achtete nicht darauf und hielt nicht an. Wir mussten diesen Geparden rechtzeitig finden, nichts anderes zählte! Ich wischte mir den Schweiß ab, der salzig in meinen Augen brannte, und starrte wieder auf den Boden. Die Spuren waren jetzt unregelmäßig, verliefen im Zickzack. Elias zeigt mir mit einer kleinen Pantomime, warum – der Gepard hatte sich mühsam vorangeschleppt.

Mit halbem Ohr lauschte ich auf die Schritte der anderen. Ich hörte, dass jemand näher kam, und blickte auf. Es war Erik, und wenn er so weitermarschierte wie jetzt, würden wir bald nebeneinandergehen! Hoffentlich blieb er, ich fühlte mich gleich doppelt so lebendig, wenn er in der

Nähe war. Außerdem war ich gespannt, was er sagen würde – würde er sich entschuldigen? Versuchen zu erklären, was geschehen war? Doch er folgte nur eine Weile Seite an Seite mit mir der Spur und meinte schließlich: »Die Geier haben ihn schon entdeckt. Das muss aber nicht heißen, dass er tot ist, sie behalten auch verletzte Tiere im Auge.«

Ich blickte hoch. Tatsächlich, dort vorne schwebten dunkle Punkte im ewigblauen Himmel Namibias. Kreisten über einer bestimmten Stelle des Buschs. Ganz plötzlich loderte Wut in mir hoch. »Ist das eigentlich schon oft vorgekommen? Dass ihr auf Geparden geschossen habt?«

»Schon ein paarmal«, antwortete Erik nüchtern. »Was hast du erwartet? Dass wir sie toll finden, so wie ihr?«

»Sie *sind* toll! Gestern habe ich gesehen, wie einer von ihnen gejagt hat. Das war einfach … der Wahnsinn. Olympiasprinter sind nichts dagegen. Und ihre Gesichter … hast du ihnen schon mal ins Gesicht gesehen? Ich finde ihre Augen so geheimnisvoll …« Verlegen ließ ich den Satz ausklingen. Ich schaffte es nicht. Die Magie kam nicht bei ihm an, das spürte ich an der Art, wie er schwieg. Wahrscheinlich fand er mich schrecklich naiv.

Schließlich sagte er doch noch etwas. »Mag ja sein, dass sie schnell sind und vielleicht auch schön. Selbst wenn ein Springbock das vermutlich anders sehen würde.« Er grinste, wurde aber schnell wieder ernst. »Tatsache ist, sie schaden uns und wir verteidigen uns.«

»Ihr habt das ganze Land eingezäunt, wo sollen sie denn überhaupt noch leben und jagen? Sollen sie aussterben, nur weil es uns Menschen nicht passt, dass sie ab und zu mal was fressen müssen?«

Gewitterwolken zogen auf seiner Stirn auf. »Wir verlieren im Jahr fünfzehn Kälber an Raubtiere. Weißt du, was das für uns bedeutet?« Auf einmal waren seine Augen dunkel und ich erschrak über das, was ich darin sah.

Ich kam nicht dazu, darüber nachzudenken, denn in diesem Moment hörte ich Karlas Stimme: »Ich glaube, da vorne ist er!«

Jetzt sah auch ich das gefleckte Fell durch die Zweige hindurch. Der Gepard hatte sich unter einem Baum ausgestreckt, das Spiel von Licht und Schatten verbarg ihn fast völlig. Regungslos lag er da.

Langsam und vorsichtig näherten wir uns. Mit einer verletzten Raubkatze war sicher nicht zu spaßen. Es mochte ja sein, dass Geparden normalerweise keine Menschen angriffen, aber wenn sie verzweifelt waren, galten andere Regeln. Ich hatte schon erlebt, wie sich eine nette kleine Siamkatze in einen fauchenden, spuckenden Dämon verwandelt hatte, als sie sich auf Papas Behandlungstisch wiederfand. Wie man eine Katze bändigte, wusste ich – aber einen Geparden packte man nicht einfach so am Nackenfell, außer man wollte ausprobieren, wie sich diese fingerlangen, dolchartigen Eckzähne anfühlten.

Louis holte sein Betäubungsgewehr heraus und setzte einen Narkosepfeil ein. Auch Eriks Vater hielt sein Gewehr bereit, doch er wirkte eher gelangweilt als angespannt. Er bemühte sich nicht, leise zu sein, seine Stiefel knirschten auf dem Sand und zermalmten einen trockenen Zweig. Den interessierte nicht, was mit dem Geparden geschah. Erik dagegen spähte neugierig voraus, wenigstens er war nicht ganz gleichgültig!

Ich sah nach und nach ein halbes Dutzend Geier vom Himmel herabschweben und in der Nähe des Körpers aufsetzen. Wie groteske, bucklige Clowns hüpften sie über den Boden und stießen dabei zischende und gackernde Geräusche aus.

»Ich fürchte, wir sind zu spät gekommen«, sagte Karla.

Dann hob der Gepard den Kopf.

Wir erschraken alle, aber der Gepard wohl am meisten. In seinen Augen stand Panik, als er uns sah. Er quälte sich auf die Pfoten und fauchte uns finster entschlossen an.

Wir waren keine zehn Meter von ihm entfernt. Viel zu nah – nicht nur für meinen Geschmack. Karla ging hastig ein paar Schritte zurück. »Louis!«

Ganz vorsichtig, um den Geparden nicht zum Angriff zu reizen, hob Louis das Gewehr. Doch dann hielt er inne, um das Tier noch einen Moment zu beobachten. »Ein junges Männchen«, stellte er fest. »Noch nicht ausgewachsen. Vermutlich ist seine Mutter verendet, bevor sie ihm richtig beibringen konnte, wie man jagt. Irgendwann hatte er so beträchtlichen Hunger, dass er sich an Ihre Herden herangemacht hat, Albrecht.«

Karla sah ziemlich blass aus um die Nasenspitze. »Louis, jetzt mach schon. Aus dieser Entfernung kannst du ihn nicht verfehlen.«

Was für ein trauriges Schicksal, ging es mir durch den Kopf. Erst verliert der arme Kerl seine Mutter und dann wird er auch noch angeschossen. Ich hoffte sehr, dass wir ihm helfen konnten. Sein struppiges Fell war voller Blutspuren und Dornen, ich würde auf dem Operationstisch jede Menge mit dem Auskämmen zu tun haben …

Der Gepard duckte sich ein wenig, so wie Ciska es beim Anschleichen getan hatte. Oje. Jetzt hoffte auch ich, dass Louis ihn bald ins Reich der Träume schickte. Aus dem Augenwinkel sah ich rechts von mir einen Baum, vielleicht konnte ich den im Notfall schnell raufhangeln. Angeblich das Mittel der Wahl, wenn man im afrikanischen Busch von irgendwas angegriffen wurde. Das Problem war nur, dass Geparden ein bisschen klettern konnten. Aber vielleicht ging es diesem hier zu schlecht für solche Aktivitäten.

»Lassen Sie mich nur machen«, mischte sich Albrecht Sartorius ein. »Der ist zu schwer verletzt, wird sowieso nicht durchkommen.« In einer einzigen fließenden Bewegung hob er das Gewehr und drückte ab.

MEDUSA

Der Schuss ließ meine Ohren klingeln und hallte wie ein Donnerschlag über die Buschsavanne. Sämtliche Geier flatterten hoch und machten, dass sie davonkamen. Auch der junge Gepard flitzte davon, ich hätte nicht gedacht, dass er das noch konnte.

»Was sollte das denn jetzt?« Karla schaffte es nicht mehr, ihre Wut zu unterdrücken. »Wir hatten doch vereinbart, dass wir den Geparden lebend mitnehmen!«

Gelassen lud Albrecht Sartorius sein Gewehr nach. »Bis jetzt gehört das Vieh immer noch mir, da es sich auf meinem Farmland befindet. Ich entscheide, was mit ihm geschieht. Also reden Sie gefälligst in einem anderen Ton mit mir.«

Erik und Elias hatten den Wortwechsel nicht abgewartet, sie hasteten dem Geparden hinterher und Louis folgte ihnen. Ich rannte ihnen ebenfalls nach.

»Sag mal, was hat sich dein Vater eigentlich dabei gedacht?«, keuchte ich, als ich Erik endlich eingeholt hatte. »Will er den Geparden unbedingt tot sehen?«

»Ja nee, wahrscheinlich wollte er meiner Schwester einen Gefallen tun. Sie dekoriert gerade das Gästezimmer um und meinte, da fehlt noch irgendein Fell.«

War das ein Witz? Nein, Erik meinte es völlig ernst. Mir fehlten die Worte. Das kleine blonde Geschöpf, das auf der Farm herumgeisterte, verlor bei mir die letzten verbliebenen Sympathiepunkte.

Erik spähte voraus. »Vielleicht wollte er aber auch nur zu Ende bringen, was er angefangen hatte.«

Sehr weit war der junge Gepard nicht mehr gekommen. Aber er lebte noch. Er kauerte unter einem Gestrüpp und schlug wild mit den Tatzen um sich. Frisches Blut sickerte ihm über die Schulter. Elias hinderte ihn daran, ein weiteres Mal zu fliehen, er hatte sich einen langen Stock geschnappt und hielt die große Katze dadurch auf Abstand.

Eine Minute später war Louis vor Ort. Diesmal schoss er sofort und der rot-weiß markierte Betäubungspfeil blieb im Hinterbein der Raubkatze stecken wie eine unpassende Faschingsdekoration. Der Gepard zuckte kurz, trabte noch ein Stück weiter – dann wurden seine Bewegungen unsicher, er sackte zu Boden.

Karla rannte los, um den Jeep zu holen. Louis und ich knieten uns neben den verletzten Geparden, verabreichten ihm eine Infusion, um seinen Kreislauf zu stabilisieren, und begannen, seine Wunden zu versorgen, damit er nicht noch mehr Blut verlor. Es tat mir im Herzen weh, dass auch dieser Gepard wie schon Tila und Okana so mager und struppig war – aber auf Ounene eúlu konnte er sich erholen und so munter werden wie die anderen Geparden dort. Wenn wir ihn durchkriegten.

»Was meinst du, wird er überleben?«, fragte ich Louis.

»Ja, ich glaube schon. Der erste Schuss hat keine inneren Organe verletzt und der zweite Schuss hat ihn nur gestreift.« Louis warf einen kurzen Blick auf Albrecht Sartorius, der nachgekommen war und jetzt völlig entspannt an einem Baum lehnte. Ich ahnte, was Louis dachte. Entweder war Sartorius senior ein Schütze, der auf zehn Meter Entfernung danebenschoss, oder es war Absicht gewesen. Irgendwie hatte ich das Gefühl, dass er einfach noch einmal demonstrieren wollte, wer hier auf der Farm Herr über Leben und Tod war.

Der Gepard hatte nicht nur die Schusswunde, sondern auch eine Verletzung an der Pfote; unter Louis' Anleitung reinigte und verband ich sie. Nachdem wir mit der Ersten Hilfe fertig waren, trugen wir die junge Raubkatze in den Schatten und deckten ihren Kopf ab, damit Augen und Maul nicht austrockneten. »Gut, beginnen wir die ausführliche Untersuchung«, murmelte Louis und fing an, den Geparden von Kopf bis Schwanz zu vermessen, seine Zähne zu untersuchen und Gewebeproben für die DNA-Analyse zu nehmen. Ich übernahm es, die Daten in eine Tabelle einzutragen; Elias hielt den Beutel mit der Infusion hoch.

Während der ganzen Zeit sagten weder Erik noch sein Vater ein Wort. Immerhin halfen Erik und Elias uns, die bewusstlose Raubkatze hinten in unseren Jeep Wrangler zu betten. Dann waren wir bereit für den Rückweg. Abwartend sah Albrecht Sartorius zu und Karla wandte sich noch einmal an ihn. »Vielleicht sollten Sie Ihre Kälber erst mal in einem umzäunten Bereich behalten. Bis klar ist, dass keine Geschwister von diesem Burschen hier in der Gegend jagen. Haben Sie mal darüber nachgedacht, was wir Ihnen vorgeschlagen haben … Sie wissen schon, Esel in Ihren Herden und Hütehunde?«

»Ich weiß nicht, was das bringen soll«, brummte Sartorius, schulterte sein Gewehr und hob kurz die Hand zum Gruß. Dann machte er sich auf den Weg zurück zu seinem Landrover. Erik folgte ihm nicht, er blickte uns an und zögerte. »Moment«, sagte er.

Mit einigen schnellen Schritten hatte er seinen Vater eingeholt und besprach sich mit ihm. Dann drehte er sich zu meiner Überraschung um und kam zu uns zurück. »Kann ich bei euch mitfahren? Mein Vater und Elias müssen was in einem der Camps erledigen, aber ich habe noch auf der Farm zu tun. Außerdem ist meine Schwester Maike sonst allein dort.«

Zum Glück sagte Karla: »Ja klar, gerne.«

Sofort beschleunigte sich mein Puls. Hatte es irgendwas mit mir zu tun, dass er bei uns mitfahren wollte? Quatsch, es war einfach praktisch für ihn. Maike hieß das dünne blonde Mädchen also. Warum war sie überhaupt allein auf der Farm? Wo war Eriks Mutter?

Dann saßen wir auf einmal zusammen auf der offenen Ladefläche. Ich und Erik. Erik und ich. Praktisch allein miteinander. Mit der einen Hand klammerte ich mich an der Seite der Ladefläche fest, damit ich nicht herumgeworfen wurde, mit der anderen Hand hielt ich den bewusstlosen Geparden fest. Sein pelziger Kopf lag in meinem Schoß. Es war unbequem und staubig und heiß und wunderbar.

Wie gut es sich anfühlte, auf dem warmen Metallboden zu hocken und die Luft am Körper vorbeiströmen zu fühlen. Der Wind wirbelte meine Haare durcheinander, peitschte sie mir in die Augen, ließ sie senkrecht hochstehen. Erik schaute mich von der Seite an und lachte – es war ein offenes, freies Lachen, das sein Gesicht aufleuchten ließ. »Du siehst aus wie Medusa«, sagte er. »Diese Frau aus den griechischen Sagen, die den Kopf voller Schlangen hatte.«

»Oh, das war jetzt aber ein schönes Kompliment!« Ich musste ebenfalls lachen. Auf einmal fühlte ich mich wieder wohl mit ihm, war er wieder der Blonde, den wir bei unserer Autopanne kennengelernt hatten. Der junge Farmer, der mir sofort gefallen hatte. Besser, wir sprachen jetzt nicht über Geparden, sonst war es mit der guten Stimmung wieder vorbei. »Sag mal, kennst du Elias eigentlich schon länger? Ich mag ihn.«

»Mein ganzes Leben lang kenne ich ihn – wir sind fast gleich alt und seine Familie wohnt auf der Farm«, erzählte Erik. »Ich habe ihm beigebracht, wie man richtig auf einem Pferd sitzt, und er mir, wie man aus Kameldornholz ein *kirri* schnitzt, eine Wurfkeule. Er ist übrigens ein Herero, wie viele unserer Helfer – die Herero sind traditionell Rinderzüchter.«

Herero. In meinem Hinterkopf ging eine kleine Warnflagge hoch. Das war doch der Stamm, an dem die deutschen Kolonialtruppen 1904 ein Massaker begangen hatten! Die Herero hatten einen Aufstand organisiert, um sich gegen die Ungerechtigkeiten der Weißen zu wehren – und mit schrecklicher Grausamkeit hatten die deutschen Truppen sie dafür büßen lassen. »Und er hat kein Problem damit, für Deutsche … äh, *deutschstämmige Namibier,* zu arbeiten?«

»Tja, Elias sagt, die Herero wären jetzt wieder so zahlreich wie früher und er hätte nichts gegen Deutsche«, erzählte Erik. »Trotzdem ist die Sache natürlich längst nicht vergessen und ich glaube auch nicht, dass die Stämme hier im Land den Weißen viele Tränen nachweinen würden, wenn wir aus irgendeinem Grund aus Namibia verschwinden würden.«

»Warum auch?«, fragte ich. »Ihr verschafft ihnen vielleicht Arbeit … aber das könnten bestimmt auch schwarze Geschäftsleute oder Farmer. Wenn es die denn gibt.«

»Es gibt sie«, bestätigte Erik und starrte über die sandige Ebene, die wir gerade durchquerten. Der Jeep arbeitete sich durch eine Reihe tiefer Rinnen im Boden und die Ladefläche kippte wild von rechts nach links. Ich spielte mit dem Gedanken, meinen eisernen Griff um die Seitenwand zu lockern und mich beim nächsten Ruck mit einem spitzen damenhaften Schrei gegen Erik schleudern zu lassen. Ganz versehentlich natürlich. Aber dann brachte ich es doch nicht fertig. Ich wollte den armen Geparden nicht loslassen. Und ich war mir auch gar nicht sicher, ob Erik damenhaft hilfloses Verhalten mochte. Wahrscheinlich nicht. Damals, beim Unfall, hatte es ihm gefallen, dass ich mit angepackt hatte.

»Schau mal, da sind ein paar unserer Rinder.« Erik deutete in eine Richtung. In der Ferne erkannte ich die tiefroten Felle der Tiere, die ich schon im Pferdeanhänger gesehen hatte. Es waren etwa zwanzig Rinder, die hier genauso frei herumstreiften wie Antilopen.

»Tolle Farbe«, sagte ich.

»Finde ich auch. Bonsmara heißt die Rasse. In Südafrika gezüchtet. Die halten Hitze und Trockenheit auch dann noch aus, wenn andere Rinder längst draufgehen.«

Wir redeten noch eine Weile über Viehzucht in diesem

kargen Land, dann fragte Erik plötzlich: »Sag mal, was hat deine Kollegin gemeint, als sie Esel und Hütehunde erwähnt hat?«

Sein Vater hat ihm nichts davon erzählt, wurde mir klar. »Soweit ich mitbekommen habe, gibt es Wege, Geparden fernzuhalten, bevor sie eins eurer Tiere reißen«, antwortete ich und versuchte, nicht zu eifrig zu wirken. »Wenn zum Beispiel ein Esel in einer Rinderherde mitläuft, bringt das eine Menge. Eselstuten sind so aggressiv Feinden gegenüber, dass sie Schakale und Geparde abwehren können.«

»Tatsächlich?« Erik klang interessiert.

»Ja.« Ich kramte in meinem Gedächtnis – was genau hatte mir Teresa neulich alles über das Thema Herdenschutz erzählt? »Meist verlieren die Farmer dadurch viel weniger Kälber oder sogar gar keine mehr. Und die Hütehunde … das sind anatolische Schäferhunde, so groß wie Geparden und so stark, dass sie es mit einem Leoparden aufnehmen. Wenn die eine Ziegen- oder Schafherde beschützen, traut sich kein Raubtier heran.«

»Na ja, mir ist nicht klar, was das bringen soll. Um den Hund zu beaufsichtigen, braucht man ja doch einen menschlichen Hirten – das wird zu aufwendig.«

»Eben nicht. Die Hunde arbeiten ganz allein und selbstständig. Wenn sie mit einer bestimmten Tierart aufwachsen, betrachten sie die als ihre Familie und schützen sie.«

»Und wo bekommt man so einen Wunderhund?«

»Wir züchten sie auf Ounene eúlu.« Ich zögerte, sah ihn von der Seite an. »Hast du Lust, dir mal anzuschauen, wie die Hunde arbeiten?«

Erik antwortete nicht sofort, blickte schweigend über

die Buschsavanne hinaus, die nach Recht und Gesetz ihm gehörte und seiner Familie. Ich ahnte, was ihm durch den Kopf ging. Stimmte er zu, konnte sein Vater das als Rebellion auslegen, wenn ihm danach war.

»Okay, Lilly«, sagte Erik schließlich und seufzte tief. »Einen Versuch ist es wert.« Er wandte sich mir zu und unsere Blicke begegneten sich, hielten sich einen Moment lang fest.

Mein Herz machte Galoppsprünge. »Ich ruf dich an, okay? Gib mir einfach deine Nummer«, schoss es aus mir heraus. Hoffentlich war Jamie Edwards mit alldem einverstanden, sonst hatte ich Erik gerade viele falsche Versprechungen gemacht. Nein, nein, es würde schon irgendwie hinhauen. Und halleluja, gleich hatte ich Eriks Nummer!

Nachdem wir den verletzten Geparden auf Ounene eúlu versorgt hatten, ging ich als Erstes zu Tila und Okana, obwohl mein Magen sich bitter beklagte und wissen wollte, ob er wenigstens irgendwann mit einem Abendessen rechnen konnte, wenn schon Frühstück und Mittagessen ausgefallen waren. Teresa hatte die Fütterung unserer Schützlinge bereits vorbereitet, wir brauchten ihnen das Menü nur noch zu bringen.

Gierig stürzte sich Okana auf ihre Fleischportion und schlang sie hinunter. Schließlich traute sich auch Tila an ihr Fressen heran und verputzte es in Rekordzeit. Hinterher gab es noch die Milch.

»Fressen die immer so schnell?« Ich staunte. Von unseren Tieren daheim war ich ja einiges gewohnt, aber diese Tischmanieren schlugen alles!

»Ja, das muss sein – Geparden werden meistens von Löwen, Leoparden oder Hyänen von ihrer Beute verjagt. Deshalb beeilen sie sich beim Fressen, sonst würden sie oft gar nichts abkriegen.«

Okana hatte ihren Napf säuberlich geleert, hockte jetzt mitten in ihrem Gehege und beobachtete uns. Ihre weiße Schwanzspitze zuckte. Ihre Schwester leistete ihr Gesellschaft, drängte sich an sie und versuchte spielerisch, sie zu Fall zu bringen. Ihr pelziges Gesicht war noch rot verschmiert vom Fressen.

»Normalerweise würde ihre Mutter sie jetzt sauber schlecken«, meinte Teresa.

Ich zog eine Grimasse. »Oje – müssen wir das jetzt übernehmen? Aber nicht mit der Zunge, oder?«

Teresa lachte. »Dann würde ich kündigen. Nein, es reicht normalerweise, wenn man sich die Hand etwas nass macht und dann über ihr Gesicht fährt. Das mögen sie auch deshalb, weil es in der Hitze kühlend wirkt.«

Doch so zahm waren die beiden jungen Geparden längst noch nicht, auch wenn es ihnen schon deutlich besser zu gehen schien.

Nach der Fütterung hatte ich endlich ein paar Minuten freie Zeit. Ich gönnte mir einen Apfel – frisch importiert aus Südafrika, hier in Namibia wuchs so etwas Saftiges nicht – und verzog mich zu den Gehegen, um die erwachsenen Geparden zu beobachten und in Ruhe an Erik denken zu können. Dann wanderte ich ins Büro, um meine Mails zu checken.

Am liebsten machte ich das an Robs Schreibtisch, auf dem sich immer irgendwelche Fachzeitschriften, Briefe und Ausdrucke häuften; die Wand daneben war bedeckt von Zetteln und gelben Post-its mit Notizen. Doch heute saß Rob in diesem gemütlichen Chaos und tippte einen Bericht, ich musste an Karlas Schreibtisch ausweichen. Hier lagen Akten und Ordner millimetergenau aufgereiht da, sämtliche Bleistifte waren frisch gespitzt, nicht mal ein Radiergummi wagte, aus der Reihe zu tanzen. Nur ein einzelnes Foto in einem schlichten schwarzen Rahmen stand auf dem Tisch, gleich neben dem Telefon. Ein junger Mann mit dunklen Haaren und rundem, etwas kindlichem Gesicht; er blinzelte ins Sonnenlicht und lächelte schief. Wer das wohl war? Karlas Freund?

hi, du afrikanerin,
soso, du flirtest mit hübschen namibiern!!! bist du sicher, dass er nicht schon vergeben ist? vielleicht hat er schon irgendwo eine frau und ein plärrendes kleinkind zu hause. aber macht ja nichts. du bringst ihn einfach mit nach deutschland und dann quartierst du ihn hier ein.
bei mir gibt's nicht viel neues, hab mich gestern beim einradfahren ziemlich auf die nase gelegt, und – tataa! wer stand da? natürlich vanessa, die erzählt gleich morgen weiter, dass ich mich noch nicht mal auf grader strecke auf meinem rad halten kann. aber egal, morgen fahren wir sowieso los nach mailand. ach ja, und jonas hat auch wieder liebeskummer, wetten, du bekommst eine ellenlange mail von ihm?
ich drück dich! sofia

Ich klickte auf »Antworten« und gab Sofia die brandaktuellen News. Und ja, tatsächlich, eine Mail von Jonas war auch da. Er verliebte sich immer wieder heftig, und da er ein wirklich toller Typ war – sportlich, gut aussehend und ein Ass in fast allen Fächern –, bekam er das Mädchen seiner Träume auch meistens. Doch aus irgendeinem Grund war es pünktlich nach drei Monaten wieder aus und dann litt Jonas Ewigkeiten lang wie ein Hund. Und heulte sich bei mir aus. Genau wie Fabian. Zum Glück hatte der nicht ganz so viele Freundinnen.

Ich las mir Jonas' Mail durch, seufzte und teilte routiniert Trost und Verständnis aus. Alles wie üblich. Hatte ich irgendwas an mir, das irgendwie signalisierte: *Kommt alle her, hier gibt's ein offenes Ohr, kostet nichts und ohne jedes Risiko – verlieben ausgeschlossen?*

Doch vielleicht änderte sich das bald. Als ich an Erik dachte, wurde mir warm. Am ganzen Körper. So wie er mich angeschaut hatte … hm, konnte es sein, dass er mich auch ein bisschen mochte? Sollte ich ihn einfach fragen, ob er schon eine Freundin hatte? Aber was, wenn er sich gar nicht für mich interessierte? Dann würde er denken, ich baggere ihn gerade auf äußerst plumpe Art an. O mein Gott. Besser mal abwarten, was sich bei dem Treffen auf der Farm ergab.

Am nächsten Morgen war ich schon früh wach; lange vor Teresa, die ziemlich viel Schlaf zu brauchen schien. Ich machte mich auf den Weg zum Gehege West, um meine neuen Freunde zu begrüßen. Der Sand war noch kühl und auf dem kniehohen Gras glänzten Tautropfen. Doch die

Sonne schickte schon erste Strahlen über den Horizont und wärmte mein Gesicht.

Als Erstes sah ich Ohani, das große Weibchen, am Zaun entlangpatrouillieren. Mit schwingenden, federnden Schritten glitt sie über den Boden, die schlanke Gestalt in perfekter Balance. Sie strahlte Gelassenheit aus. Ihr Blick erfasste mich, richtete sich kurz auf mich, streifte über mich hinweg. Ohani schritt weiter wie eine Königin, die kurz die Huldigung ihrer Untertanen zur Kenntnis genommen hat. Ich beobachtete sie noch eine Weile, freute mich an ihrer Kraft und Schönheit. Dann hielt ich Ausschau nach meinem Liebling Elai.

Nach ein paar Minuten hatte ich noch einen Geparden entdeckt, er streckte sich gerade und kratzte nach Katzenart an einem »Spielbaum« herum, einer Akazie mit leicht geneigtem Stamm. Dessie hatte mir erzählt, dass solche Bäume als Treffpunkte dienten, an denen Geparden Duftmarken für Artgenossen zurückließen. Nur, welcher Gepard war das da am Baum? Mir fiel es immer noch schwer, sie zu unterscheiden. Bis auf Jola, die hatte ihre silbrige Jugendmähne über den Schultern, weil sie mit ihren acht Monaten sozusagen noch ein Kind war.

Der Gepard verließ den Baum und verschwand mit einem Sprung im hohen Gras. Kurz darauf tauchte er in der Nähe des Zauns wieder auf und sah mich neugierig aus seinen großen Augen an. Jetzt erkannte ich Elai, meinen Liebling. Sie hatte ein etwas länglicheres Gesicht als die anderen und durch die Art, wie die schwarzen Tränenspuren unter ihren Augen verliefen, immer einen leicht verdutzt-enttäuschten Gesichtsausdruck. Sie machte buchstäblich ein langes Gesicht. Dabei war sie in Wirklichkeit munter und freundlich.

Auch diesmal strich sie schnurrend am Zaun entlang und rieb ihren Kopf dagegen, vielleicht wollte sie gekrault werden. Ich zögerte kurz, dann streckte ich die Finger durchs Gitter und tat ihr den Gefallen. Aber nervös war ich trotzdem. Im Zoo hätte ich den Kopf geschüttelt und irgendwas von Idioten gemurmelt, wenn jemand einfach so durchs Gitter gefasst hätte wie ich jetzt. Aber irgendwie vertraute ich Elai. Wie bei King hatte ich bei Elai das Gefühl, dass sie Menschen wirklich mochte.

Es fühlte sich gut an, eine Weile mit den Geparden allein zu sein, bevor die Tagesarbeit begann. In dieser Zeit gehörten sie ganz mir und ich ihnen.

Mit einem Lächeln auf den Lippen kehrte ich zum Hauptgebäude zurück, um zu frühstücken. Auf dem Weg dorthin sah ich in einem Quarantänegehege, das bisher leer gewesen war, einen neuen Geparden. Er trug noch Verbände und ich erkannte unseren zerzausten, schwer mitgenommenen Freund von gestern. Er sah schon wieder erstaunlich lebendig aus, spähte scheu zu mir herüber und hinkte dann weg.

Mit einer Portion Müsli setzte ich mich zu Dessie, die gerade lauthals über irgendeinen Witz von Rob lachte. Ihre Augen funkelten vergnügt.

»Dich sollte es eigentlich auf Rezept geben«, sagte ich zu ihr. »In deiner Nähe hat schlechte Laune keine Chance, Schwermut wird umgehend geheilt.«

»Gute Idee! Aber nur, wenn ich dafür Gebühren kassieren darf.« Genüsslich schob sich Dessie ein Stück Dattelbrot in den Mund. »Hast du schon gehört? Joseph hat euren Neuzugang *Omuenda* getauft, das heißt so viel wie Gast oder Wanderer. Er ist schon wieder auf den Beinen und im Gehege West II.«

»Ich weiß, hab ihn gesehen.« Mein Respekt vor Joseph wuchs. Omuenda war ein schönes Wort, Klang und Bedeutung gefielen mir. Gleichzeitig überlegte ich, wie ich jetzt die Kurve kriegte zu dem, was mich ansonsten noch interessierte. »Sag mal, Dessie … ein junger Farmer will sich die Arbeit der Hütehunde mal anschauen. Ich habe ihm gesagt, ich melde mich bei ihm.«

»Okay, gib mir seine Nummer, dann arrangieren wir was. Vielleicht hat Rob Zeit …«

»Nee, ich habe zurzeit mit dem Tracking der wilden Geparden zu tun«, wehrte Rob ab. »Vielleicht könnten wir Lucius hinschicken, der kennt sich mit den Hunden sehr gut aus.«

Nein, nein, das lief in die falsche Richtung! »Ich würde natürlich gerne mitkommen«, wagte ich einzuwenden.

»Um welchen Farmer geht es denn überhaupt?« Rob machte sich über sein Müsli her.

»Erik Sartorius von Friedrichshöhe.«

»Friedrichshöhe!?« Jetzt starrten alle am Tisch mich an. Dessie lächelte so breit, dass ihre Backen noch runder aussahen. »Na, das ist ja ein Ding. Ich glaube, das übernehme ich selber. Am besten zeigen wir ihm, wie die Hunde auf der Farm der Reinickes arbeiten. Die Reinickes werden ihm in den höchsten Tönen was vorschwärmen.«

Auch Rob wirkte hochzufrieden. »Ich sag's ja immer, wir müssen uns noch mehr auf die junge Generation konzentrieren. Die ist unsere Hoffnung – die alten Farmer ändern ihre Einstellung sowieso nicht mehr, die nehmen sie mit ins Grab.«

Schon zwei Tage später war es so weit, wir machten uns auf den Weg zur Farm, wo wir uns mit Erik treffen wollten. Mit Dessie zu fahren, machte mir ein bisschen Angst, weil sie den Jeep behandelte wie einen Rennwagen.

»Äh, sag mal, Dessie – hast du's sehr eilig?«, krächzte ich und stemmte meinen Fuß gegen eine unsichtbare Bremse.

»Eilig?« Dessie lächelte schelmisch. »Was ist das? Ihr in Europa habt die Uhren, wir in Namibia haben die Zeit.«

»Prima, dann kannst du ja ein bisschen langsamer fahren.«

»Oh, Lilly, entschuldige vieltausendmal.« Dessie bremste ein klein wenig ab, war aber nach zehn Minuten wieder so schnell unterwegs wie zuvor.

Wenn man sich an ihrem rasanten Fahrstil nicht störte, war es viel lustiger, mit Dessie zu fahren als mit Karla, die sich ständig über irgendetwas beklagte oder ein Lamento über das Artensterben auf der Welt, das Verschwinden des Regenwaldes oder die Plünderung der Meere anstimmte. Kaum hatten wir Otjiwarongo hinter uns gelassen, stimmte Dessie spontan ein afrikanisches Lied an, das Führerhaus füllte sich mit dunklen, vibrierenden Tönen. Dann meinte sie: »Jetzt bist du dran. Sing mal was Deutsches.«

»Äh, Moment mal, ich kann gar nicht singen.«

»Ha! Das sagt jeder. Und es stimmt fast nie. Los, los!«

Ich stimmte laut-falsch »Die Gedanken sind frei« an. Begeistert klopfte Dessie auf dem Lenkrad den Takt und antwortete gleich mit einem eigenen Song. Als ich wieder dran war, fielen mir zum Glück noch ein paar deutsche

Hits aus dem Radio ein, auch einer, den ich nicht sonderlich mochte, dessen Text mir aber irgendwie im Kopf hängen geblieben war.

Als wir auf der Farm der Reinickes ankamen, war ich heiser. Und zappelig vor Aufregung. *Erik. Erik. Erik.* Sein Name war zu einer Beschwörung geworden, einem mächtigen Zauber.

Wir parkten direkt in der Nähe der Viehkoppeln, Pferche aus Metallstangen und Drahtzaun. Dort lief eine Herde braun-weißer Ziegen in einer Koppel durcheinander und stampfte über den ausgedörrten Boden, Meckern erfüllte die Luft, es roch durchdringend nach Ziege. Mittendrin im Trubel ein großer hellbrauner Hund mit dunkelbrauner Schnauze, der sich zwischen den Ziegen ganz zu Hause zu fühlen schien und so gelassen wirkte wie Mama, wenn sie Patienten dahatte.

Eine weiße Farmersfrau begrüßte uns freundlich und stellte sich als Johanna Reinicke vor. Wir plauderten ein wenig und ich fragte mich, wo Erik war. Hatte er es sich doch anders überlegt? Nein, nein, dann hätte er bestimmt auf Ounene eúlu angerufen.

Es dauerte noch eine halbe Stunde, bis Erik in einer Staubwolke angebraust kam. »Tut mir leid, Lilly, ich musste noch was auf der Farm erledigen …«

Herrlich, ihn wiederzusehen. Aber er wirkte angespannt und hörte nur mit halbem Ohr zu, was Frau Reinicke erzählte. Dabei hatte sie schon wie erwartet die Lobeshymne angestimmt. »Seit wir Benno haben, verlieren wir praktisch keine unserer Ziegen mehr. Es gab nur einmal Probleme, als er von einem Oryx angegriffen und verletzt wurde.

Aber schon nach einer Woche war er wieder auf den Beinen und mit seinen Ziegen unterwegs – wie er das macht, könnt ihr euch selbst anschauen, wieso geht ihr nicht ein Weilchen mit?«

Wir schauten uns fragend an. Ich nickte, Erik ebenfalls. Aber Dessie schüttelte den Kopf. Verstohlen zwinkerte sie mir zu. »Macht ruhig, ich warte hier.«

Ich merkte, wie mein Kopf die Farbe einer reifen Tomate annahm. Dessie ahnte etwas!

»Also – viel Spaß!« Frau Reinicke und ein Farmarbeiter lösten die Verriegelung des Tors und die braun-weißen Ziegen strömten nach draußen, über den Sandweg und hinein in den Busch. Der Anatolian setzte sich an die Spitze des kleinen Trupps; er achtete nicht auf uns, konzentrierte sich ganz auf seine Herde und die Umgebung. Unauffällig, um ihn nicht zu stören, folgten wir ihm.

Es war herrlich, neben Erik zu gehen. Schon bald war die Farm außer Sicht, waren wir die einzigen Menschen weit und breit. Erst jetzt wirkte Erik richtig entspannt. Er streckte sich und seufzte tief. »Entschuldige, dass ich zu spät gekommen bin.«

»Darf ich raten? Dein Vater?«

»Als er gehört hat, was ich hier will, hieß es natürlich wieder, es sei Blödsinn. Hat eine Weile gedauert, bis ich überhaupt fahren durfte.«

Jetzt war mir klar, weshalb Erik so fertig gewirkt hatte, als er eben angekommen war. »Toll, dass du es trotzdem geschafft hast«, meinte ich, wollte ihm noch irgendwas Nettes sagen und begann stattdessen herumzustottern. »Ich … äh … ich glaube, der Hund könnte euch wirklich helfen.«

Erik lächelte mich an, herzlich und voller Wärme. Ich lächelte zurück und dachte darüber nach, ob er mir damit etwas zu verstehen geben wollte. Dass er nicht nur wegen des Hundes hier war, sondern auch wegen mir? Vielleicht hatte er nur deswegen den Krach mit seinem Vater riskiert. Oh, was für ein wunderbarer Gedanke! Aber es konnte sein, dass er seinen Bonsmara-Lieblingsrindern genauso zulächelte, also bloß keine falschen Hoffnungen.

Die Ziegen hatten inzwischen eine Stelle gefunden, an der grüne Halme sprossen, und verteilten sich geschäftig knabbernd im Busch. Wachsam umkreiste der Anatolian sie, hob hin und wieder witternd den Kopf. Erik beobachtete ihn, meinte dann: »Ja, ich kann mir vorstellen, dass ein Gepard an dem nicht so einfach vorbeikommt. Geparden sind im Vergleich zu anderen Raubkatzen nicht besonders stark.«

Wir gingen auf einen Termitenhügel zu, einen rötlichen Kegel, fast drei Meter hoch. Überall hier in der Landschaft erhoben sich diese Dinger. Ich strich mit der Hand über die harte, raue Außenseite. »Wusstest du, dass der Termitenbau darunter fast siebzig Meter in die Tiefe ragen kann?«, fragte Erik und ich staunte.

»Wo sind die Termiten eigentlich? Ich habe noch nie welche herumlaufen sehen.«

»Die sind tief drinnen, wo es immer kuschelige dreißig Grad warm ist und sie ihre Pilze züchten. Aber du solltest mal sehen, was passiert, wenn es geregnet hat. Dann schwärmen am Abend Millionen geflügelter Termiten aus, um sich zu paaren und neue Völker zu gründen. Sie ziehen durch die Luft wie eine schwarze Wolke.« Er deutete auf den unteren Teil des Baus. »Und wenn der Boden feucht wird, wachsen die Omajova-Pilze so stark, dass sie nach draußen durchbrechen. Manchmal werden sie tellergroß – und das in einer Nacht.«

»Tellergroß? In einer Nacht?« Ich fragte mich, ob ich gerade verulkt wurde. Er konnte mir alles weismachen, was er wollte, nachprüfen konnte ich es sowieso nicht. »Kann man die Dinger wenigstens essen?«

»Allerdings, sie schmecken sehr lecker, Maike und ich ziehen nach jedem Regen los und ernten sie ab.«

»Für so große Pilze braucht man bestimmt eine Riesenpfanne«, überlegte ich.

»Ach, wir nehmen einfach die gleiche wie für die Straußeneier«, sagte Erik und musste lachen. Ich lachte mit. Was für ein eigenartiges, faszinierendes Leben das hier im Busch war, so völlig anders als alles, was ich kannte!

»Warst du eigentlich schon mal in Deutschland?«

»Wie kommst du denn jetzt darauf?« Mit hochgezogenen Augenbrauen sah er mich von der Seite an. »Nein, war ich noch nicht. Reizt mich auch nicht sonderlich.«

Peng, ein Schlag in den Magen. Ich entschied, noch ein bisschen in der Wunde herumzuwühlen – einfach, um ihm zu zeigen, dass es nicht wehgetan hatte. »Ich glaube, du würdest es hassen. Monatelang ist es draußen eisig kalt. Außerdem regnet es manchmal wochenlang, dann ist der Himmel die ganze Zeit über grau.«

»Das klingt doch göttlich. Wir feiern jedes Mal, wenn es bei uns regnet.«

»Dadurch, dass es ständig regnet, gibt es bei uns auch jede Menge grüne Wiesen und Felder und Wälder«, gab ich zu.

»Klingt toll. Trotzdem – ich liebe dieses Land, so sandig und karg es auch ist. Komisch, was?«

»Nicht komisch. Ganz normal.«

Als es Zeit war, den Heimweg anzutreten, gingen wir nebeneinanderher. Einmal streiften sich versehentlich unsere Arme und ein Schauer durchlief mich. Würde Erik gleich meine Hand nehmen? Hoffentlich würde er meine Hand nehmen! *Los, Erik, mach schon und nimm meine Hand!*

Natürlich tat er es nicht. Ich hatte mir etwas vorgemacht. Er interessierte sich für Hütehunde, nicht für etwas eigenartige Tierarzttöchter aus einem kleinen Land, das aus seiner Sicht hoch oben im Norden liegen musste.

Doch kurz bevor wir an der Farm angekommen waren, hielt Erik an und wandte sich mir noch einmal zu. Plötzlich wirkte er verlegen. »Tja … jetzt weißt du eine Menge über Termiten …«

»Ja, das ist schön. Ich war mal mit einem Jungen verabredet, der mir eine Menge über Spinnen erzählt hat. Hat mir auch gut gefallen.« Am liebsten hätte ich die Worte gleich wieder eingefangen. Wie konnte ich nur so einen Mist reden?

Erik schaute etwas verdutzt drein. Aber er fing sich schnell. »Und, triffst du ihn immer noch? Den Kerl mit den Spinnen.«

»Nein«, sagte ich einfach und verkniff mir jede weitere blöde Bemerkung. Wartete einfach, fühlte das Herz in meiner Brust pochen und traute mich kaum, ihn anzusehen.

»Lilly … in ein paar Tagen fahre ich nach Otjiwarongo, um unsere Post abzuholen«, hörte ich seine Stimme. »Wenn du Lust hast, könnten wir uns da treffen.«

Ich nickte und auf einmal fiel mir das Sprechen schwer. Meine Kehle war vor Glück wie zugeschnürt.

Erik holte einen Zettel und einen Stift aus der Brusttasche seines Hemdes und kritzelte etwas darauf. »Im Café Jakaranda. So, ich schreibe dir auf, wie man es findet.«

Auf der Heimfahrt war Dessie noch vergnügter. »Na, das hat doch prima geklappt, oder?«, meinte sie. »Und jetzt – wie war das noch mal mit eurem Lied, in dem jemand für diese Frau das Licht anlässt?«

ES WAR EINMAL IN EINEM CAFÉ

Verbergen konnte ich es nicht besonders gut, wie ich mich fühlte. Prompt sprach mich Teresa darauf an. »Irgendwas passiert? Du hast ein Grinsen im Gesicht wie ein Schimpanse, der auf einem Berg Bananen sitzt.«

»Na, so was – muss ich mir bei Gelegenheit im Spiegel anschauen«, murmelte ich und konzentrierte mich darauf, Vitamine in Tilas Futter zu mischen. Ich war noch nicht bereit, von Erik zu erzählen. Noch war es ja auch nichts, worüber man gut erzählen konnte. Ein Lächeln, eine Frage, mehr nicht. Trotzdem hatte Sofia natürlich eine lange Mail bekommen, ich war gespannt, ob sie noch ein paar Tipps für mich Liebes-Analphabetin parat hatte.

Diesmal kam Jamie vorbei, als wir gerade in Tilas und Okanas Gehege hockten. Sie sagte Hallo, beobachtete dann eine Weile, was die jungen Geparden taten, und meinte schließlich: »Na, machen eure Kleinen Fortschritte?«

»Sie können schon etwas besser laufen als vorher«, berichtete Teresa stolz und klappte ihr Notizbuch zu, in dem sie gerade etwas notiert hatte.

»Und sie spielen wieder«, fügte ich hinzu. Wenn ein Tier spielt, ist das immer ein gutes Zeichen, denn wenn es hungrig ist oder von Schmerzen geplagt wird, dann hat es nicht gerade seinen Spaß im Kopf. »Aber sie sind immer noch sehr scheu.«

Jamie nickte – und dann stieß sie einen seltsamen Laut aus, eine Art Zirpen. Sofort fuhren Tilas und Okanas Köpfe herum und beide bewegten sich vorsichtig auf Jamie zu, blieben dann stehen und wirkten verwirrt.

»Das ist der Laut, mit dem eine Mutter ihre Jungen ruft«, meinte Jamie. »Probiert doch mal, ihn nachzumachen. Vielleicht schafft ihr es so, ihr Vertrauen zu gewinnen.«

Sofort begannen Teresa und ich, um die Wette zu zirpen. Tila und Okana fanden es toll, dass wir auf einmal Gepardisch sprachen, und kamen viel näher als gestern.

Ich nutzte Jamies Besuch, um ein paar meiner vielen Fragen loszuwerden. »Jamie … glaubst du, sie können jemals zurück in die Wildnis?« Es kam mir ein bisschen seltsam vor, meine Chefin mit Vornamen anzureden, aber das war in Namibia üblich, hier ging man ganz locker miteinander um.

Jamie seufzte. »Wahrscheinlich nicht. Dazu sind sie zu jung zu uns gekommen und wir müssen erst mal schauen, wie gut ihre Pfoten heilen.«

»Könnte man ihnen nicht zeigen und beibringen, sich selbst ihr Futter zu jagen?«

»Der Jagdinstinkt ist ihnen angeboren und Beute zu machen, ist Übungssache – das ist nicht das Problem. Aber was sie meistens nicht mehr lernen, ist, mit Artgenossen richtig umzugehen und die Gefahren der Wildnis zu erkennen. Es könnte also sein, dass sie hierbleiben müssen. Als Botschafter, so wie King.«

Das tröstete mich etwas. Ja, die Geparden brauchten Botschafter, damit die Menschen lernten, sie zu verstehen, und ein Interesse daran bekamen, sie zu schützen.

Am Nachmittag half ich im Büro von Ounene eúlu bei der Dateneingabe. Es musste alles genau erfasst werden – etwa wo die wilden Geparden geortet worden waren, um so ein Profil ihrer Bewegungen zu erstellen. So ein Profil sah aus wie das wirre bunte Gekritzel eines Zweijährigen, aber Rob warf nur einen kurzen Blick darauf und erklärte mir dann alle möglichen interessanten Dinge, die man daraus ablesen konnte.

Richtig konzentrieren konnte ich mich trotzdem nicht und das Abendessen und die Gespräche mit den anderen gingen an mir vorbei wie ein Traum.

»Lilly.« Wenn Erik meinen Namen sagte, klang es, als rede er von einer seltenen, besonders schönen Blume – einer Lilie eben. Ich hatte mich noch nie wie eine Lilie gefühlt, eher wie eine Art robustes Gänseblümchen, das selbst dann noch weiterblühte, wenn man versehentlich drauftrat.

An diesem Abend stellte ich mich vor den Spiegel über dem Waschbecken in meiner Hütte. Diese Fremde da, konnte man etwas an ihr schön finden, wenn man sich ein bisschen anstrengte? Aber diese große Nase, dieser viel zu breite Mund, die langweiligen mittelblonden Haare, die sportliche Figur ohne nennenswerte Brüste! Nein, nein, nein, das war das nette Mädchen, bei dem man sich ausheulte, wenn einem das Girl mit dem Deutschland-sucht-den-Superstar-Gesicht den Laufpass gegeben hatte. »Du bist eben unverwechselbar«, hatte meine Mutter mich zu trösten versucht, aber gegen diese Psychologensprüche war ich von Kindheit an immun. Ich hatte einfach schon zu viele davon aus dem Behandlungszimmer dringen hören.

Trotzig lachte ich meinem Spiegelbild zum Abschied zu. Und auf einmal wirkte der breite Mund dieses Mädchens gar nicht mehr falsch, sondern wie gemacht zum Lachen, die blauen Augen voller Leben und Energie, die Haare voller Schwung.

Ich stutzte – und beschloss, Erik bei unserem Treffen richtig ordentlich anzulachen. Lange würde es bis dahin nicht mehr dauern. Karla hatte erwähnt, dass einmal in der Woche ein paar Mitarbeiter zum Großeinkauf nach Otjiwarongo fuhren, und sofort hatte ich mich freiwillig dafür gemeldet.

Zum Glück kam rechtzeitig eine Mail von Sofia mit ein paar guten Tipps.

hey, glückwunsch, er scheint sich ja wirklich
für dich zu interessieren – und weißt du, was,
wenn er diesmal nicht deine hand nimmt, dann
machst du es einfach, okay? vielleicht ist er
ja von der schüchternen sorte, und wenn du
nichts unternimmst, dann geht es dir so
wie fabian und ricarda.
wir sind jetzt in mailand, ich hab schon ein paar
nette leute kennengelernt und ziehe mit denen um
die häuser, macht echt spaß, vielleicht gehe ich
morgen sogar mal mit in die disco, wenn ich es
schaffe, am türsteher vorbeizukommen.

noch viel spaß beim braunbrennen und flirten da unten in afrika!
sofia

Ich musste lächeln. Hui, Sofia drehte ganz schön auf da in Italien! Ihr Flirttipp machte mir ein bisschen Angst. Seine Hand nehmen, jetzt schon? Na ja, mal schauen.

Das mit Fabian war tatsächlich eine kleine Tragödie – wir wussten, dass er seit einer Ewigkeit in Ricarda verknallt war, aber er traute sich nicht, es ihr zu sagen. Und Ricarda war zu schüchtern, um selbst den ersten Schritt zu tun. Nach den Ferien mussten wir dringend was dagegen unternehmen.

Jetzt sollte ich erst mal beim Frühsport der Geparden helfen. Bei den Männchen im Gehege Ost war das Fitnesstraining ein Teil der Fütterung – mühelos liefen sie neben dem fahrenden Wagen her und warteten darauf, dass ihnen leckere Fleischbrocken heruntergeworfen wurden. Manchmal versuchten sie auch, an Bord zu springen, deswegen gehörte eine Holzstange zur Ausrüstung des Jeeps. Damit konnte man aufdringliche Raubkatzen von Bord schieben.

Die Gepardinnen im Gehege West bekamen eine andere Art von Sportprogramm.

Und ich war ihre neue stellvertretende Trainerin. »Hier, zieh das an«, sagte Dessie und warf mir ein Cheetah-Foundation-T-Shirt zu. »Diesmal haben wir es nicht nur mit Raubkatzen zu tun, sondern auch mit Besuchern, da müssen wir ordentlich aussehen.«

Es war noch nicht mal acht Uhr morgens, doch vor dem Hauptgebäude warteten schon ein paar Touristen, die das

Training miterleben wollten. Ich mischte mich unter sie und wartete mit ihnen auf Dessie, die noch schnell etwas aus ihrem Quartier holen wollte. Nach ein paar neugierigen Seitenblicken wurde den Touristen klar, dass ich eine Mitarbeiterin war, und sie begannen, Fragen zu stellen. »Stimmt es, dass kein Zaun zwischen uns und den Geparden sein wird? Ist das denn nicht gefährlich?«

»Eigentlich nicht – aber gehen Sie nicht in die Knie, auch wenn Sie dadurch vielleicht bessere Fotos machen könnten«, erklärte ich. »Dann ordnen die Geparden Sie unter ›Beute‹ ein. Auch plötzliche Bewegungen sollten Sie vermeiden.«

Es war ein komisches Gefühl, selbst Auskünfte zu geben. Lang her war es schließlich nicht, dass ich diese Fragen selbst gestellt hatte! Aber das musste ja niemand wissen.

Es waren mehrere Leute aus Deutschland dabei. Eine Familie mit etwa vierzehn Jahre alten Zwillingen und ein Ehepaar in mittleren Jahren. Der Mann – randlose Brille, gepflegter dunkler Bart und abstehende Ohren – fragte: »Ich habe gehört, Sie erforschen auch wilde Geparden. Ist das korrekt?«

»O ja«, sagte ich und sofort stand mir wieder Ciskas wildes, stolzes Gesicht vor Augen. »Etwa ein Dutzend von ihnen trägt Sender, wir verfolgen genau, was sie machen.«

»Das ist aber interessant«, sagte seine Frau und lächelte mir herzlich zu. Sie trug schicke helle Leinensachen, hatte lange, dunkelrot gefärbte Haare und ein fein geschnittenes Gesicht, das schon etwas zerknittert aussah, obwohl es im Laufe der Zeit bestimmt mit viel teurer Kosmetik beschmiert und mit Botox geglättet worden war.

Dessie war immer noch nicht da, deshalb bot ich an: »Wenn Sie wollen, zeige ich Ihnen mal ein Bewegungsmuster und die Erkennungsfotos, die meine Kollegen von den wilden Geparden gemacht haben.«

»Klingt cool«, sagte einer der Zwillinge, ein Mädchen in engen Jeans, und so trappelte die ganze Herde von Besuchern mir nach und ins Büro. Da keine anderen Mitarbeiter in Sicht waren, erklärte ich das mit der Überwachung der wilden Geparden selbst, so gut ich konnte. Dann steckte Dessie den Kopf ins Büro, meinte »Da seid ihr ja« und es konnte mit dem Frühsport losgehen.

Der »Sportplatz« war ein großes quadratisches Feld innerhalb von Gehege West; auf dem rötlichen Sandboden wuchs kurzes, struppiges Wüstengras. Hier bauten wir die automatische Anlage auf, die einen Stofffetzen an einem Drahtseil hinter sich herzog. Am Eingangstor des Geheges rief Dessie die kleine Jola, Elai und Ohani heran – sie kamen sofort und tollten übermütig neben uns her, anscheinend wussten sie, dass der Spaß bald begann. Die Touristen gingen leise murmelnd hinter uns her.

Am Sportplatz angekommen, wurden die Geparden ruhiger. Regungslos wie eine Sphinx lag die fotogene Ohani da, für die Touristen hatte sie keinen Blick übrig. Sie hatte sogar die Vorderpfoten gekreuzt, das sah gelangweilt aus. Dass sie auf zahllosen Erinnerungsfotos auftauchen würde, interessierte sie nicht die Bohne.

Nach einem kurzen Vortrag für die Touristen, den Dessie fröhlich-routiniert abspulte, durfte ich mit einem Knopfdruck die Maschine starten. Das Drahtseil spannte sich, das helle Tuch setzte sich in Bewegung – und wie der Blitz war

Ohani auf den Beinen und jagte los, der »Beute« hinterher. Ihre Pfoten trommelten über den harten Boden. Aus solcher Nähe hatte ich noch nie einen Geparden rennen sehen und es machte mich sprachlos. Von null auf hundert in drei Sekunden. Auch die Besucher staunten und drückten auf den Auslöser, so schnell ihre Finger es schafften.

Weil das Feld quadratisch war, mussten die Geparden viermal scharf die Richtung wechseln, sozusagen um die Ecke rennen. Das sah lustig aus. Sie gingen mit dem Oberkörper zuerst in die Kurve und ruderten mit dem langen, muskulösen Schwanz, um die Balance zu halten und auch ihr Hinterteil herumzuschwenken.

Nach ein paar Hundert Metern hatte Ohani das Tuch geschnappt und packte es fest mit den Zähnen. Dessie lobte sie und gab ihr mit einer langen Zange einen Brocken Fleisch als Belohnung. Zufrieden ließ Ohani das Tuch los und schlenderte davon. Ich startete die Maschine wieder und diesmal war es Jola – an ihrem niedlichen Teddybärengesicht leicht zu erkennen –, die übermütig hinter dem Stoff herjagte. Doch nach einer Minute verlor sie schon das Interesse und überließ ihren Platz Elai, die losjagte wie ein Dämon. Die Beute hatte keine Chance.

»Sehr beeindruckend«, meinte der Mann mit der Brille und seine Frau lächelte wieder und sagte: »Ja, ganz toll!« Fotos machten sie allerdings keine. Dafür die Zwillinge und deren Eltern umso mehr.

Irgendwann verließ die Geparden die Lust an der Jagd, sie balgten nur noch ein bisschen und wir kehrten zum Hauptgebäude zurück.

»Es ist ganz wichtig, dass unsere Katzen sich regelmäßig

austoben können«, meinte Dessie, holte einen mit halb geschmolzener Schokolade überzogenen Müsliriegel aus der Tasche und biss ein Stück ab. »Alles andere wäre schlecht für Körper und Seele!«

Ich nickte fröhlich. Was für meinen Körper und meine Seele gut war, wusste ich genau. Nämlich Erik wiederzusehen. Manchmal hatte ich das Gefühl, ich könne es keine Sekunde mehr aushalten ohne ihn. Zum Glück stand schon übermorgen der Einkaufstrip nach Otjiwarongo an. Und bis dahin durfte ich noch einmal mit zu Ciska und ihren Jungen.

Es war ein kühler Morgen und die Geparden hockten eng zusammengekuschelt in einer Kuhle im Gras. Sie sahen so aus, als hätten sie sich liebend gerne ein zweites, dickeres Fell übergezogen. Geduldig warteten sie ab, bis die Sonne gestiegen war und sie wärmte. Dann schüttelten sie sich, begannen herumzutappen. Und schließlich machte Ciska sich auf den Weg, wanderte über die offene Steppe, die hier und da mit frei stehenden Bäumen getupft war. Ihre Jungen tollten hinterher.

Jamie ließ den Jeep wieder an und folgte ihnen in respektvoller Entfernung. Doch Ciskas Jungen waren auf den Wagen aufmerksam geworden, neugierig streiften sie um ihn herum. Der wagemutigste der Kleinen sprang mit einem Riesensatz auf die Motorhaube und spähte durch die Windschutzscheibe. Würde er als Nächstes versuchen, ins Auto hineinzukommen? Ob seine Mutter das gut finden würde?

Nein, nicht wirklich. Ciska beobachtete ihren Nachwuchs missbilligend. Und richtig wohl fühlte sich der Kleine auf dem Auto sowieso nicht. Weil das Metall sich in der Sonne schon ziemlich aufgewärmt hatte, hob der junge Gepard abwechselnd die Pfoten – es sah aus wie ein unbeholfener Tanz. Ich musste lachen und Jamie stimmte mit ein.

Noch war die Welt in Ordnung.

Unglaublich, es gab mitten in diesem kleinen afrikanischen Ort einen *Spar*-Supermarkt. Doch nicht alles war ganz wie daheim. Vor dem Eingang des Marktes saßen ein paar schwarze Frauen, die gewaltige Kleider trugen und Kopfhauben, die ein bisschen wie zwei Hörner aus Stoff wirkten.

»Das ist eine Herero-Tracht«, erklärte mir Teresa leise.

»So viel Stoff – ist das nicht komplett unpraktisch in diesem Klima?«, flüsterte ich zurück. »Ich wette, vor Ankunft der Missionare haben sich die Leute hier anders angezogen.«

»Ja genau. Aber den Missionaren waren die nackten Brüste peinlich, deshalb haben sie den Frauen neue Stammestrachten verordnet.«

Bald hatten Teresa, ich und Joseph den Jeep vollgepackt mit Mehl, Zucker, Tee, Bananen und Äpfeln, Crackerschachteln, *Biltong* – dem getrockneten Fleisch, das hier ein beliebter Snack war –, Klopapier und den tausend anderen Dingen, die auf der Farm gebraucht wurden. Ich half, die Lebensmittel in Pappkartons zu verstauen und in den Jeep zu stapeln. Dann wurde es langsam Zeit, mich abzusetzen. Also meinte ich beiläufig: »Ist es okay, wenn ich mir noch die Stadt anschaue? Ihr müsst noch nicht gleich zurück, oder?«

»Viel anschauen kann man hier nicht«, meinte Teresa und blickte mich zweifelnd an. »Außerdem kann es passieren, dass du dumm angequatscht wirst, wenn du allein unterwegs bist. Magst du nicht lieber mitkommen? Wir trinken noch einen Kaffee im Café Carstensen, die haben sehr leckeren deutschen Apfelkuchen. Jamie liebt den über alles, ich werd ihr ein Stück mitbringen.«

Joseph nickte, kreuzte die Arme und blinzelte zufrieden in die Sonne.

»Nein, nein, ich komme schon klar«, sagte ich hastig. Auf deutschen Apfelkuchen konnte ich gut verzichten, den gab's auch daheim.

Zwar hatte ich schon Lust, mich in Otjiwarongo umzuschauen – entlang der Hauptstraße blühten Bäume in blassem Violett, was prachtvoll aussah, und in der Ortsmitte ragte eine hübsche, von Palmen umgebene Kirche auf. Doch Teresa hatte recht, die anderen Straßen schienen wenig mehr zu bieten als ein paar Bäckereien, Läden und Takeaways, vor denen schwarze Jugendliche herumlungerten.

Alle meine Gedanken kreisten darum, das Café Jakaranda zu finden, in dem Erik und ich uns treffen wollten. Also verabschiedete ich mich, und kaum war ich um die nächste Straßenecke gebogen, las ich mir noch einmal die Beschreibung durch, die Erik auf den Zettel gekritzelt hatte. Dann ging ich mit schnellen Schritten den Bürgersteig entlang.

Das Café lag in einer ruhigen Seitenstraße. Ich erspähte ein rostiges Metallschild und einen Toreingang, das musste es sein. Na, von außen sah es nicht gerade toll aus! Doch jenseits des Tores stand ich plötzlich in einem tropisch grünen Garten, in dem Tischchen mit schmiedeeisernen Stühlen verteilt waren. In einer Ecke des Gartens wölbte ein blühender Baum seine Äste über die Tische. Ich war verzaubert. Das Café schien ein Geheimtipp zu sein, denn nur ein Touristenpaar und ein paar Leute, die eher wie Einheimische aussahen, saßen hier, die Hälfte der Tische war leer.

»Lilly!« Erik saß in einer Ecke des Gartens, die halb von Kletterpflanzen verborgen wurde; ein wenig verlegen winkte er mir zu. Mein Herz machte einen Luftsprung. Ich schlüpfte auf den Platz ihm gegenüber und wir lächelten uns an. Vor ihm stand eine leere Kaffeetasse, anscheinend war er schon eine Weile da.

»Die anderen sind ins Carstensen gegangen«, erzählte ich. »Aber ich hab mich einfach abgesetzt.«

»Im Carstensen haben sie gute Milkshakes. Aber hier auch. Oder probier mal den Guavensaft.«

Ach, es tat so gut, ihm gegenüberzusitzen und sinnlose Dinge zu reden! Ich betrachtete ihn, sein gut geschnittenes Gesicht mit den bernsteinfarbenen Augen, seine Haare, die in einem dunklen Gold schimmerten wie die Rahmen alter Gemälde, seine schlanke, aber kräftige Gestalt. Es kam mir immer noch wie ein Wunder vor, dass einer wie er sich überhaupt für mich interessierte.

»Bist du oft hier in der Stadt?«, fragte ich ihn.

»So etwa alle zwei Wochen. Meist bin ich ziemlich froh, mal von der Farm wegzukommen.« Er hielt inne, weil gerade die Bedienung kam. Ich bestellte das Erstbeste, was ich auf der Karte sah – einen Rotbuschtee –, und wartete ungeduldig darauf, dass wir weiterreden konnten. »Irgendwann hat man genug von dem Staub und der Hitze, will ein paar andere Gesichter sehen«, fuhr er fort. »Hier habe ich noch ein paar Freunde … Bekannte … ich bin hier zur Schule gegangen.«

»Ich habe mich schon gewundert – irgendwo müssen die Kinder von den Farmen ja Unterricht bekommen …«

»Ja, in Otji gibt's eine ganz normale Highschool, da gehen alle Jugendlichen aus der Umgebung hin, und gewohnt habe ich unter der Woche im Deutschen Schülerheim, das ist eine Art Internat. Immerhin konnte ich an den Wochenenden raus auf die Farm. Und du, wie lebst du in Deutschland? Erzähl mal.«

Also erzählte ich von meinen leicht verrückten Eltern, dem Gymnasium, der Greenpeace-Ortsgruppe und meinem Brot-der-Woche-Club, dem immer mehr in meiner Schule beigetreten waren, weil ich schon ein paar rekordverdächtige Rezepte erfunden hatte wie Haferbrot mit Nüssen und Ingwerstückchen.

Erik musste lachen. »Und das kann man essen?«

»Es gab nur einen Austritt aus dem Club«, erwiderte ich, »und es ist harmlos gegenüber eurem Hirsebier und den gerösteten Mopane-Würmern!«

»Ach, die musste ich auch mal probieren – als Elias' Familie mich in ihr Haus auf Friedrichshöhe eingeladen hat«, gestand Erik. »Ich habe mich schrecklich blamiert dabei. Eigentlich hätte ich auch ablehnen können, aber nein, ich wollte unbedingt höflich sein und habe einen davon gegessen – und dann kam das Vieh mir wieder hoch und ich bin rausgerannt zum Klo.«

Ich musste grinsen. »Hat wahrscheinlich ein wenig gedauert, bis Elias dich wieder eingeladen hat, oder?«

Na toll. Jetzt hatte ich mein erstes richtiges Rendezvous und wir redeten über Würmer. Nach Termiten und Spinnen unser drittes großes Thema. Ich überlegte, wie ich das Gespräch möglichst bald wieder auf schönere Dinge lenken konnte. Am liebsten wäre mir sowieso gewesen, er hätte mich an Ort und Stelle in seine Arme gezogen. Die ganz kitschig-romantische Nummer. Aber bis jetzt hatten wir uns nicht mal richtig berührt. Es war ja auch alles noch so frisch und neu. Oder vielleicht wollte er mich nur als gute Freundin, um sich bei mir auszuheulen, so kannte ich das schließlich von daheim. Bestimmt würde er mir gleich von seinen früheren Beziehungen erzählen und ich würde dazu verständnisvoll nicken.

Dieser scheußliche Gedanke ließ sich nicht mehr aus meinem Kopf verjagen, im Gegenteil, er blähte sich auf, bis er meinen ganzen Kopf auszufüllen schien und nichts anderes mehr darin Platz hatte. Es würde mir wieder so gehen wie mit allen anderen Jungs bisher, bestimmt, nie würde mich jemand so lieben, wie ich war. Alles wie immer. Die nette Lilly. Viel zu nett. Kann gut zuhören. Viel zu gut.

Inzwischen war ich in Panik, mein Herz raste wie nach einem Sprint und ich ertrug die Unsicherheit keine Sekunde länger. Noch bevor ich darüber nachdenken konnte, griff ich über den Tisch und nahm Eriks Hand.

O mein Gott, was hatte ich da getan! Ich fühlte mich wie schockgefroren.

»… und seit Elias' Schwester Yolande für uns kocht, äh, seither …« Erik stockte, verstummte, blickte mich einfach nur an. Ich spürte, wie nervös er war, und einen Moment lang wäre ich am liebsten unter den Tisch gekrochen, so peinlich war mir die ganze Sache – aber dann schloss sich seine sehnige Hand fest um meine und auf seinem Gesicht lag ein seltsamer Ausdruck, eine Art schmerzliche Zärtlichkeit.

»Verdammt, Lilly …«, sagte er und plötzlich war ich den Tränen nahe, ich wusste selbst nicht, warum. Vielleicht weil alles so schön war. Ich schaute auf den Tisch und dann spürte ich seine Finger, die über meine Wange strichen, ganz zart und behutsam.

Eine Weile sagten wir beide gar nichts. Dann meinte ich: »Ich hab mich bisher nicht getraut zu fragen … du hast keine Freundin, oder? Sonst kommt vielleicht bald ein wütendes Mädchen mit einem Jagdgewehr auf Ounene eúlu vorbei …«

Erik schüttelte den Kopf. »Nicht zu erwarten.« Sein Blick war unglaublich weich und liebevoll. Es war ein Blick, der süchtig machte, den Rest meines Lebens wollte ich so angeschaut werden.

»Weißt du eigentlich, wie gut du mir tust?«, sagte Erik. »So wie du hat mich schon lange niemand mehr zum Lachen gebracht.«

»Jederzeit gerne«, antwortete ich verlegen und nahm noch einen Schluck von meinem Tee.

Ich hatte vergessen, dass es draußen noch eine andere Welt gab, die Welt jenseits der Kletterpflanzen und blühenden Bäume und seiner Augen. Doch nun fiel Eriks Blick auf meine Armbanduhr und auf einmal war diese Welt wieder da und forderte ihr Recht.

»Schon drei Uhr? Verdammt, ich muss los«, sagte Erik, plötzlich unruhig. Er zog seine Geldbörse hervor, legte ein paar Namibia-Dollar auf den Tisch und stand hastig auf. »Tut mir leid. Ich habe gar nicht auf die Uhr gesehen …«

Das hatte ich auch nicht. Hoffentlich waren Teresa und Joseph nicht stinksauer oder ohne mich losgefahren! »Wann sehen wir uns wieder?«

»Weiß ich noch nicht genau, kommt drauf an, wann ich mich wieder loseisen kann«, sagte er und stand auf. »Darf ich dich anrufen?«

Darauf gab es nur eine Antwort. Ich stand ebenfalls auf und dann streckten wir die Arme nach einander aus, umschlossen uns erst behutsam, dann ganz fest. Unter dem rauen Hemd seinen Körper zu fühlen, so warm und lebendig … seinen Mund zu schmecken … über seine Haare zu streichen … das alles fühlte sich herrlich an. Seine Lippen waren wirklich so weich, wie sie aussahen, und seine Wangen ein klein wenig kratzig. Kein Traum, ging es mir durch den Kopf. Echt. Das ist echt. Es passiert jetzt.

Als er weg war, saß ich noch eine Weile wie betäubt an meinem Tischchen neben den Kletterpflanzen. Meine Seele war noch nicht ganz angekommen im Jetzt, musste noch ein paarmal zurückkehren zu diesen Momenten eben. Wie er meine Hand gehalten hatte. Wie er mich angesehen hatte. Ja, und der Kuss. O ja.

»Na, hat's geschmeckt?« Plötzlich stand die Bedienung neben mir; sie trug eine blau-weiße Schürze und darunter Jeans und eine Bluse. Ihre Haare waren rotbraun gefärbt und hinten zu einem Pferdeschwanz zusammengebunden. Alles an ihr wirkte so jugendlich, dass es ein kleiner Schock war, ihr ins Gesicht zu sehen, das von Runzeln durchzogen war und mindestens fünf Jahrzehnte verriet.

»Ja, der Tee war gut«, sagte ich abwesend und wünschte, die Frau würde weggehen. Doch sie machte sich umständlich daran, die Tassen auf ein Tablett zu stellen.

»Du bist nicht von hier, oder?«, meinte sie, während sie räumte und wischte.

»Nein, aus Deutschland.« Ich stellte fest, dass Eriks Dollars fürs Bezahlen reichten, ganz altmodisch-korrekt hatte er mich eingeladen. Also steckte ich mein Geld wieder weg und meine Gedanken eilten zu Teresa, Joseph, dem Jeep. Vielleicht sollte ich erst mal beim Café Carstensen vorbeischauen, vielleicht waren die beiden noch da … oder war es besser, gleich zum Jeep zu gehen …?

»Darf ich dir einen Tipp geben, Herzchen?«, sagte die Bedienung.

Verblüfft schaute ich zu ihr hoch. Bevor ich den Mund aufmachen konnte, sprach die Frau schon weiter. »Mit dem da was anzufangen, ist keine gute Idee. Besser, du bleibst weg von ihm.«

Verwirrt starrte ich sie an. »Meinen Sie Erik? Wieso denn das?«

»Wär nicht fair von mir, das zu sagen. Wollte dich nur warnen. Siehst aus wie ein nettes Mädchen.«

Schweigend schob ich ihr die Dollar hin und steckte das Wechselgeld ein. Meine Hochstimmung war dahin. Ohne nachzudenken, ging ich zum Jeep, in dem Teresa und Joseph herumsaßen und warteten.

Sie waren tatsächlich stinksauer. Aber ich bemerkte es kaum.

NACHTSCHWALBEN

»Jetzt ganz vorsichtig. Sag am besten nichts. Sonst läuft sie wieder weg.« Teresa flüsterte, ich verstand sie kaum. Okana schnupperte an ihrem Bein, ihr kleines, pelziges Gesicht wirkte ernst, fast nachdenklich dabei. Endlich hatte ihre Neugier gesiegt, sie wollte wissen, wer hier die ganze Zeit in ihrem kleinen Reich hockte und sie rief.

Tila schaute interessiert zu und überließ es ihrer Schwester, die gefährlichen Erfahrungen zu machen.

Dann wandte Okana sich auf einmal mir zu, stürzte sich spielerisch auf meine Schuhe und versuchte hineinzubeißen. Ich musste lächeln. Vielleicht spürten die kleinen Geparden, wie traurig ich war, und wollten mich aufheitern.

Mein erster Gedanke nach der Rückkehr aus Otjiwarongo war gewesen, Erik zur Rede zu stellen. Ihn sofort anzurufen und zu fragen. Doch dann überlegte ich es mir noch mal. Wieso sollte ich eigentlich glauben, was mir so eine komische Hexe erzählte? Wahrscheinlich machte es ihr Spaß, das Glück von Verliebten kaputtzumachen, weil ihr eigenes Herz längst vertrocknet war.

Jetzt sprang Tila ihre Schwester von hinten an und versuchte, sie zu Boden zu reißen, beide kugelten durch den

Sand. Auf der Flucht versuchte Okana, auf Teresas Rücken zu klettern. »Au, au, au!«, quiekte Teresa und ich pflückte Okana vorsichtig von ihrer Schulter, die spitzen Krallen zogen Fäden aus Teresas T-Shirt.

»Mindestens die Hälfte meiner Klamotten ist schon hinüber.« Teresa seufzte. »Ein paar hat die Sonne ausgebleicht, als sie auf der Leine hingen, und den Rest haben die Geparden erledigt. Du, sag mal … warum warst du eigentlich in Otji so lange weg?«

Ich war noch nie richtig gut darin gewesen, Dinge zu verschweigen. Außerdem schuldete ich Teresa die Antwort, schließlich hatte sie gestern lange auf mich warten müssen. »Ich habe mich mit Erik Sartorius getroffen. Leider ist mir zu spät eingefallen, dass ihr vielleicht schon auf mich wartet … tut mir wirklich leid.«

»Mit Erik? Ging es um die Hütehunde?« Teresa sah mich neugierig an.

»Nein, äh, wir waren einfach verabredet.«

»Ahaaaa!« Teresa sah mich von der Seite an – mit ganz neuem Respekt, wie ich mir einbildete. »Hey, Glückwunsch. Ich finde, er ist unheimlich nett, und wie er aussieht … mhm … ich muss immer ein bisschen an Orlando Bloom denken …«

Ich musste grinsen. »Na, zum Glück ist Erik kein Filmstar. Dann hätten zehntausend andere Mädchen sein Poster in ihrem Zimmer hängen; ich glaube, damit käme ich rein psychisch nicht klar.«

Wir beobachteten, wie Tila etwas mühevoll den Spielbaum hochkletterte. Okana versuchte, ihr zu folgen, schaffte es aber nicht und fauchte missmutig.

Doch Teresa konnte sich nicht wirklich auf unsere Katzen konzentrieren. »Wie hat's denn zwischen euch gefunkt? Erzähl!«

»Ich glaube, bei mir hat's schon *klick* gemacht, als er uns bei der Autopanne geholfen hat. Da war er einfach … ich weiß nicht, er wusste so genau, was er tat, er war total cool, aber ohne cool sein zu wollen, weißt du, was ich meine?«

»Äh, nein, aber macht nichts – ich weiß, wie sich's anfühlt, wenn man verknallt ist.«

»Wahrscheinlich muss man im Vergleich dazu die Jungs in meiner Klasse kennen, die sind zum Teil ziemlich albern oder wollen beweisen, wie hart sie drauf sind. Und du, bist du gerade verliebt?«

»Mein Freund Dave wollte leider nicht nach Namibia mitkommen. Wir sind schon seit der Schule zusammen, vielleicht heiraten wir mal, wer weiß.«

Wir unterhielten uns noch eine Weile über Dave, aber ich konnte nicht verhindern, dass meine Gedanken immer wieder einmal zu der seltsamen Bemerkung der Café-Bedienung zurückkehrten. »Sag mal … war da eigentlich mal was … ich meine, was sagen die Leute hier in der Gegend so über Erik?«

»So was interessiert dich?« Teresa zog die Augenbrauen hoch.

»Nein, nein, so war es nicht gemeint, ich habe nur irgendwas gehört … genauer gesagt, hat mich jemand vor ihm gewarnt …«

»Hm! Das klingt komisch. Nein, ich habe nichts mitbekommen. Aber das hat nicht viel zu sagen, ich bin ja auch erst seit einem halben Jahr in Namibia. Frag doch mal Jamie.«

Klang nach einer guten Idee. Ich begann, darüber nachzudenken, wie ich die Frage formulieren wollte, und Teresa kritzelte mal wieder mit einem Bleistift in ihrem Notizbuch herum.

Bevor ich dazu kam, Jamie zu fragen, checkte ich erst mal meine Mails – ich wollte meine eigenen Neuigkeiten loswerden und war außerdem gespannt, was Sofia erlebt hatte.

> hi lilly,
> stell dir vor, ich hab's tatsächlich in den club geschafft, wahrscheinlich deshalb, weil die anderen alle älter sind als ich und ich mit ihnen rein bin.
> war, ehrlich gesagt, nicht sonderlich lustig und wahnsinnig laut, ich habe mir nach einer weile taschentuchstücke in die ohren gestopft, weil es mir zu viel wurde.
> heute wollen die anderen in die stadt zum shoppen, leider bin ich fast pleite, wahrscheinlich reicht's nicht mal für neue ohrringe, aber das macht eigentlich nichts, ich hab ja schon etwa hundert oder sind es schon tausend? :-)
> wie war dein treffen mit erik????
> sofia

Ich lächelte. Die großen Ohrringe waren Sofias Markenzeichen. Aber tausend hatte sie davon bestimmt nicht, höchstens zwanzig. Wie anders unsere Ferien diesmal liefen! Hier gab es bestimmt keinen Club im Umkreis von hundert Kilometern, ob Erik jemals in einem gewesen war?

Noch am selben Tag bekam ich die Gelegenheit, Jamie auszuhorchen. Ich war dazu eingeteilt, die Hütehunde zu versorgen. Das hieß, wieder mal mit jeder Menge Fleisch zu hantieren – Vegetarier wären auf Ounene eúlu regelmäßig in Ohnmacht gefallen. Außerdem machte ich die Gehege der Hunde sauber, schaute nach den jungen Müttern Tini und Laila mit ihren Welpen und schüttete ihnen frisches Stroh auf, damit sie es bequem hatten. Vielleicht würde einer dieser tapsigen kleinen Hunde mal auf Friedrichshöhe Dienst tun … mit acht Wochen wurden sie abgegeben, das war nicht mehr lange hin … ob Erik und sein Vater sich bis dahin entschieden hatten?

»Hallo, Lilly!« Jamie Edwards warf einen Blick in die Box mit den Welpen. Tini begrüßte sie schwanzwedelnd. »Tja, in einem Monat kommen diese Kleinen in ihr neues Heim. Dann wird die Warteliste wieder ein Stück kürzer.«

»Oh, es gibt eine Warteliste?«, sagte ich erschrocken. »Ich dachte, jeder, der einen Anatolian haben will, kriegt einen.«

»Na ja, früher oder später schon«, meinte Jamie. »Wie war's auf Friedrichshöhe?«

Ich berichtete, dass Erik sich wirklich für die Hütehunde interessierte und beeindruckt gewesen war von ihrer Arbeit. Doch Jamie schien meine Begeisterung nicht zu teilen. »Hm. Schön. Aber ich fürchte, bis die Familie Sartorius uns und den Geparden wohlgesonnen ist, wird noch viel Zeit vergehen.«

»Ähm, apropos Zeit … du lebst doch schon sehr lange hier. Ich habe gehört, dass es irgendwelchen Ärger mit Erik gab. Worum ging es dabei denn, weißt du das?«

Jamies Ausdruck wurde kühler. »Das fragst du ihn am besten selbst«, sagte sie und wandte sich zum Gehen. Doch dann drehte sie sich noch einmal herum. »Ich weiß nicht, ob du's schon gehört hast …«

»Ja?« Ich spitzte die Ohren.

»Omuenda erholt sich so gut, dass wir ihn vielleicht schon in einer Woche freilassen können. Nach vielem Herumtelefonieren habe ich ein neues Heim für ihn gefunden – in einem privaten Schutzgebiet etwas weiter südlich.«

»Toll«, sagte ich und war insgeheim enttäuscht – ich hatte gehofft, dass Jamie noch etwas über Erik verraten würde.

Die Würfel waren gefallen. Ich würde ihn selbst fragen. Wir würden uns treffen und dann würde ich erzählen, wie die Frau im Café mich gewarnt hatte. Mal schauen, was er dazu meinte.

Doch als ich auf Friedrichshöhe anrief, war nicht Erik dran, sondern ein Mädchen. Seine Schwester Maike. »Erik ist gerade nicht zu sprechen«, sagte sie. Ihr Deutsch war genauso gut wie das von Erik.

»Ist er auf der Farm unterwegs?«

»Ja. Er hat keine Zeit.«

»Könntest du ihm was ausrichten?«

»Na gut.«

Ich verzog das Gesicht. Nicht gerade überschäumend vor Freundlichkeit, die Kleine. »Sag ihm bitte, Lilly habe angerufen. Ob er mich bitte zurückrufen könnte.«

»Okay.« Dann ein Freizeichen. Maike hatte aufgelegt. Am liebsten hätte ich irgendetwas Zerbrechliches an die Wand geworfen. Ich sehnte mich so danach, mit Erik zu reden, dass ich es kaum noch aushielt.

Enttäuscht und frustriert, ging ich zu Teresas und meiner Hütte zurück. Auf dem Weg dorthin kam mir Karla entgegen, wir sagten Hallo und gingen aneinander vorbei. Ich wunderte mich kurz, wo sie herkam – viel mehr kam hinter der Hütte nicht mehr –, und vergaß es gleich darauf wieder.

Am Abend probierte ich noch einmal, auf Friedrichshöhe anzurufen. Ich ließ es lange klingeln, aber niemand hob ab. Und Erik rief nicht zurück, meldete sich nicht. An diesem Tag nicht und am nächsten ebenso wenig.

Ich spielte mit Tila und Okana und dachte an Erik. Ich versorgte die Hütehunde und fragte mich, warum er nicht anrief. Ich führte Touristen über Ounene eúlu und überlegte, ob Erik schon mal hier gewesen war und sich unsere Geparden angeschaut hatte. Wer hatte behauptet, dass Liebe angenehm war? Bisher kam es mir vor wie eine Achterbahnfahrt ohne Anschnallgurte!

In der Mittagspause, als alle anderen beim Essen waren, schlich ich mich mal wieder ins Büro. Aber meine Hand schwebte nur über dem Hörer. Mann, ich benahm mich unmöglich. Wie ein dämliches Groupie. Ein einziger Kuss – und nun telefonierte ich ihm pausenlos hinterher. Vielleicht hatte ihm das Treffen gar nicht so gut gefallen wie mir. Wieso hatte ich ihm auch von meinem Brot-der-Woche-Club erzählt? Und von Greenpeace. Wahrscheinlich hielt er die für einen Verein von Spinnern. Und mich gleich dazu.

Egal. Ich griff nach dem Hörer, wählte die Nummer, die ich inzwischen auswendig konnte.

Wieder war Maike am Apparat. Mist.

»Hier ist Lilly«, presste ich mühsam beherrscht hervor. »Ich möchte Erik sprechen.«

»Der ist mit Papa unterwegs.«

Ja natürlich. Erik musste seine Pflicht erfüllen. Anscheinend war er ein guter Sohn, obwohl sein Vater ihm das so schwer machte. Was zählte da die Liebe? Was die Sehnsucht? Ich kannte ihn längst nicht gut genug, um das einschätzen zu können. »Würdest du ihm bitte ausrichten, dass er mich anrufen kann, wenn er Lust dazu hat. Ich würde mich sehr darüber freuen.«

»Mach ich«, antwortete Maike, doch irgendwas in ihrem Ton machte mich misstrauisch. Selbstzufrieden verhielt sie sich, aber auf der Hut; so wie unsere Border Collies, wenn sie was angestellt hatten und nicht erwischt worden waren.

»Du hast ihm doch ausgerichtet, was ich dir gestern gesagt habe?«

»Ja, klar!«

Es klang furchtbar scheinheilig. »Prima«, sagte ich freundlich. »Weißt du, was – wenn er diesmal nicht zurückruft, dann komme ich einfach auf eurer Farm vorbei und gehe erst dann wieder, wenn ich Erik gesehen habe.«

Maike schnaubte und legte auf.

Ich atmete tief durch. Dieses Biest! Hoffentlich ahnte sie nicht, dass das eben eine leere Drohung gewesen war. Einen Führerschein hatte ich noch nicht und es war völlig aussichtslos, einen der Cheetah-Foundation-Mitarbeiter zu einem kleinen Ausflug nach Friedrichshöhe zu bewegen. Mir stiegen die Tränen in die Augen, ich konnte es nicht verhindern. Es gab keinen Weg mehr, Erik zu erreichen. In Deutschland hätte ich ihm eben schnell mal eine

Mail oder eine Nachricht geschickt. Hier wäre ich schon froh gewesen über ein paar Brieftauben.

Am Nachmittag, nachdem Teresa und ich unsere Schützlinge versorgt hatten, war ich zur Fütterung der Männchen im großen Gehege Nord eingeteilt. Joseph, Karla und ich machten uns daran, die schweren Fleischbrocken auf den Jeep zu hieven. Obwohl Karla so schmächtig wirkte, bewältigte sie das mühelos und schien nicht mal zu schwitzen. Sie trug wieder ihre verspiegelte Sonnenbrille, durch die ich ihre Augen nicht sehen konnte, und wie so oft war mir ein Rätsel, was ihr gerade im Kopf herumging.

Als Karla sah, dass ich die Fleischbrocken anstarrte, lächelte sie auf seltsame Art. »Na, wird dir etwa gleich schlecht?«

»Nein, ich frage mich bloß, was für ein Tier das war«, erklärte ich und ärgerte mich über Karlas herablassenden Ton. War ich in letzter Zeit einfach zu empfindlich oder hatten tatsächlich alle etwas gegen mich?

»Okafino ist das. Esel«, sagte Joseph. »Für uns zu zäh, nee, aber die Katzen fressen's gerne.«

Dessie kam vorbei und rief ein paar Scherze, dachte aber gar nicht daran mitzuhelfen. Sie musste gleich noch einen Vortrag vor Schulkindern in einer Siedlung halten und wollte sich nicht dreckig machen. »So einen Vortrag würde ich mir gerne mal anhören«, meinte ich. Dessie war genau, was ich jetzt brauchte!

»Komm doch einfach mit.« Dessie strahlte.

»Wenn ich eine Vertretung organisieren kann. Sonst müssen Joseph und Karla die Fütterung ja alleine machen.« Ich flitzte los, fand im Büro niemanden, schaute schnell in die Krankenstation, auch dort niemand, verdammt! Als ich wieder nach draußen hastete, stieß ich auf dem Weg dorthin fast mit Karla zusammen.

»Kommst du?«, meinte sie. »Wir wollen losfahren.«

»Ich habe noch niemanden gefunden, der mich ablösen könnte – ich würde eigentlich lieber mit Dessie mitfahren …«

»Ach, ist schon okay«, sagte Karla und zuckte die Schultern. »Wir schaffen das auch zu zweit oder vielleicht möchten Teresa oder Jamie mit rausfahren. Jamie hockt sowieso viel zu oft im Büro und schlägt sich mit Förderanträgen und so was herum.«

»Danke!«, rief ich und hetzte wieder nach draußen. Dessie wartete bereits mit laufendem Motor. Doch als ich zu ihr einsteigen wollte, blickte mir durchs Wagenfenster ein Gesicht mit den typischen schwarzen Tränenspuren entgegen. »Oh, da ist ja schon besetzt …«

»Steig ruhig ein, das ist nur King«, rief Dessie. »Der beißt höchstens, wenn du ihm sein Essen wegnimmst, und das sollte man nicht mal bei mir probieren.«

Ich schob mich vorsichtig in den Wagen. King begrüßte mich mit einem leisen Prusten; er war so groß, dass er im Führerhaus nur geduckt stehen konnte. Vorsichtig streichelte ich sein borstiges Fell und kraulte ihn hinter den Ohren. Das schien ihm zu gefallen, denn er schloss genießerisch die Augen, ganz ähnlich wie Sofia, wenn die Bedienung im »Romana« eine frische, dampfende Pizza vor sie hinstellte. King trug ein dickes Lederhalsband mit einer Schlaufe, an der man ihn festhalten konnte – zumindest theoretisch. Wenn jemand versuchte, einen davonpreschenden Geparden festzuhalten, wurde ihm vermutlich der Arm ausgerissen.

Nach einer Weile schien King genug von den Liebkosungen zu haben, er legte sich bäuchlings auf die Rückbank und machte es sich bequem. Sein langer, schlanker Körper reichte von der einen Seite des Wagens zur anderen. Es roch etwas nach Katze im Wagen, vielleicht hatte King das Auto schnell noch markiert, bevor er hineingeklettert war.

Staubwolken wirbelten auf, als der Jeep die Sandpiste entlangpreschte. King störte das nicht, er blickte höchst interessiert aus dem Fenster. Ich folgte seinem Blick, aha, er hatte eine Gruppe von Straußen entdeckt. Aufgeregt flohen die graubraunen Hennen, ihre langen Beine griffen weit aus und ihre leicht abgespreizten Flügel wehten hinter ihnen her wie die Schleier von Tänzerinnen.

Auf der Straße tauchte ein anderer Wagen auf und Dessie wich an den Rand der Pad aus, damit er vorbeikonnte. Ohne großes Interesse musterte ich das andere Auto … und schrie auf. Vor Schreck ruckte Dessie am Steuer und hätte beinahe den Motor abgewürgt. »Bei allen Göttern, was ist?«

»Entschuldige«, sagte ich verlegen. »Aber kannst du mal kurz anhalten?«

Tatsächlich, ich hatte richtig gesehen. Es war der klapprige grüne Landrover Defender der Familie Sartorius und am Steuer saß Erik. Er war ebenfalls ausgestiegen, und als er mich sah, lachte er. »Wie gut, dass es in dieser Gegend zu wenige Straßen gibt, um sich zu verfehlen!«

Ich wünschte mir, dass er mich in die Arme nahm, herumwirbelte, wild abküsste – nie hatte ich mir etwas so sehr gewünscht. Leider Fehlanzeige. Vielleicht weil Dessie zuschaute. Es war nicht jedermanns Fall, in aller Öffentlichkeit herumzuturteln.

»He, wolltest du mich etwa besuchen?«, fragte ich. Endlich wieder mit ihm zusammen zu sein, war ein Gefühl wie Weihnachten und Geburtstag gleichzeitig.

Erik nickte. »Wollte dich einfach wiedersehen. Ich hab ein paarmal angerufen, aber jedes Mal hat mir die Frau, die am Apparat war, gesagt, du bist gerade nicht da.«

Komisch. War das etwa Jamie gewesen? Nein, das konnte ich mir nicht vorstellen. Seltsam, seltsam. Ich schüttelte den Kopf und erzählte Erik, wie oft *ich* probiert hatte, zu ihm durchzukommen. »Sag mal, warum hasst Maike mich eigentlich? Haben wir neulich auf der Farm ihre zahme Eidechse überfahren oder so was?«

»Nein, nein«, sagte er, schaute an mir vorbei und winkte Dessie zu.

Dessie grinste über beide Backen. »Die Straße ist lang und voller Überraschungen«, meinte sie und nickte gespielt weise mit dem Kopf.

Ich wartete immer noch auf eine richtige Antwort, bekam aber keine. Denn in diesem Moment stand King auf und lugte mit königlicher Herablassung durch das offene Fenster des Rücksitzes. Als der Gepard Erik bemerkte, tat er etwas Seltsames. Er wandte sich ihm zu und blickte ihn lange unverwandt an, so wie seine wilden Artgenossen, wenn sie in der Ferne einen Löwen erspäht hatten. Nur zu gerne hätte ich seine Gedanken gelesen, mir erzählen lassen, was er sah – spürte King etwas an Erik, was ich übersehen hatte? Ahnte er, warum man sich besser von ihm fernhalten sollte?

Erik stand ganz still, ließ die Augen nicht von der großen Raubkatze. Erst als King das Interesse verlor und wegschaute, brach der Bann.

»So nah bin ich einem lebenden Geparden noch nie gekommen«, gestand Erik und ich fragte mich, warum er auf einmal so leise sprach. »Schon ein komisches Gefühl. Auge in Auge mit dem Feind.«

Ich stutzte. »Blödsinn, wieso soll King dein Feind sein? Weil er die ganze Rückbank einnimmt und im Auto kein Platz mehr ist für dich?«

»Du meinst, ich soll bei euch mitfahren? Wo geht's denn überhaupt hin?« Erik lächelte wieder. Dessie erklärte es ihm und Erik sagte: »Ja nee, wieso nicht? Aber jetzt mal im Ernst, ich steige nicht zu einer Raubkatze ins Auto. Ich fahre euch einfach hinterher.«

Und so machten wir es. Schließlich parkte Dessie vor einem einfachen Ziegelgebäude, an dem ein handgemaltes Schild mit dem Namen der Schule angebracht war. Wir waren kaum ausgestiegen, da rannten schon Dutzende von Mädchen in blauen Röcken und weißen Blusen aus den Klassenzimmern. Von einem Moment auf den anderen vibrierte die Luft von Lachen und Rufen. Ich hielt King am Halsband fest und wartete mit ihm im Schatten eines Baumes auf der hellen Sandfläche, die anscheinend als Schulhof diente. Mit strahlenden Gesichtern umringten die Kinder den Geparden, trauten sich aber nicht, ihn anzufassen.

»Keine Sorge, der will nur spielen«, versicherte ich. Dessie gab einem der Mädchen einen Holzlöffel in die Hand und goss Wasser hinein; die große Katze schleckte es mit geduldiger Miene auf.

Erik stand neben mir, er machte keinen Versuch, King zu streicheln. Aber er beobachtete lächelnd, wie die Kinder dem Geparden kichernd ihre Hände hinstreckten.

»Der Gepard heißt King, das bedeutet *Ohamba,* Häuptling«, erklärte Dessie. »Er war nur drei Wochen alt, ein ganz winziges Kätzchen, als er zu uns kam, weil er seine Mutter verloren hatte. Inzwischen war er schon überall, in Amerika und in Europa, als Botschafter für seine große Familie!«

»He, Moment mal!«, flüsterte ich Erik zu. »Dieser Gepard ist schon weiter gereist als ich. Das ist nicht fair.«

Erik flüsterte zurück: »Klar ist das fair. Du bist nicht vom Aussterben bedroht.«

»Wisst ihr eigentlich, weshalb Geparden so schnell rennen können?«, fragte Dessie die Kinder jetzt und erklärte etwas über lange Beine, ein wundersam biegsames Rückgrat, eine große Lunge und ein großes Herz. »Aber das nützt ihnen alles nichts, wenn sie es mit uns Menschen zu tun haben! Vor vielen Tausend Jahren gab es Geparden in Amerika, in Europa und in Asien. Jetzt gibt es sie nur noch hier, nur noch in Afrika. Und wir in Namibia haben mehr Geparden als der Rest der Welt zusammengenommen.« Jetzt war Dessie voll in Fahrt. »Die Geparden gehören zu uns und wir können stolz auf sie sein!« Sie riss die Arme hoch. »Seid ihr stolz auf eure Geparden?«

»Yesss!«, schrien die Kinder und hoben ebenfalls die Arme, manche begannen, zu tanzen und in die Hände zu klatschen. Neugierig schaute King zu und kippte die schwarz-weiß getupften Ohren mal hierhin, mal dorthin.

Auf dem Rückweg fuhren Erik und ich im Landrover Dessie hinterher. Erik war in nachdenklicher Stimmung. Plötzlich sagte er: »Weißt du, darüber habe ich nie nachgedacht. Dass Namibias Geparden etwas sind, worauf wir stolz sein können.«

Auf einmal war ich sehr froh, dass er mitgefahren war zu Dessies Vortrag. Ich hatte es nicht geschafft, den richtigen Ton zu treffen, als ich ihm von den Geparden erzählte … vielleicht konnte das nur eine Afrikanerin. Dessie lebte in diesem Land genau wie er, sie verstand es auf eine Art, in der ich es nie verstehen würde, und sie war natürlich vor dem Vorwurf gefeit, sie gehöre zu den naiven Europäern, die sich für Tiere mehr interessierten als für das Schicksal der Menschen vor Ort.

Und dann waren wir zurück, parkten unsere Geländewagen am Eingang von Ounene eúlu. Auf einmal war ich furchtbar verlegen. Jetzt war Erik sozusagen bei mir zu Hause – sollte ich ihm eine Besichtigungstour anbieten? Nein, erstens hatte er sicher keine Lust, sich jetzt *noch* mehr Raubkatzen anzuschauen, und zweitens war es schon später Nachmittag, bald würde es dunkel sein. Eine lange Dämmerung wie in Europa gab es hier nicht, innerhalb von zehn Minuten war es pechschwarz draußen. Sollte ich Erik mitnehmen in mein Zimmer? Lieber nicht, da wohnte ja auch Teresa. Ein gemütliches Plauderstündchen zu dritt war nicht gerade das, was mir vorschwebte.

Erik schien etwas Ähnliches durch den Kopf zu gehen. »Wollen wir uns irgendwo draußen ein Lagerfeuer machen? Ich glaube, es könnte kühl werden heute Nacht.«

»O ja!« Das klang herrlich romantisch und ich war sowieso seit Jahren ein großer Lagerfeuer-Fan. Richtig ausleben konnte ich das in Deutschland nicht, dort gehörte jedes Fitzelchen Wald und Wiese irgendjemandem, im Zweifel dem Staat, und wenn man auch nur daran dachte, wie schön jetzt ein Feuerchen wäre, kam garantiert sofort ein

Förster oder sonst eine Respektsperson mit strengem Blick vorbei.

Erik holte ein Bündel Holz von seinem Landrover und hängte es sich an einer Lederschlaufe über die Schulter. Ich machte noch einen Umweg zu meiner Hütte und schnappte mir zwei Decken und meinen Fleecepulli; Teresa war gerade nicht da. Beim Hinausgehen warf ich einen flüchtigen Blick auf ihr Bett und mir fiel auf, dass ihr Notizbuch nicht mehr da war. Das mit den vielen aufgeklebten Gesichtern. Hielt sie es etwa vor mir versteckt? Nein, eher trug sie es gerade mit sich herum.

Auf der Suche nach einer schönen Stelle wanderten Erik und ich ohne bestimmtes Ziel einen Pfad entlang, der vom Hauptgebäude wegführte. Ich muss gestehen, es war nicht wirklich ein Zufall, dass wir dabei am Gehege vorbeikamen, in dem Omuenda zu Gast war. Zum Glück war er gerade in der Nähe des Zauns.

»Schau mal – das ist der Gepard, den wir von eurer Farm gerettet haben«, sagte ich und ging zum Gitter. »Omuenda haben wir ihn getauft.«

»Wanderer. Ein schöner Name.« Auf einmal wirkte Erik neugierig – trotz allem. »Das ist er also. Ein großer Bursche. Und, was ist, lasst ihr ihn bald wieder frei?«

Ich nickte und war gespannt, ob Omuenda ähnlich auf Erik reagieren würde wie King. Ja und nein. Mich beachtete Omuenda selten, aber diesmal wandte er uns den Kopf zu und beobachtete uns misstrauisch. Nach etwa einer Minute setzte er sich in Bewegung und verschwand im dichten Gras. Er hinkte schon nicht mehr so stark.

Kurz darauf verließen wir den Pfad. Als Erik mich an

der Hand nahm und hinausführte in den Busch, wurde mir mulmig zumute. Zum tausendsten Mal ging mir durch den Kopf, was die Frau im Café gesagt hatte. *Mit dem da was anzufangen, ist keine gute Idee. Besser, du bleibst weg von ihm.* Niemand wusste, wo ich mit Erik hinging. Ich kannte ihn noch nicht mal seit zwei Wochen. Vielleicht hätte ich Teresa einen Zettel hinlegen sollen …

Blödsinn, alles Blödsinn, redete ich mir trotzig ein und ärgerte mich darüber, dass mein Atem so schnell ging. Was hatte ich schon zu befürchten? Dass er mich vergewaltigte? Haha. Wenn er mit mir schlafen wollte, konnte er das haben. Und zwar freiwillig.

Bei diesem Gedanken bekam ich weiche Knie. Weil er so ungewohnt und gewagt war.

»Das hier sieht nach einem guten Platz aus«, sagte Erik, er hatte eine offene Sandfläche ausgesucht, die nächsten Bäume waren mehr als zwanzig Schritt entfernt. Im Schatten eines Felsblocks bauten wir aus Steinen eine Feuerstelle. Ich sammelte ein paar Handvoll des hellbraunen Steppengrases, das wir unter das Holz stopfen konnten. Es war so trocken, dass es sofort aufflammte und die ausgedörrten Äste entzündete.

»Mopaneholz«, erklärte Erik und blickte in die Flammen. »Die Herero benutzen es, um ihr Ahnenfeuer am Leben zu halten. Es darf nie ausgehen, sonst ist die Verbindung zur Vergangenheit abgeschnitten.«

»Und was passiert mit uns und unseren Ahnen, wenn dieses Feuer hier ausgeht?«

»Wahrscheinlich nicht viel.« Erik lächelte. »Uns wird kalt.«

Kühl war es jetzt schon. Als die Sonne sank, verlor der

tagsüber so heiße Sand schnell seine Wärme. Ich schlüpfte in meinen Pullover und Erik rückte dichter neben mich und legte den Arm um meine Schultern. Das fühlte sich herrlich an, so warm und vertraut. Wir blickten hinauf zu dem gewaltigen Himmel, der in einem durchscheinenden, immer dunkleren Blau leuchtete; ein paar Wolken schwebten dort, fedrig-zart über den Himmel gezeichnet und orangerot angestrahlt von der sinkenden Sonne. Es dauerte eine Weile, bis das letzte Licht weg war, aber dann sah es aus, als habe jemand mit vollen Händen Diamanten über den Himmel verteilt. »Da … ist das etwa die Milchstraße? Die sieht man so in Deutschland nicht.« Wenn ich ein Stück von unserem Feuer weggegangen wäre, hätte ich die Sterne noch besser sehen können, aber auf gar keinen Fall hätte ich Eriks Arm jetzt von mir geschoben.

»Hier ist noch was, was du in Deutschland vergeblich suchen wirst.« Erik streckte die Hand aus, deutete auf Sterne hoch über unserem Kopf. »Das Kreuz des Südens.«

Mein Gott, das war das Romantischste, was ich jemals erlebt hatte! Im Kreis der Steine tanzten die Flammen und Funken stoben hoch, wenn Erik einen neuen Ast nachlegte. Außerhalb des Feuerscheins war es völlig dunkel und es schien, als wären wir allein auf der Welt. Aber das stimmte natürlich nicht, die Tiere der Nacht waren längst unterwegs. Ich hörte das Bellen und Heulen von Schakalen, den Schrei einer Eule, einen leisen Vogelruf.

Erik hatte die Augen geschlossen. »Hörst du das? Eine Nachtschwalbe.«

Ich konnte nicht nur die Nachtschwalbe hören, sondern auch das Dieselaggregat, mit dem Ounene eúlu seinen

Strom erzeugte. Sein fernes Surren störte mich nicht, es beruhigte mich irgendwie. Wenn irgendetwas passierte … irgendetwas … dann konnte ich von hier aus in ein paar Minuten beim Hauptgebäude sein.

Ich schob den Gedanken weg. »Wie ist es so, hier daheim zu sein?«, fragte ich stattdessen.

»Manchmal wunderschön. Manchmal sehr einsam. Aber wenn ich anderswo leben müsste, würde ich es schrecklich vermissen. So was wie jetzt. Einfach rauszuwandern, ein Feuer zu machen, die Sterne anzuschauen.«

»Zum Glück zwingt dich ja keiner, anderswo zu leben …«

»Noch nicht.« Erik hatte die Augen wieder geöffnet, er starrte ins Feuer. »Hast du mitgekriegt, was in Simbabwe passiert ist? Vor ein paar Jahren haben sie die weißen Farmer von ihrem Land gejagt. Alle. Das Land an die Schwarzen verteilt.«

»Aber in Namibia …«

»… wird es sicher nicht so brutal geschehen. Doch seit der Unabhängigkeit ist alles anders. Die schwarze Regierung hat schon ein paar weiße Farmer enteignet. Klar, sie sind entschädigt worden. Aber eine Wahl, ob sie ihr Land überhaupt verkaufen möchten, hatten sie nicht.«

»Hast du Angst? Dass es euch auch so gehen wird?«

»Klar. Friedrichshöhe ist eigentlich zu klein, um Gewinn abzuwerfen, aber wir haben eine eigene Quelle und es regnet recht viel hier in der Gegend. Das ist ungeheuer wertvoll in einem Land, das fast nur aus Wüste besteht. Es gibt reichlich Leute, die unsere Farm gerne hätten.«

»Könnten sie die denn auch bewirtschaften?«

»Viele Schwarze könnten es nicht, man braucht Erfahrung dafür. Aber Elias könnte es zum Beispiel. Er und seine Familie arbeiten ja schon seit vielen Jahren bei uns, er weiß gut Bescheid, was zu tun ist ... verdammt, ich kann mir nicht vorstellen, was aus meinem Vater werden soll, wenn er die Farm verliert. Und für mich und Maike wäre es natürlich auch schrecklich.«

Es berührte mich, dass er mir das alles erzählte – ich hatte das Gefühl, dass er mich wirklich nah an sich und seine Gefühle heranließ. Aber was er sagte, brachte mich zum Grübeln. Vielleicht war die Zeit der Weißen hier abgelaufen. Vielleicht war es an der Zeit, wenigstens einen Teil des Landes an diejenigen zurückzugeben, denen es Hunderte oder sogar Tausende von Jahren lang gehört hatte.

Als hätte er geahnt, was mir durch den Kopf ging, ergänzte Erik: »Aber gerecht wäre es. Meine Güte, die meisten Menschen in Namibia sind schwarz, aber fast alle Farmen sind in weißer Hand. So was geht nicht auf Dauer gut. Aber ich bin so egoistisch und wünsche mir, dass es nicht uns trifft, nicht mich. Wer möchte schon freiwillig aufgeben, was er hat?« Verlegen lachte er auf. »Tut mir leid, da muss man schon ein Heiliger sein. Bin ich aber nicht.«

Ich stellte mir vor, was das bedeuten würde. Wenn jemand unser Haus in Michelstadt zurückfordern würde, wenn wir es von einem Tag auf den anderen verlassen müssten. Doch als ich mir vorstellte, wie mein Vater reagieren würde, sah ich auf einmal Albrecht Sartorius vor mir, sehnig und zäh, die Augen vor der grellen Sonne zu Schlitzen verengt, eiserner Wille und eine eiserne Hand. Nein, freiwillig würde dieser Mann sein Land nicht hergeben, niemals. »Dein Vater weiß, dass Elias die Farm führen könnte, oder?«

»Na klar weiß er das. Er weiß auch, dass Elias ehrgeizig ist. Deshalb sieht Papa es gar nicht gerne, dass ich mit ihm befreundet bin. Wenn er wüsste, dass ich ihm auf unseren Pferden das Reiten beigebracht hätte, wäre ich längere Zeit schwer in Ungnade.«

Ungnade. Mir war klar, dass ich ihn irgendwann fragen musste. Fragen, warum irgendjemand mich vor ihm warnen sollte. Weil es mich sonst ewig beschäftigen würde und ich ihm nie voll vertrauen könnte. Aber ich hatte keine Ahnung, *wie* ich ihn fragen sollte. »Was hast du getan?«, klang schrecklich, ebenso »Gibt es irgendwas, was ich über dich wissen sollte?«! O Mann. Vielleicht hatte das Geheimnis irgendwas mit seiner Mutter zu tun. Er hatte noch kein einziges Mal über sie gesprochen.

»Und was sagt deine Mutter dazu?« Es war raus, ehe ich mich bremsen konnte. Na also, ging doch. Einfach drauflossprudeln.

Erik zögerte.

Ich spürte, dass er sich zwingen musste, das Thema anzusprechen. Ich ahnte, warum. *Erik ist nicht der Typ, der herumjammert,* so hatte Rob es ausgedrückt. »Sie war dafür, aus Friedrichshöhe eine Gästefarm zu machen. Mit Swimmingpool und geführten Buschwanderungen. Ihr hätte das Spaß gemacht, sie war die Gesellige in der Familie. Kannst dir vorstellen, was mein Vater davon hielt.«

Ich versuchte ganz kurz, mir Friedrichshöhe mit Swimmingpool und Albrecht Sartorius als freundlichen Gastgeber vorzustellen. Heraus kam das Szenario für einen Horrorfilm.

Sie *war* die Gesellige in der Familie, hatte Erik gesagt. Oje. Sofort begannen meine Gedanken loszugaloppieren. War seine Mutter tot, hatte sie womöglich Selbstmord begangen … vielleicht war irgendwo auf Friedrichshöhe ein Grab mit einem unauffälligen Holzkreuz … galt das in Namibia als Fluch, sollte ich mich deswegen von Erik fernhalten?

Ich räusperte mich. »Kam deine Mutter eigentlich aus Namibia?«

»Nein«, sagte er knapp und streckte den Arm aus, um noch einen Ast aufs Feuer zu legen. »Sie war fremd hier.«

Einen Moment lang ahnte ich, was passiert war, spürte ich, warum Maike mich hasste, warum Albrecht Sartorius manchmal so verbittert wirkte und Erik so einsam. Doch ich konnte das Gefühl, diese Ahnung noch nicht ganz greifen. Und bevor ich diesem Gedanken nachjagen, ihn festhalten und genau betrachten konnte, schob sich etwas anderes davor, lenkte mich ab. Ein Geräusch, das klang, als würde jemand einen Baum umsägen. Eine Gänsehaut bildete sich auf meinen Armen.

»Hey, du hast Glück«, sagte Erik. »Man hört nicht oft Leoparden hier in der Gegend.«

»Glück?«, krächzte ich. »Meinst du, er traut sich an uns heran?« Ich wusste, dass Leoparden nachts jagten und dass sie unter anderem Affen fraßen. Was, wenn es dabei ein klitzekleines Missverständnis gab und sie sich für die affenartigen Wesen mit Stoffumhüllung interessierten, die gerade hier saßen und komische Laute von sich gaben?

»Wie, und das von dem Mädchen, das mit Geparden spielt wie mit Kätzchen?« Amüsiert blickte Erik zu mir herab. »Hast du Angst?«

Ich horchte in mich hinein. Ja. Wenn ich allein gewesen wäre, hätte ich spätestens jetzt entschieden, dass es Zeit war, hastig die Decken zusammenzuraffen und in die Hütte zurückzutappen. Aber mit Erik – das war etwas anderes. Er war zwar nur vier Jahre älter als ich, aber schon so erwachsen, so selbstsicher, so erfahren. Mit ihm war es faszinierend, hier zu sitzen und den Lauten von Leoparden zu lauschen, die ganz in der Nähe herumtappten.

»Geht so«, meinte ich. Auf keinen Fall hätte ich zugegeben, dass ich vorhin auch vor ihm ein klein wenig Angst gehabt hatte. Diese Angst war weg. Vorerst zumindest.

Jetzt endlich, endlich, wandte Erik sich mir zu und blickte mich an. Das Licht des Feuers legte einen warmen goldenen Schimmer über sein Gesicht. Ich wich seinem Blick nicht aus, hob die Hand und fuhr die Linien seines Gesichts nach, seine gerade Nase, die hellen Augenbrauen, seine fein geschwungenen Lippen. Er genoss es, das merkte ich, doch dann wandte er den Blick ab.

»Für mich bist du gefährlicher als jeder Leopard«, raunte er leise. »Weißt du das eigentlich?«

Das war auf der Hitliste der seltsamsten Dinge, die je einer zu mir gesagt hatte, ziemlich weit oben. Aber ich kam nicht dazu, mir eine passende Antwort auszudenken. Denn Erik zog mich an sich, küsste mich fast verzweifelt, es war, als ob alle seine Gefühle gleichzeitig aus ihm herausbrachen.

Wie von selbst antwortete mein Körper, schmiegte sich

gegen seinen, wusste plötzlich, wie er sich bewegen, wo er berührt werden wollte, so als habe Erik tiefe alte Erinnerungen in mir geweckt. Auf einmal spürte ich meinen Körper wie selten zuvor, warm und schwer und lebendig fühlte er sich an, und jeder Atemzug war ein Fest. Eriks Lippen auf meinem Hals, auf meiner Schulter, die der Fleecepulli freigegeben hatte, oh, bitte, mehr, mehr, ich liebte dieses köstliche Kribbeln, das sich in mir ausbreitete. Ich tastete nach seinem Hemdkragen, fummelte an dem obersten Knopf herum, bekam ihn auf und dann noch einen, fuhr mit den Fingerspitzen über Eriks weiche Haut. Meine Finger zitterten vor Aufregung, ja, Angst hatte ich auch wieder, eine andere Angst diesmal, vor dem, was mein Körper wollte, was vielleicht gleich geschehen würde.

AUSSENSEITER

Doch die Angst war völlig überflüssig. Noch während ich Erik berührte, fühlte ich, wie er sich innerlich wieder zurückzog, auf Distanz ging. Als ein leises Klingeln die Stille durchbrach, wirkte er fast erleichtert. Er tastete seine Jacke ab, zog einen Gegenstand hervor, stand auf und ging ein Stück in die Dunkelheit hinein. »Ja?«, sagte er, dann: »Ach, du bist es. Was gibt's?« Er runzelte die Stirn, warf einen schnellen Seitenblick auf mich und wechselte plötzlich in eine andere Sprache, war das Afrikaans? Oder eine Stammessprache?

Das durfte doch einfach nicht wahr sein! Endlich waren wir mal allein – und er hatte ein Satellitentelefon mitgenommen. Wer war das eigentlich da am anderen Ende?

Mühsam, steif vom langen Sitzen, richtete ich mich auf und trat näher an das Feuer heran. Ging in die Hocke, wärmte meine Hände an den orange leuchtenden Kohlen. Ich schaute auf meine Armbanduhr. Erst neun. Es hätte ebenso gut Mitternacht sein können, hier draußen verlor man jedes Zeitgefühl.

Immerhin, er telefonierte nicht lange. Aber das war egal, die Stimmung von eben war dahin.

»Tut mir leid«, sagte Erik. Er klang reumütig, doch seine Stimme hatte auch einen nüchternen Klang, er war mit den Gedanken schon weit fort. »Probleme auf der Farm. Ich muss los.«

So wie im Café. Ganz plötzlich musste er los. Die Enttäuschung war wie ein bitterer Geschmack in meinem Mund. »Wie viele Sprachen kannst du eigentlich?«, fragte ich abwesend.

Er zählte es an den Fingern ab. »Fünf. Davon zwei afrikanische. Irgendwie fällt es mir leicht, so was zu lernen. Ist ganz praktisch, weil in Namibia so viele Sprachen gesprochen werden.«

Ich spürte, dass er gereizt war, und überlegte, was dahintersteckte. Hatte ich irgendwas falsch gemacht? Hatte er erwartet, dass ich mehr Verständnis zeigte, mich erkundigte, was genau auf Friedrichshöhe los war? Sorry, ich wollte es gar nicht wissen. Worum auch immer es ging, es war ihm wichtiger als ich.

»Bringst du mich noch zurück zu meiner Hütte?«, fragte ich, hörte selbst, wie spröde meine Stimme klang. Erik schien es ebenfalls gehört zu haben, denn er umarmte mich noch einmal. »Bitte verzeih mir. Es ist nur … ich habe ein Versprechen gegeben … das muss ich halten … auch wenn's mir nicht immer gefällt.«

Und dann war er weg.

In dieser Nacht fühlte ich mich in meiner Hütte zum ersten Mal einsam. Teresa war nicht da, wahrscheinlich saß sie noch mit den anderen in der Kantine. Doch heute hatte ich keine Lust auf Gesellschaft. Stattdessen versuchte ich, bei Kerzenlicht zu lesen, schließlich hatte ich mir extra das

Buch *Wenn es Krieg gibt, gehen wir in die Wüste* gekauft, einen Tatsachenbericht. Als der Zweite Weltkrieg ausbrach, war der junge Geologe Henno Martin mit einem Freund in einen sehr unwirtlichen Teil Namibias geflohen und hatte es geschafft, dort zwei Jahre lang zu überleben. Aber so spannend er auch erzählte, diesmal glitten meine Augen über die Zeilen, ohne dass die Worte in meinem Kopf ankamen.

Ich kroch teilnahmslos unter das Laken, das sich kühl und glatt und ungemütlich anfühlte. Gedanken marschierten durch meinen Kopf wie Ameisen, ließen mir keine Ruhe, zwangen mich dazu, hellwach in der Dunkelheit zu liegen. Längst war das Rattern des Generators verstummt. Die Minuten schlichen vorbei, wurden zu Stunden.

Irgendwann muss ich doch noch eingeschlafen sein, denn ich schreckte mit rasendem Herzen hoch. Draußen war es schon hell, aber mein Wecker zeigte erst fünf Uhr. Noch längst keine Aufstehzeit, Gott sei Dank. Mein Körper fühlte sich bleischwer an. Ich ließ mich zurückfallen in den Schlaf.

Als ich das nächste Mal aufwachte, war es auf meinem Wecker sieben. Teresa war schon weg, hey, so früh bekam man die doch sonst nicht aus den Federn. Ich hatte gar nicht mitbekommen, dass sie aufgestanden war. Ich quälte mich aus dem Bett, band mir ein Handtuch um und machte mich tapfer auf den Weg zur eisigen Freiluftdusche. Das war jetzt der einzige Weg, um richtig wach zu werden. Trotzdem fühlte ich mich noch auf dem Weg zum Frühstück wie in Trance. Ich versuchte, an die Geparden zu denken, mich auf meine Tagesarbeit zu freuen, aber es klappte nicht so richtig.

Dessie wird's schon richten, beruhigte ich mich, die heitert mich auf. Doch Dessie war nicht da, die ganze Kantine war menschenleer. Erstaunt blickte ich mich um.

»Na, du bist ja spät dran heute«, rief mir die Köchin zu und lächelte verschmitzt. »Aber ich glaub, ein ganz kleines Stück Brot oder einen Maisbrei hab ich noch für dich da.«

»Wieso, äh, wie spät ist es denn?«

»Fast neun!«

Kurzer Blick auf meine Armbanduhr: Es stimmte. Ein eisiges Gefühl durchrieselte mich. Wahrscheinlich hatte mit dem Wecker etwas nicht gestimmt.

Ich vergaß das Frühstück, raste los, direkt zum Büro, wo die Tagespläne hingen. Heute war ich für die Reinigung von Gehege Ost eingeplant, aber die Jeeps waren längst weg, die anderen ohne mich losgefahren. Verdammt! Im Laufschritt ging ich weiter zu Tilas Gehege. Darin standen zwei leere Futternäpfe. Anscheinend hatte Teresa übernommen, als ich nicht aufgetaucht war.

Tila lugte aus ihrem Versteck hervor und kam heran, als sie mich sah. Wie zutraulich sie inzwischen war! Ich setzte mich ins Gehege und ließ die beiden Kleinen auf mir herumklettern, obwohl ihre spitzen Krallen sich in meine Haut gruben. Mir war elend zumute.

»Hallo, Lilly, da bist du ja.«

Ich schrak auf. Jamie Edwards stand auf der anderen Seite des Zauns; sie war wohl auf dem Weg zu einer Fundraising-Veranstaltung oder zu Verhandlungen mit einem Ministerium, denn sie trug elegante sandfarbene Hosen und ein Jackett. Unter den Arm hatte sie sich eine große Mappe mit dem Logo von Ounene eúlu geklemmt, eine

Laptop-Tasche hing über ihrer Schulter. King stand neben ihr und sah mich mit rätselhaftem Blick an.

»Oh, guten Morgen, Jamie …«, sagte ich mit schiefem Grinsen. »Hallo, King.«

»Wo warst du eigentlich heute Morgen? Wir hatten auf deine Hilfe gezählt …«

Ich spürte, wie mir das Blut ins Gesicht stieg. »Äh, ich habe verschlafen. Mit meinem Wecker stimmte irgendwas nicht.«

»Trifft sich gut, dass wir uns über den Weg gelaufen sind – ich wollte sowieso mit dir reden.«

»Okay.« Ich ahnte, was gleich kam, und wünschte mich in die Sahara, nach Sibirien oder meinetwegen auf den Mond. Hauptsache weg.

»Gefällt es dir hier noch? Bist du zufrieden?«

Ich nickte heftig. »Es macht wirklich Spaß, mit den Geparden zu arbeiten.«

Wie aufs Stichwort kam King ein paar Schritte näher und witterte. Okana und Tila erschraken und verschwanden in ihrer Hütte.

Jamie schaute skeptisch drein. »Hm, ich habe aber den Eindruck, dass du dich in letzter Zeit nicht mehr ganz so für die Arbeit hier interessierst. Neulich bei der Fütterung musste ich für dich einspringen, obwohl ich eigentlich anderes zu tun gehabt hätte, und ich finde es auch nicht sonderlich gut, dass du den Sohn eines Farmers, der uns nicht gerade freundlich gesinnt ist, zu unseren Veranstaltungen und aufs Gelände hier mitnimmst.«

Eins war klar – Jamie wusste alles. Anscheinend auch, dass Erik gestern hier gewesen war. Vielleicht dachte sie, dass es eine lange Nacht geworden war mit ihm und dass ich deswegen verschlafen hatte. O Gott, wie peinlich! Mein Gesicht wurde noch heißer. Aber das mit der Fütterung … Moment mal, war das nicht anders gelaufen? »Soweit ich mich erinnere, hat Karla vor der Fütterung gesagt, dass sie ohne mich klarkommen würden, dass es okay sei, wenn ich bei Dessie mitfahre«, wandte ich ein.

»Vielleicht habt ihr euch falsch verstanden.« Jamie runzelte die Stirn. »Jedenfalls finde ich, dass du ein wenig abgelenkt bist.« Sie musste nicht sagen, was genau sie damit meinte. Es war uns beiden klar.

»Ich werde mich wieder mehr anstrengen – tut mir wirklich leid«, erwiderte ich geknickt und Jamie nickte. »Ist schon okay.«

Eins musste ich noch loswerden. »Ich wollte noch sagen … Erik Sartorius ist nicht wie sein Vater. Er … zum Beispiel spricht er die Sprachen von mehreren Stämmen und er …«

»Das mag alles sein, aber ich fürchte, zurzeit unterstützt er seinen Vater, und vermutlich wird er ihm erzählen, was er hier sieht und hört. Verstehst du, warum ich das nicht will?«

Ich verstand es und wollte es doch nicht verstehen. Niedergeschlagen ließ ich zu, dass Okana die Zähnchen in meinen Schuh bohrte und spielerisch daran herumzerrte. Wie es aussah, würden auch einige meiner Klamotten Namibia nicht mehr verlassen. Egal. Ich dachte darüber nach, wie Jamie erfahren hatte, was zwischen mir und Erik lief. Teresa hatte es gewusst – und Dessie. Eine von ihnen musste gepetzt haben. Obwohl – petzen konnte man es eigentlich nicht nennen. Ihnen war vermutlich nicht klar gewesen, dass nicht jeden etwas anging, dass ich mich in Erik verliebt hatte. Hätte ich ihnen ja auch mal sagen können. So hatten die beiden es wahrscheinlich herumerzählt, ohne sich was dabei zu denken.

Den Rest des Tages über widmete ich mich mit aller Energie meinen Pflichten auf Ounene eúlu. Ich übernahm sogar freiwillig eine Büroschicht und sortierte unter Dessies wohlwollenden Augen Informationsmaterial, das sie und Jamie bei ihren Veranstaltungen austeilten. Um die Buße abzurunden, bot ich an, den Futterraum zu reinigen. Wie sich herausstellte, war Karla zu dieser nicht sonderlich angenehmen Pflicht eingeteilt. »Aber wenn du es unbedingt übernehmen willst, mach ruhig«, sagte sie und grinste. »Ich werde mich jedenfalls nicht darüber beklagen!«

Das klang so schadenfroh, dass mir die Lust auf die Extraarbeit schon wieder verging.

Ich lenkte mich ab, indem ich meine Nachrichten checkte – Jonas, Ricarda und Sofia hatten geschrieben. Ricarda langweilte sich gerade an der Nordsee, Jonas litt noch und Sofia – ja, bei Sofia ging richtig die Post ab. Nach ein paar mitfühlenden Kommentaren zum Thema Erik schrieb sie:

> gestern waren wir shoppen und die anderen haben sich ein paar jeans besorgt und ich auch eine, ohne geld, wenn du weißt, was ich meine. wir haben die dinger durch ein hinterfenster rausgereicht und sind dann schnell weg. ich weiß gar nicht so recht, warum ich mitgemacht habe, und, seufz, wie soll ich meinen eltern erklären,

wo die neue hose her ist? du kennst ja meine mutter, die ist neugieriger als ein waschbär.

Ich schlug ihr vor zu sagen, dass sie die Jeans von einem der anderen Mädchen geschenkt bekommen hatte. Aber ein gutes Gefühl hatte ich trotzdem nicht dabei. Was für Leute waren das eigentlich, die sie da in Mailand kennengelernt hatte? Sofia hatte doch noch nie etwas geklaut, soweit ich wusste.

Obwohl das Frühstück ausgefallen war, freute ich mich nicht sonderlich auf das Mittagessen. Wahrscheinlich hatten inzwischen alle davon gehört, dass ich von Jamie ermahnt worden war. Hoffentlich sprach niemand mich darauf an, sonst nahmen sie schwere Schäden in ihrer Kantine in Kauf – genauer gesagt, ein großes Loch an der Stelle, wo ich im Boden versunken sein würde.

Wie üblich steuerte ich in der Kantine den Tisch an, an dem schon Teresa, Rob und die anderen saßen. Meine Kollegen waren in eine lebhafte Diskussion vertieft – doch dann blickte Rob auf, sah mich, warf den anderen einen Blick zu … und plötzlich verstummte das Gespräch.

Sie hatten über mich geredet. Na klar. Hätte ich an ihrer Stelle auch getan. Trotzdem wäre ich jetzt am liebsten zu den Geparden geflüchtet. Aber wer wusste, vielleicht lästerten die ja auch in Gepardisch über die Menschen, die sie betreuten.

Ich zwang mich, mir eine Portion Essen zu holen, einen Stuhl heranzuziehen und mich zu den anderen zu setzen. Ihnen zuzulächeln und einen guten Appetit zu wünschen.

Teresa sah so aus, als hätte sie ein schlechtes Gewissen.

»Wir redeten gerade darüber, dass wir am Wochenende einen Ausflug nach Etosha machen wollen – du weißt schon, der Nationalpark. Ist nur ein paar Stunden Fahrt von hier aus.«

Aufgeregt nickte ich. Etosha! Ich liebte allein den Klang dieses Wortes. Auf einmal standen mir die Fotos aus den Büchern, die ich daheim ausgeliehen hatte, wieder vor Augen. Große Herden von Gnus und Zebras, die sich an den Wasserlöchern drängten. Springböcke, Löwenrudel, Elefanten. Eine karge Gegend, aber so voller Tiere, ein reiches Land.

»Wir dachten uns, dass du vielleicht mitkommen magst«, sagte Teresa und mein Herz machte einen Sprung. »Aber es gibt da ein kleines Problem. Einer von uns beiden muss dableiben, um Tila und Okana zu versorgen.«

Die Enttäuschung traf mich wie ein Schlag ins Gesicht. »Natürlich«, antwortete ich ruhig und versuchte, mir nichts anmerken zu lassen. »Ich mach das. Fahr du ruhig. Ich bin ja noch eine Weile hier, es klappt schon noch ein andermal.«

Ich konzentrierte mich auf mein Essen. Es gab – mal wieder – Oryxsteak mit gedünstetem Gemüse, das eine wahrscheinlich Kürbis, das andere war mir völlig unbekannt.

Wie sich herausstellte, fuhr Dessie am Wochenende zu ihren Eltern und Louis wollte Zeit mit seiner Freundin Alicia verbringen, einer weißen Südafrikanerin. Das hieß, es würde niemand da sein, den ich kannte. Ich hätte versuchen können, ein paar der anderen Angestellten kennenzulernen, aber ich fühlte mich gerade nicht sonderlich kontaktfreudig. Die Sehnsucht trieb mich schließlich zum Telefon.

Durch irgendeinen Zufall hatte ich Erik sofort in der Leitung. »Ja?«, meldete er sich nüchtern.

»Hier ist Lilly … wow, ich hätte nie gedacht, dass ich dich gleich erwische …«

»Lilly! Wie schön, dass du anrufst, ich habe gerade an dich gedacht.«

Seine Stimme zu hören, trieb mir Tränen in die Augen. Wenn ich jetzt etwas sagte, würde ich anfangen zu heulen.

»Lilly, bist du noch dran?«

»Ja«, antwortete ich, verdammt, jetzt liefen mir doch Tränen über das Gesicht.

»Hey … Lilly … was ist los?«

»Ist gerade ein bisschen schwierig hier auf Ounene eúlu«, quetschte ich heraus. »Können wir uns treffen? Am Wochenende?«

Er seufzte tief. »Ja nee, eigentlich soll ich die Zäune kontrollieren, hat mir mein Vater zusätzlich aufgedrückt … es ist ziemlich wichtig und muss regelmäßig gemacht werden …«

Ich wartete und bekam kein Wort mehr heraus.

»… aber eigentlich könntest du mir dabei auch helfen. Wenn du Lust hast. Es ist nicht gerade die spannendste Arbeit.«

»Ist mir egal.«

»Schade, dass du noch keinen Führerschein hast … hm … Samstag geht nicht … aber ich könnte dich Sonntag früh abholen. Ist sechs Uhr okay?«

Das hieß, dass ich um fünf Uhr aufstehen musste. An einem Sonntag. Trotzdem gab es nur eine Antwort. »Ja!«

»Prima. Halt durch, es wird schon alles wieder in Ordnung kommen. Was ist eigentlich passiert?«

Schritte näherten sich dem Büro, es klang nach Rob. »Erzähle ich dir am besten, wenn wir uns sehen – tschau!«, sagte ich schnell und legte auf. Ich fühlte mich schon ein wenig besser. Nur noch zwei Tage, dann würde ich Erik wiedersehen!

Am Samstag sah ich die anderen nicht mal beim Frühstück, sie waren sehr früh losgefahren nach Etosha. Ich hätte mich zu den Arbeitern gesellen können, hörte aber, dass sie sich in ihrer Stammessprache unterhielten, und wollte mich ihnen nicht aufdrängen. Also aß ich alleine an einem Tisch – und ärgerte mich später darüber. Mist, eigentlich wäre es eine schöne Gelegenheit gewesen, mehr über das Leben der schwarzen Namibier zu erfahren. Auch wenn sie vielleicht kein Englisch oder Deutsch sprachen, hätten wir es bestimmt geschafft, uns mit Händen und Füßen zu verständigen.

Am Wochenende war niemand zu bestimmten Aufgaben eingeteilt, also besuchte ich Tila und Okana und verbrachte fast zwei Stunden mit ihnen. Tila hatte irgendetwas im Gras entdeckt und wirkte höchst alarmiert. Sie fauchte und schlich sich hochkonzentriert an. Sofort ratterte mein Gehirn eine Liste der giftigen Tiere Namibias herunter, von Skorpionen bis hin zur Puffotter. Ohne jede Begeisterung ging ich Tila hinterher – und entdeckte, dass meine Gepardenfreundin einen fetten schwarzen Käfer belauerte. Ich musste lachen und das tat gut.

Etwas getröstet, machte ich mich auf den Weg zum Gehege West, um zu sehen, wie es Elai, Ohani und den anderen ging. Doch auf dem Weg dorthin holperte einer der Jeeps an mir vorbei, am Steuer saß Joseph und daneben ein junger schwarzer Helfer. Joseph hob die Hand und rief einen Gruß, zeigte dann auffordernd auf die Ladefläche des Autos. Ich lächelte, nickte und kletterte an Bord, obwohl ich keine Ahnung hatte, wo die beiden hinfuhren.

Im Jeep lag ein zerschrammter, staubiger Walkman, der noch mit Musikkassetten funktionierte. »Deiner? Darf ich mal?«, fragte ich Joseph neugierig und er nickte mit einem verlegenen Grinsen. Ich zog mir die Kopfhörer über und drückte auf die Playtaste. *»Honey I'm still free, take a chance on me«,* erklang es in meinen Ohren. Soso, Joseph war ein ABBA-Fan!

Wir fuhren zum Gehege Nord, wie sich herausstellte. »Müssen bei de jongen mal wieder Knochen und poep einsammeln«, brummte Joseph und die Falten in seinem zerknitterten Gesicht wurden noch tiefer, als er lächelte. Ich reimte mir zusammen, dass bei den »Gepardenjungs« mal wieder sauber gemacht werden sollte. Wieso hatte ich eigentlich nicht vor dem Abflug daran gedacht, mir ein Afrikaans-Wörterbuch zu kaufen?

In der Nähe des Zauns sah ich einen Geparden. Er wirkte nervös, und als er uns näher kommen sah, duckte er sich und fauchte. »Det is Kondja, er ist dri Jahr alt«, sagte Joseph und sah unbeeindruckt zu, wie Kondja warnend die Pfoten auf den Boden knallte. »Zieht immer große Schau ab, het jong, aber ist eigentlich eher schüchtern. Denkt, er kann uns beeindrucken, nee.«

Leise vor sich hin summend, schloss Joseph das Gehege auf, ging hinein und winkte mir und seinem Helfer, ihm mitsamt der Ausrüstung zu folgen. Als Kondja merkte, dass wir es ernst meinten, huschte er ins Gebüsch und verschwand. Ich schloss das äußere Tor und dann waren wir drin im Gehege. Seite an Seite begannen wir, es zu durchwandern und die Reste verschiedener Mahlzeiten einzusammeln. Immer wieder musste ich mich ducken, damit ich nicht in den vielen golden schimmernden Spinnennetzen hängen blieb, und Dornen zerkratzten meine Haut. Es war nicht sehr heiß, weil dünne, faserige Wolken den Himmel verschleierten, und ich kam schnell in den Arbeitsrhythmus. Weitergehen, den Blick auf den Boden heften, Dinge aufheben und in den Eimer werfen – ja, es war gut, sich zu bewegen und nicht dabei denken zu müssen.

Ich fragte Joseph, wieso Gepardenmännchen und -weibchen getrennt gehalten wurden, und er erklärte mir, dass die Geschlechter sich auch in der Wildnis aus dem Weg gingen und nur zur Paarung kurz zusammenkamen.

Drei große Gepardenmännchen tappten gemeinsam vorbei und behielten uns wachsam im Auge. »Brüder«, berichtete Joseph. »Hab sie *Ounongo, Osili* und *Ojombamo* genannt. Weisheit, Wahrheit und Tapferkeit.«

Das fand ich sehr poetisch. »Und, sind sie weise, wahrhaftig und tapfer?«

Joseph grinste. »Ounongo ist vor allem verfressen.«

»Sag mal, wie kommt es eigentlich, dass du allen neuen Geparden die Namen gibst?«

»Tja, das kam so: Hier auf der Farm ist die Quelle versiegt und die Misses Edwards war ziemlich entsetzt und sagte, sie weiß gar nicht, wieso«, erzählte Joseph. »Da hab ich ihr gesagt, die ist bestimmt verhext worden und es muss ein Priester kommen und Gebete sprechen und alles segnen, dann haben wir het Water wieder.« Er berührte das kleine vergoldete Kreuz, das er um den Hals trug. »Erst wollte sie niet, die Misses Edwards, und dann haben wir's aber doch gemacht und sie meinte, wenn das werkt, dann darf ich in Zukunft alle Geparden benennen hier auf der Farm.« Ein breites Grinsen erhellte sein Gesicht.

Ich musste lächeln. Also hatte es gewirkt. Warum auch immer. »Und, habt ihr herausgefunden, wer die Quelle verhext hatte?«

Sein Gesicht verdüsterte sich. »Jemand, der uns niet mag. Der Geparden niet mag. Einer unserer Nachbarn, ich wette.«

Auf einmal verstummte er und arbeitete schweigend weiter. Vielleicht hatte auch er gehört, dass mich mit einem dieser Nachbarn mehr verband als nur Freundschaft.

Am Abend fiel ich völlig erschöpft ins Bett. Komischer Gedanke, dass sich daheim in Deutschland jetzt alle in ihre besten Klamotten zwängten, um in Clubs abzutanzen. Zu so was hätte ich mich nach der Arbeit in den Gehegen nicht mehr aufraffen können.

Mein Wecker zeigte noch immer Blödsinn an. Ich stellte ihn neu, tauschte zur Sicherheit die Batterie aus und stellte den Alarm auf fünf Uhr, damit ich diesmal garantiert nicht verschlief. Ich musste ja auch noch Tila und Okana versorgen, ehe ich losfuhr. Und spätestens am Nachmittag musste ich zurück sein, um die kleinen Geparden noch einmal zu füttern und mit ihnen zu spielen. Hoffentlich klappte das alles, sonst war ich bei Jamie und meinen Kollegen endgültig untendurch!

ZAUNPATROUILLE

Am nächsten Morgen stand ich vor Sonnenaufgang am Eingangstor von Ounene eúlu, meinen Rucksack mit Trinkflasche und Proviant neben mir. Die Luft war noch kühl. Ich kuschelte mich in meinen roten Fleecepulli und wartete.

Endlich fuhr der alte grüne Landrover vor und wendete auf dem Parkplatz. »Guten Morgen!«, rief Erik und küsste mich, dann waren wir unterwegs.

»Stehst du eigentlich immer so früh auf oder nur wegen mir?«, erkundigte ich mich.

»Früh? Mein Vater ist jeden Morgen schon um vier Uhr auf der Farm unterwegs.«

Eriks Vater. Ja. Ich verkrampfte mich jedes Mal ein wenig, wenn ich daran dachte, dass ich ihn gleich treffen würde. Von Ounene eúlu nach Friedrichshöhe zu flüchten, war ein bisschen so, wie aus der Bratpfanne auf die Herdplatte zu hüpfen. »Weiß er eigentlich, dass ich heute …?«

»Ja. Ich musste es ihm sagen. Er hätte es sowieso mitbekommen, er weiß immer, was auf der Farm geschieht. Das Einzige, was ich bisher vor ihm geheim halten konnte, waren Elias' Reitstunden.«

»Mit Jamie ist es genauso«, sagte ich, seufzte und dachte an das scheußliche Gespräch gestern. »Auf Ounene eúlu ist immer jemand da, der mitkriegt, was man gerade macht, und mir scheint, jeder erzählt jedem alles. Manchmal kommt man sich vor wie bei *Big Brother.*«

»Big Brother? Meinst du den aus dem Roman von George Orwell?«

Natürlich. Erik war nicht auf dem Laufenden darüber, was in Deutschland im Fernsehen lief. »Äh, nein, so nennt sich eine Sendung, bei der sie ein paar Idioten in einen Container oder sonst wohin einsperren. Man kann ihnen dann dabei zusehen, wie sie sich zusammen langweilen.«

»Im Ernst? Es gibt Leute, die sich so was anschauen?«

Ich versicherte ihm, dass es solche seltsamen Leute gab, und schickte eine stille Entschuldigung an Ricarda, die oft und gerne in Realityshows reinzappte. Sofia nicht, die fuhr auf Bollywood ab und hatte eine beeindruckende DVD-Sammlung buntester indischer Liebesfilme.

Die Fahrt hätte ruhig doppelt so lange dauern können, es war schön, mit Erik zu reden – aber dann waren wir auch schon am Eingangstor von Friedrichshöhe und kurz darauf bei den Farmgebäuden. Still und friedlich lagen sie vor uns, kein Mensch war in Sicht. Das metallene Windrad hinten bei den Scheunen stand still, noch wehte kaum ein Lüftchen.

Dann störten ein Miauen und hektisches Bellen die Stille und eine kleine Katze kam um die Ecke gerast. Maikes weißer Terrier war ihr dicht auf den Fersen. Das rot getigerte Kätzchen rannte auf mich zu, und bevor ich kapiert hatte, was abging, war sie schon dabei, mit ausgefahrenen

Krallen mein Hosenbein hochzuklettern. Aua! Schließlich hockte die kleine Katze auf meiner Schulter und blickte triumphierend auf den Terrier hinunter, der wütend um mich herumtanzte. Jetzt sah ich, was mir vorher entgangen war – der Hund war verkrüppelt, das linke Hinterbein war amputiert worden.

»Benimm dich, Flix«, sagte Erik streng. »Los, rein mit dir!«

Der Terrier trollte sich. Das Kätzchen balancierte immer noch auf meiner Schulter und von mir aus konnte es dort ruhig bleiben. Vorsichtig streichelte ich seinen mageren kleinen Körper, der sich wollig weich anfühlte, und sehnte mich nach Frodo.

»Hast du überhaupt schon gefrühstückt?«, fragte Erik. »Komm, wir gehen noch einen Moment rein.«

Auf der hinteren Seite hatte das Haus eine hübsche umlaufende Veranda, dort standen ein paar Tonkübel mit Agaven und anderen Wüstenpflanzen sowie ein paar hölzerne Gartenstühle. Mit dem Kätzchen auf der Schulter, folgte ich Erik über ein paar Stufen rauf auf die Veranda, dann über eine unverschlossene Tür aus Fliegendraht ins Innere des Hauses. Als das Kätzchen merkte, dass wir reingehen wollten, sprang es herunter und rannte weg. Ich blickte ihm hinterher. »Die ist ja süß. Hat sie einen Namen?«

»Noch nicht, sie ist ja erst ein paar Wochen alt. Sie hat's nicht leicht hier, weil Flix sie aus irgendeinem Grund nicht ausstehen kann.«

Die Küche, die zum Wohnzimmer hin offen war, sah altmodisch aus, mit Arbeitsplatten aus roten Tonkacheln, einem klobigen weißen Kühlschrank, Gasherd und Ofen.

Die Schranktüren quietschten, als Erik einen Teller und eine Tasse herausholte.

»Ach, da bist du ja, Maike«, sagte Erik und ich bemerkte zum ersten Mal, dass noch jemand im Raum war – an einem riesigen Esstisch aus rötlich braunem Holz saß ganz allein das dünne blonde Mädchen. Es sagte nichts, glotzte mich nur misstrauisch an und kaute an einem belegten Brot.

»Hallo, ich bin Lilly.« Ich lächelte Maike an, obwohl ich ihr am liebsten den Hals herumgedreht hätte dafür, dass sie Erik meine Botschaften nicht ausgerichtet hatte.

»Hallo«, murmelte Maike. Sie wirkte zart und dünn, richtig zerbrechlich. Wie es wohl für sie war, hier im Nirgendwo aufzuwachsen?

Der weiße Terrier kam unter dem Tisch hervor, hinkte zu mir herüber und nahm misstrauisch meine Witterung auf. Ich hielt ihm die Hand zum Schnuppern hin, damit wir uns richtig kennenlernen konnten, und meinte: »Na, Kleiner, was ist dir denn passiert?«

Nicht Maike antwortete, sondern Erik. »Eine Schlange hat ihn gebissen – der Kleine wäre beinahe daran gestorben«. Er schnitt ein paar Scheiben Brot ab und setzte sich neben Maike. Ich ließ mich ebenfalls auf einen Stuhl gleiten. Eigentlich hatte ich schon gefrühstückt und mir wäre es zehnmal lieber gewesen, gleich das mit den Zäunen erledigen zu können. Doch ich zwang mich, mein Brot zu essen. Es war selbst gebacken und sogar meinen hohen Ansprüchen nach sehr lecker – aber mein Mund war so trocken, dass ich es kaum runterschlucken konnte.

»Hierher, Flix«, befahl Maike und der Terrier rannte unter den Tisch zurück.

Unauffällig schaute ich mir das Wohnzimmer genauer an. Es war weiß gestrichen, wirkte aber trotzdem irgendwie düster mit seinem dunkelbraun gekachelten Boden, auf dem Zebra- und Springbockfelle lagen. Mittelpunkt des Hauses war ein offener Kamin, davor stand eine Couch aus abgewetztem hellbraunem Leder. Auf einem Sideboard standen eingerahmte Fotos – Maike, lachend, mit einem damals noch vierbeinigen Flix auf dem Arm. Erik als Baby, als Kind mit irgendwelchen Steinbrocken in der Hand, als Jugendlicher stolz grinsend auf einem Pferd, auf einem Gruppenbild mit Klassenkameraden. Ein altes schwarzweißes Porträtfoto von Albrecht Sartorius, auf dem er wie ein Filmstar aus den 1940ern aussah, wagemutig und unbeugsam. Nach einem Bild von Eriks Mutter schaute ich mich vergebens um. Auch einen Fernseher sah ich nicht, dafür ein großes Regal, in dem sich dicht an dicht die Bücher stapelten. »Wer von euch ist der große Leser?«

»Ich«, meinte Erik und das überraschte mich nicht besonders, weil wir uns im Auto schon ausführlicher über Bücher unterhalten hatten. »Ich war mal drei Monate im Krankenhaus, nachdem Ben und ich mit 'ner Cessna abgestürzt sind … tja, und dort gab's nicht viel anderes zu tun. Also habe ich Bücher gefressen, so schnell meine Mutter sie anschleppen konnte.« Ein Lächeln huschte über sein Gesicht und war genauso schnell verschwunden, wie es erschienen war. »So, ich würde sagen, machen wir uns auf den Weg … wir nehmen Saramee und Jingo …«

»Kann sie denn reiten?«, meinte Maike zu Erik.

Erik blickte mich erschrocken an. »Ich habe vergessen, dich zu fragen …«

»Kein Problem, ich kann reiten«, versicherte ich schnell. Erik sah erleichtert aus und Maike ein klein wenig enttäuscht.

Ich hoffte, dass ich mich nicht allzu sehr blamieren würde. Als Kind hatte ich Reitunterricht gehabt, aber in den letzten Jahren waren irgendwie andere Dinge wichtiger gewesen. Das einzige Pferd, auf dem ich in den letzten Jahren gesessen hatte, war unser pensioniertes Springpferd Silver. Sein Besitzer hatte von meinem Vater damals verlangt, Silver einzuschläfern, aber mein Vater hatte sich geweigert, ein völlig gesundes Tier zu töten. Tja, so kam ich zu einem eigenen Pferd. Leider konnte ich den Guten nur noch selten dazu bewegen, schneller als im Schritt durch die Gegend zu trotten. Wenn Erik mich auf einen feurigen Hengst setzte, dann konnte man wahrscheinlich die Sekunden zählen, bis mein Hinterteil Bodenkontakt aufnahm. Das würde Maike bestimmt freuen.

Die Pferdeställe waren ein hölzerner Anbau hinten bei den Scheunen. Dahinter erstreckten sich Koppeln für Rinder und Ziegen, Drahtzäune und Tore aus Metallstangen. Wir gingen an einer verrosteten Egge vorbei, an einem alten Pferdewagen aus Holz und einem Stapel Zaundrahtrollen.

Ich zuckte zusammen. Vor uns war Albrecht Sartorius aus der Scheune getreten, er trug einen Eimer und einen Besen. Nach der ersten Schrecksekunde riss ich mich zusammen und bekam ein höfliches »Guten Morgen, Herr Sartorius« hin. Eriks Vater streifte mich mit einem Blick, nickte mir kurz zu, ging an mir vorbei und arbeitete weiter, als sei ich gar nicht da. Ich war verblüfft.

Erik schien das Ganze peinlich zu sein, aber er stellte seinen Vater nicht zur Rede. Schnell führte er mich zu einer Koppel, in der eine graue Stute und ein etwas größerer Fuchswallach standen. Beide hatten den feingliedrigen Körperbau und den edlen Kopf, der für arabische Pferde so typisch ist. Irgendjemand hatte sie schon gestriegelt, ihr Fell war makellos sauber.

Erik fing beide ein, was nicht schwierig war, denn Saramee kam sofort auf ihn zu, drückte ihre Nase zärtlich gegen seine Brust und schnaubte. Gerührt zupfte Erik ihr die Stirnlocke zurecht und klopfte ihr den Hals. »Na, Kleine, alles klar?«, meinte er und dann zu mir gewandt: »Nimm du Saramee, sie hat bessere Manieren als Jingo.«

Gott sei Dank, kein feuriger Hengst. Plötzlich war ich sehr aufgeregt bei dem Gedanken, dieses herrliche Tier reiten zu dürfen – das war doch ein bisschen was anderes als Silver oder irgendein abgestumpftes Reitschulpferd!

Ich streichelte Saramee eine Weile, um mich mit ihr anzufreunden, dann hievte ich den Sattel auf ihren Rücken. Mit aufmerksam gespitzten Ohren stand Saramee da und fegte mit dem Schweif lästige Fliegen von ihren Flanken. Die ganze Zeit über beobachtete sie Erik – kein Zweifel, noch ein weibliches Wesen, das in ihn verliebt war!

Der Wallach warf den Kopf hoch und bewegte sich unruhig, er wollte endlich los. Da hatten wir was gemeinsam. Aber wir mussten beide warten, bis Erik noch zwei mit Ausrüstung gefüllte Packtaschen auf Jingos Rücken befestigt hatte.

»Saramee gehört übrigens mir, mein Vater hat sie mir mal zum Geburtstag geschenkt«, erzählte er. »Früher hatten wir mehr Pferde, eine richtige Zucht, aber wir mussten sie verkaufen, jetzt sind nur noch diese beiden übrig.« Er versuchte, sich nichts anmerken zu lassen, doch inzwischen kannte ich ihn gut genug, ich hörte den Schmerz in seinen Worten. Ja, Friedrichshöhe hatte Probleme, es war nicht mehr zu übersehen.

Endlich konnten wir die Farm hinter uns lassen und die Pferde schritten hinaus in die weite, offene Landschaft. Stahlblau wölbte sich der Himmel über uns und ich sog die reine, trockene Luft tief in meine Lungen. Es war eine Offenbarung, Saramee zu reiten, ihr Gang war schwungvoll und sie reagierte auf meine winzigsten Bewegungen. Auf so einem Pferd konnte man sich gar nicht zum Narren machen, es schien jeden meiner Gedanken zu lesen. Und wenn Saramee enttäuscht war, dass nicht Erik auf ihrem Rücken saß, dann ließ sie sich das nicht anmerken.

Vergessen war der Ärger auf Ounene eúlu, vergessen die unfreundliche Behandlung der Familie Sartorius. Mit jedem Schritt der Stute fiel das alles von mir ab wie eine Schlammschicht, die in der Sonne trocknet und herunterbröckelt. Wie gut, dass ich nicht nach Etosha mitgefahren war, das hier war viel, viel besser!

Ich konnte kaum die Augen von Erik losreißen. Man sah sofort, dass er schon seit vielen Jahren ritt. Locker und aufrecht saß er im Sattel und beruhigte den Fuchs, der energiegeladen ausschritt und wohl am liebsten losgeprescht wäre. Wir legten eine kurze Galoppstrecke ein, dann waren beide Pferde zufrieden und gingen ruhig nebeneinanderher. Jetzt kamen wir auch zum Reden.

»Wie fühlst du dich? Ein bisschen besser jetzt?«, fragte Erik. »Nach deinem Anruf habe ich mir die ganze Zeit Sorgen gemacht … was war eigentlich los?«

»Ach, ich habe ein paarmal Mist gebaut auf Ounene eúlu«, gestand ich und erzählte ihm, was passiert war.

Er schien nicht zu denken, dass es sonderlich tragisch war. »Ach, mir sind solche Sachen schon hundertmal passiert. Als ich mit fünfzehn mal vergessen habe, Saramee nach einem langen Galopp trocken zu reiben, war ich sogar nahe dran an einer Tracht Prügel.« Er beugte sich zur Seite und klopfte Saramee entschuldigend auf den Hals. »Ich wette, in ein paar Tagen haben die Leute auf Ounene eúlu alles wieder vergessen, wenn du dich jetzt richtig reinhängst. Das mit meinem Besuch bei dieser Schulveranstaltung … verdammt, das tut mir echt leid. Aber deine Kollegin schien nichts dagegen zu haben, dass ich mitkomme.«

Ich seufzte. »Hatte sie bestimmt auch nicht, nur leider findet es Jamie Edwards nicht so gut, dass ich mich mit dir treffe.«

»Na, da ist sie nicht die Einzige«, sagte Erik trocken. »Was dir bestimmt nicht entgangen ist.«

»Ja, aber das ist mir egal«, entfuhr es mir. »Ich bin so froh, dass es dich gibt, ich denke gar nicht daran, dich wieder herzugeben!«

Erik senkte den Kopf und einen Moment lang dachte ich, ich hätte ihn verlegen gemacht. Doch er atmete nur tief durch. »Ich glaube, das ist das Schönste, was mir jemals ein Mensch gesagt hat. Und mir geht es mit dir genauso.«

Die Pferde gingen so nah nebeneinander, dass wir es schafften, uns zu küssen. Es war ganz anders als neulich auf

Ounene eúlu. Nicht so verzweifelt, sondern ganz weich, voller Zärtlichkeit.

Ich dachte daran, was die Bedienung im Café zu mir gesagt hatte. Jetzt, auf diesem Ritt, wäre die Gelegenheit gewesen, Erik zu fragen. Aber ich schaffte es nicht, ich hatte mehr Angst als je zuvor. Später. Ich würde ihn später fragen. Irgendwann, wenn es mir wieder besser ging, ich nicht bis zum Hals in Ärger steckte und er mein einziger Verbündeter war. Außerdem wollte ich diese wunderbaren Momente mit ihm nicht zerstören.

Viele Kilometer weit folgten wir dem Außenzaun der Farm. Ab und zu saßen wir ab und Erik holte Draht und Zange aus seinem Gepäck, um den Zaun an einer Stelle zu reparieren, wo Rinder oder Tiere der Wildnis ihn beschädigt hatten. Ich half ihm dabei und zeigte ein beachtliches Talent dafür, meine Klamotten zu verdrecken und mir vorstehende Drähte in die Hand zu piken.

Gegen Mittag, als die Sonne fast senkrecht auf uns herabknallte, rasteten wir unter einem knorrigen Kameldornbaum und machten uns über unseren Proviant her, während die Pferde im Schatten dösten. In der Nähe saßen Erdhörnchen vor ihren Löchern, hoch aufgerichtet wie kleine Kegel, und streckten wachsam die Nasen in unsere Richtung. Als ich »Piep« sagte, verschwanden sie wie der Blitz in ihren Löchern. Dafür kamen zwei schwarz-weiße Vögel mit riesigen gelben Schnäbeln, sie hüpften um uns herum und blickten uns mit schräg gelegtem Kopf an.

»Tokos – die klauen dir das Essen und dazu noch das Besteck, wenn du nicht aufpasst«, sagte Erik und warf ihnen ein Stück Brot zu.

Ich hätte ewig weiterreiten können; viel zu schnell waren wir zurück.

Und dort wartete schon Albrecht Sartorius und beobachtete mit kühlem Blick, wie wir die Pferde absattelten. »Anscheinend wurde in Camp 7 der Zaun niedergetrampelt. Kümmerst du dich bitte darum, Erik?«

Erik nickte. »Mach ich. Aber ich fahre vorher noch schnell Lilly nach Hause.«

»Dafür ist keine Zeit. Kümmre dich erst um den Zaun.«

Schweigend standen sich die beiden Männer gegenüber und blickten sich an. Nervös schaute ich auf die Uhr. Es war schon vier Uhr nachmittags. Wenn ich nicht bald zurückkam, würde ich Ärger bekommen. Tila und Okana warteten auf ihr Futter und auf Gesellschaft.

Erik wandte sich mir zu. »Wann musst du zurück sein?«

»Äh, am besten so bald wie möglich«, meinte ich verlegen.

Jetzt beachtete Albrecht Sartorius mich doch noch. Darauf hätte ich gut verzichten können. Mit einem ähnlichen Blick hätte er sicher einen räudigen Schakal gemustert. »Sie ist nicht mit ihrem eigenen Auto da?«

»Sie hat noch keinen Führerschein, Pa.«

War das grauenhaft! »Ich könnte auf Ounene eúlu anrufen, vielleicht kann mich jemand abholen«, sagte ich und hoffte von ganzem Herzen, dass das nicht nötig sein würde.

Erik ahnte sicher, was mir durch den Kopf ging, denn er warf mir einen schnellen Blick zu und schüttelte den Kopf. »Wenn ich dich nicht fahren kann, übernimmt es eben Elias.«

Wie aus dem Nichts stand er plötzlich neben uns, der hochgewachsene junge Herero, und stützte sich schweigend auf eine Mistgabel. Auf seinem tiefschwarzen Gesicht standen Schweißtropfen, es glänzte wie poliert. Er sagte nichts, er war einfach da.

Albrecht Sartorius beachtete ihn nicht. »Elias repariert mit dir den Zaun.«

»Dann eben Jonah«, meinte Erik gepresst. »Oder muss der etwa auch helfen? Das mit dem Zaun schaffen wir zu zweit.«

»Ach ja, übrigens.« Jetzt wandte sich Albrecht Sartorius wieder mir zu. »Das mit den Hütehunden kommt nicht infrage. Die stören nur die Herden, wir haben genug Hunde auf dem Hof. Können Sie Frau Edwards ausrichten. Ich denke eher, es war ein Fehler, wegen des verletzten Geparden bei der Cheetah Foundation anzurufen. Wir hätten auch Verwendung für das Vieh gehabt.«

Ich wünschte mir so sehr, dass Erik seinem Vater widersprach, meine Partei ergriff. Aber er sagte nichts. Vielleicht hätte auch ich besser geschwiegen. Aber das hätte ich nur mit einem Knoten in der Zunge geschafft. »Das *Vieh* heißt Omuenda«, schoss ich wütend zurück. »Und er hätte sowieso keinen guten Wandteppich abgegeben, weil sein Fell in sehr schlechtem Zustand war.«

Albrecht Sartorius betrachtete mich aus schmalen Augen. »Wie auch immer«, sagte er, drehte sich um und ging. Wir alle atmeten auf.

»Ich gehe Jonah holen«, sagte Elias und lächelte mich an. »Er wird dich fahren.«

Dankbar für seine Freundlichkeit lächelte ich zurück.

Jonah war, wie sich herausstellte, Elias' Bruder. Er wirkte freundlich, sagte aber wenig. Ich fand bald heraus, woran das lag – er sprach kaum Deutsch und auch kein Englisch. Und ich konnte weder Afrikaans noch die Sprache der Herero.

Aber das machte nicht viel aus, denn vom Rückweg nach Ounene eúlu bekam ich sowieso nicht viel mit. Ich lehnte mich gegen die Fahrertür, stopfte mir den roten Fleecepulli unter den Kopf und schlief erschöpft ein.

Am nächsten Morgen beim Frühstück berichteten meine Kollegen natürlich begeistert von dem, was sie in Etosha gesehen und erlebt hatten. Ich nickte, hörte zu und erzählte nur, dass ich mit Joseph sauber gemacht hatte. Obwohl mich der scheußliche Muskelkater in meinen Beinen daran erinnerte, was ich wirklich getan hatte. Teresas mitleidige Blicke konnte ich heiter von mir abprallen lassen. Den ganzen Tag lang begleitete mich der Gedanke an Eriks Kuss und die Erinnerung, wie mir Saramees lange Mähne beim Galoppieren entgegengeweht war.

Auf dem Tagesplan sah ich, dass Karla und Rob heute für die Überwachung der wilden Geparden zuständig waren. Ich durfte nicht mit zu Ciska und wusste, dass es mit solchen Privilegien vorerst vorbei war. Ich tröstete mich mit einer langen Mail an Sofia. Zum Glück hatte sie auf die letzte schon geantwortet.

nimm's nicht so schwer, das wird schon wieder.
hast du erik schon gefragt, was die frau im café gemeint haben könnte? du bist doch sonst nicht so schüchtern!
ich steck hier übrigens gerade ziemlich tief in der scheiße, meine eltern haben gesagt, ich hätte die jeans nicht annehmen dürfen und soll sie zurückgeben. hab sie ganz hinten in meinen

schrank gestopft. mist, jetzt kann ich das ding nicht mal anziehen.
ich drück dich und schicke dir ein paar lila wellen guter energie, fühlst du sie schon?

Ja, ich konnte die Wellen fühlen, sie kitzelten ein bisschen.

Mir ging Sofias *du bist doch sonst nicht so schüchtern* noch eine Weile im Kopf herum. Nein, normalerweise war ich nicht schüchtern, sondern eher ziemlich ungeduldig. Also, worauf wartete ich eigentlich noch?

Als Teresa und ich bei Tila und Okana hockten, kam Louis vorbei und untersuchte unsere Schützlinge kurz. Gespannt warteten wir auf sein Urteil. »Sie entwickeln sich hervorragend«, sagte Louis zufrieden und strich Okana durch das wuschelige beigefarbene Jugendfell. »Ich würde vorschlagen, dass sie bald die Quarantäne verlassen. Es ist Zeit, dass sie andere Geparden kennenlernen und einüben, wie sie mit Artgenossen auskommen.«

Schon am nächsten Morgen brachten Jamie, Teresa und ich unsere beiden Kleinen in Transportkästen zum Gehege West, dann durften sie hinaus. Verblüfft über so viel Freiheit, steckte Okana die Nase nach draußen; Tila traut sich noch nicht und drängte sich in der Kiste ganz nach hinten. Schließlich, nachdem ich ihr lange gut zugeredet hatte, konnte aber auch sie sich überwinden, das neue Gehege zu erkunden.

Die anderen Geparden ließen sich nicht blicken.

»Große Sorgen mache ich mir eigentlich nicht«, sagte Jamie. »Es könnte nur sein, dass Ohani Ärger macht, sie ist die Chefin des Geheges. Kritisch wird's bei der Fütterung, schätze ich. In den ersten Tagen werden wir die beiden Kleinen ein Stück von den anderen entfernt füttern.«

Teresa hörte andächtig zu, ließ keinen Blick von Jamie und nickte hin und wieder bekräftigend. Sie und ich bekamen den Auftrag, den ganzen Tag zu beobachten, was im Gehege vorging, und wenn nötig Alarm zu schlagen. Jamie drückte uns ein Funkgerät in die Hand. »Wenn irgendwas ist … gebt mir Bescheid.«

Wir machten es uns auf einer Isomatte gemütlich, die wir mitgebracht hatten. »Und, wie war's eigentlich bei Familie Sartorius?«, fragte Teresa und befestigte das Piratentuch neu über ihren langen dunklen Haaren.

»O schön«, sagte ich und fragte mich, woher sie wusste, dass ich auf Friedrichshöhe gewesen war. Sehr wahrscheinlich hatte einer der CF-Mitarbeiter beobachtet, wie Jonah mich auf Ounene eúlu abgesetzt hatte, und den Landrover erkannt. »Ich habe auf der Farm mitgeholfen und alle waren sehr nett zu mir.«

Ich kann nicht gut lügen, konnte ich nie. Man hört es immer durch, alle wissen, dass ich gerade schwindle, und ich stehe da wie eine Idiotin. Genauso war es jetzt. Teresa schaute zweifelnd drein und plötzlich hatte ich keine Lust mehr, heile Welt vorzuspielen, es brach einfach aus mir heraus. »Nein, stimmt gar nicht. Albrecht Sartorius hat mich behandelt wie Dreck und Eriks Schwester nicht viel besser. Ich weiß nicht, ob ich dort jemals wieder hinfahren möchte.«

»Aber Erik ist doch verliebt in dich.« Es klang fragend.

»Ja, ich glaube, wir sind dabei, uns ziemlich heftig zu verknallen. Nur weiß ich nicht, ob er sich gegen seinen

Vater durchsetzen kann … ich glaube, wenn er das nicht schafft, macht das irgendwann unsere Liebe kaputt.«

Im Gehege tat sich etwas. Teresa hatte eine Bewegung gesehen, sie hob warnend die Hand. Ich richtete mich gespannt auf. Wenige Atemzüge später sahen wir, dass Ohani herankam. Sie schritt auf ihre gewohnt königliche Art am Zaun vorbei, mit weichen, wiegenden Schritten. Doch sie wirkte unruhiger als sonst, ihre Schwanzspitze pendelte leicht hin und her und ihre Ohren kamen keinen Moment zur Ruhe, richteten sich aufmerksam mal in die eine, mal in die andere Richtung.

Jetzt kam sie in die Nähe der jungen Gepardenschwestern. Okana und Tila hatten sie längst bemerkt, hockten eingeschüchtert da und stießen zirpende Beschwichtigungslaute aus. Ohani beachtete die beiden jungen Gepardinnen kaum, schenkte ihnen nur einen kurzen Blick, dann schaute sie wieder in die Ferne und ging weiter.

Ich entspannte mich wieder. Sah so aus, als hätte Ohani keine Einwände gegen die neuen Bewohnerinnen ihres Reichs!

Zwei Stunden lang passierte fast gar nichts. Jenseits des Zaunes streckte sich Tila im mickrigen Schatten eines Busches aus, Okana erkundete die Sträucher und Grasbüschel der Gegend und legte sich dann neben ihre Schwester.

»Bisher läuft's echt gut«, meinte Teresa zufrieden. Sie kramte in ihrem Rucksack, stutzte. »Mist, ich habe vergessen, mir ein Lunchpaket mitzunehmen. Hast du was zu essen mitgenommen?«

»Nur ein Sandwich, Wasser und ein paar Stücke Biltong. Wir können gerne teilen, wenn du magst.«

»Ach, weißt du, was, ich laufe schnell zurück zum Hauptgebäude und hole mir was. Soll ich dir auch was mitbringen?«

Ich schüttelte den Kopf. »Nein danke.« Als Teresa weg war, fiel mir wieder auf, wie still es hier im Busch war. Das trockene Gras rauschte sachte im Wind, in der Ferne hörte ich wieder mal den Generator der Farm, aber sonst störte kein Laut die friedliche Szene … bis ein Vogel den Fehler machte, sich auf einen Zweig über den rastenden Geparden zu setzen. Wahrscheinlich hatte er die beiden Raubkatzen nicht gesehen, weil sie sich nicht bewegten und mit ihrem tarnfarbenen Fell auf dem Sandboden kaum zu erkennen waren. Großer Fehler! Wie ein Blitz war die sonst so ängstliche Tila auf den Beinen und schnappte sich den Vogel mit den Vorderpfoten. Ein paar Sekunden später war von ihm nichts mehr übrig außer ein paar Federn. Stolz schaute Tila zu mir herüber, die braunen Augen ganz hell vor Freude.

Das Ganze war so schnell gegangen, dass ich noch immer mit offenem Mund dasaß. »Äh, ich sehe schon«, sagte ich schließlich. »Gegen einen Snack hin und wieder habt ihr nichts einzuwenden.«

Auch die anderen Geparden hatten mitbekommen, dass irgendetwas geschah. Lautlos wie Geister tauchten zwei der gefleckten Katzen aus dem Gebüsch auf. Ich erkannte meinen Liebling Elai und die andere Gepardin war vermutlich Njika, weil man die scheue Muina so gut wie nie am Zaun sah. Mit gesträubtem Nackenfell kamen die beiden ausgewachsenen Gepardinnen näher. Besorgt stand ich auf und starrte ins Gehege.

O nein – das sah gar nicht gut aus!

AUGE IN AUGE

Elai witterte misstrauisch und zog die Oberlippe hoch, zeigte die Zähne und fauchte. Tila und Okana stießen Beschwichtigungslaute aus, aber Elai kam trotzdem näher, vielleicht um herauszufinden, was es mit den Federn und dem Blut auf sich hatte.

»Elai!«, rief ich scharf und hastete zum Zaun. »Mach jetzt keinen Mist!«

Doch Elai beachtete mich kaum, wandte nur kurz den Kopf. Ich erkannte meine Freundin kaum wieder – war das wirklich die zutrauliche Gepardin, der ich durchs Gitter hindurch den Kopf gekrault hatte, die so gut schnurren konnte?

Njika umkreiste die Gruppe, ließ den jungen Gepardenschwestern keinen Raum zur Flucht. Der Rückweg in die Transportkiste, die noch immer auf dem Sand stand, war ihnen abgeschnitten. Allmählich bekam ich Angst. Ich kramte das Funkgerät aus dem Rucksack hervor, drückte auf *Senden* und sagte, wie Karla es mir in einer ruhigen Minute beigebracht hatte: *»CF Headquarter, CF Headquarter, come in for Lilly.«*

Doch das Hauptquartier meldete sich nicht, wahrscheinlich waren jetzt alle beim Mittagessen. Verdammt! Wo blieb nur Teresa? Die war schon länger hier und kannte sich besser mit den Geparden aus! Vielleicht wusste sie ja, was jetzt zu tun war!

Jetzt fauchte auch Okana. Sie schlug mit den Pfoten auf den Boden, um die größeren Geparden einzuschüchtern, aber sie war noch so jung, dass es nicht beeindruckend wirkte, sondern nur jämmerlich. Elai kam immer näher, ihr Körper war angespannt wie eine stählerne Sprungfeder.

Ich hielt es nicht mehr aus. Mit zitternden Fingern löste ich das Schloss des Außentors, schob mich hindurch, öffnete das Innentor, knallte es hinter mir zu. Jetzt stand ich im Gehege, kaum zehn Meter von vier Geparden entfernt, die drauf und dran waren, sich gegenseitig an die Kehle zu gehen. Mein Herz führte sich auf, als würde es versuchen, aus meinem Körper zu fliehen. Eine Waffe brauchte ich! War hier irgendwas, das als Waffe taugte? Ja, dort vorne lag ein etwa armlanger Ast, vermutlich morsch, aber besser als nichts. Plötzlich musste ich an Erik denken. Ich hätte ihn so gerne an meiner Seite gehabt. Würde er mich im Krankenhaus besuchen kommen, wenn ich jetzt eine Verletzung abbekam? Würde ich ihm je wieder weismachen können, dass Geparden eigentlich nett und friedlich waren, wenn sie die Chance dazu bekamen?

Als die beiden Gepardenschwestern mich sahen, fingen sie sofort wieder an zu rufen und blickten hoffnungsvoll zu mir herüber. Sie kannten mich, sie vertrauten mir. Es kam nicht infrage, sie im Stich zu lassen.

Langsam ging ich auf sie zu und behielt die Geparden dabei im Auge. Ich ging so aufrecht und selbstbewusst wie möglich, um respekteinflößend zu wirken und nicht wie der zweite Gang eines leckeren Menüs. Den Stock behielt ich erhoben in der Hand. Bei Njika wirkte das, sie huschte davon. Aber die halbzahme Elai schien es nicht besonders beeindruckend zu finden. Leicht geduckt, mit noch immer gesträubtem Rückenfell, schlich sie um mich und die jungen Katzen herum. Dadurch hatte ich einen guten Blick auf ihre langen Eckzähne.

»Elai, zieh ab!«, brüllte ich und stampfte mit dem Fuß auf. Mein Ex-Lieblingsgepard fauchte und machte einen kurzen Ausfall nach vorne. Warnend schlug ich mit dem Stock auf den Boden, um buchstäblich noch ein bisschen Staub aufzuwirbeln, doch das bekam dem Holz nicht sonderlich gut. Es knickte ab und das Stück, das ich jetzt noch in der Hand hielt, war kaum länger als ein Salatbesteck. Ach du Schreck! Und was jetzt? Jamie hatte mir gesagt, dass Geparden noch nie einen Menschen getötet hatten. Dessie hatte es gesagt. Alle sagten es. Na, hoffentlich stimmte das auch!

Aus dem Augenwinkel sah ich, wie Okana und Tila in die Transportkiste flüchteten, sie hatten es so eilig dabei, dass sie sich fast gegenseitig umrannten. Immerhin, die Kleinen waren in Sicherheit. Jetzt kam es darauf an, dass auch ich wieder hier herauskam.

Ich probierte es damit, ganz still zu stehen. Still wie ein Baum. Still wie ein Zaunpfahl. Tatsächlich, jetzt schien sich die Gepardin wieder etwas zu beruhigen, sie fauchte nicht mehr, schaute sich nur noch um, behielt mich wachsam im Auge.

Immerhin konnte ich das Stück Holz im Notfall nach Elai werfen. Das verwirrte sie vielleicht einen Moment lang und ich schaffte es irgendwie zurück zum Eingang des Geheges. Der war leider weiter entfernt, als mir lieb war. Was war mit Hochklettern am Zaun? Nein, in so was war ich noch nie gut gewesen und der Zaun eignete sich auch überhaupt nicht dafür, in die Zwischenräume des Drahtes bekam man die Fußspitzen nicht rein. Wo blieb denn nur Teresa, wieso brauchte sie so lange? Und wieso kam ausgerechnet jetzt niemand anders vorbei? Sonst war doch immer Joseph in der Gegend und der hätte die Geparden wahrscheinlich mit einem einzigen scharfen Blick wieder zur Vernunft gebracht.

Elai setzte sich in Bewegung, auf die Transportkiste zu. Vielleicht war sie nur neugierig und wollte die Kleinen noch mal beschnuppern. Vielleicht aber auch nicht. Gepardengedanken zu lesen, stand leider auch in Ounene éulu nicht auf dem Lehrplan.

Lieber nichts riskieren. Ich stampfte noch einmal kräftig mit dem Fuß auf und warf Elai das Stück Holz vor die Pfoten. Fauchend wich die Gepardin aus, bewegte sich dann rückwärts, zog sich langsam zurück. Na also, die hatte genug … doch dann fiel mir Njika ein. Wo war die eigentlich abgeblieben? Und wo waren Ohani, Muina und Jola? Ich hatte mich so auf Elai konzentriert, dass ich völlig vergessen hatte, mich hin und wieder umzusehen, die Umgebung im Auge zu behalten. Auf einmal prickelte es in meinem Genick, ich fühlte mich beobachtet. Am liebsten wäre ich herumgewirbelt oder hätte mich in Deckung geworfen wie James Bond in solchen Fällen, aber ich zwang mich, schnelle Bewegungen zu vermeiden, und schaute mich so ruhig wie möglich um.

Und sah etwas, das mir einen eisigen Schauer durch den ganzen Körper sandte.

Die Tore des Geheges standen offen. Beide. Das innere und das äußere. Und gerade war eine der ausgewachsenen Gepardinnen dabei, lässig durch die Tore nach draußen zu joggen. Einen Moment später war sie im hohen Gras verschwunden.

O mein Gott! Ich wagte nicht zu rennen, sonst packte Elai vielleicht noch der Jagdtrieb. Aber ich ging mit langen Schritten zum Tor zurück. Nur mit Mühe konnte ich mich daran hindern loszuheulen. *Nein, nein, nein!* Wie hatte das passieren können? Wahrscheinlich war ich zu nervös gewesen, ich hatte nicht darauf geachtet, dass beide Tore richtig eingerastet waren. Und das Schloss des äußeren Tors hatte ich auch nicht wieder eingehakt.

Wenn ich es eilig hatte, vergaß ich oft alles andere, das regte auch meine Eltern schrecklich auf. Womöglich waren die meisten Geparden des Geheges an mir vorbeigeschlüpft, während ich mit Elai und den Kleinen beschäftigt gewesen war!

Verzweifelt zückte ich das Funkgerät und diesmal antwortete endlich jemand. Rob.

»Die Geparden sind los«, stammelte ich. »Gehege West … beide Tore sind offen … bitte schickt schnell jemand vorbei! Over.«

Rob fragte nicht lange nach. »Wird gemacht«, sagte er knapp. »Hast du gesehen, wie viele entkommen sind? Over.«

»Nein. Einen habe ich gesehen. Elai und die Kleinen sind jedenfalls noch drin. Over.«

Jetzt war ich am Ausgang, knallte das innere Tor zu.

Mein T-Shirt war klatschnass geschwitzt. Keuchend vor Aufregung lehnte ich mich an den Maschendraht.

Robs Stimme drang durch das Funkgerät. »Verdammt. Auf Ounene ist gerade eine Schulklasse, Dessie führt sie herum. Wir müssen schauen, dass wir die Geparden möglichst schnell wieder einfangen, sonst könnte das Ärger geben. Over.«

Ärger? Das war ja wohl die Untertreibung des Jahres. Ich hatte richtig, richtig Scheiße gebaut. Wahrscheinlich setzte Jamie mich in die nächste Maschine nach Deutschland. Goodbye, Namibia. Tschüss, Erik. Nie wieder Geparden. Tränen liefen mir über das Gesicht, so wie damals, als Frodo gestorben war und ein Teil meiner Welt für immer verloren.

»Lilly!«, rief jemand. Teresa und Karla kamen auf mich zugeschlendert, winkten mir zu. Wo kamen die denn auf einmal her? Ich hatte Rob doch erst vor ein paar Sekunden erreicht. Wahrscheinlich war Teresa schon auf dem Weg zurück gewesen und Karla hatte sie begleitet.

Beide merkten schnell, dass etwas nicht stimmte. Mit zitternden Händen schloss ich das äußere Tor wieder ab, dann erzählte ich, was passiert war und was Rob gesagt hatte. Teresa fluchte und Karla wurde richtig blass. »Kinder? Ach du große Scheiße. Davon habe ich gar nichts mitbekommen.«

»Lilly, in welche Richtung ist der Gepard gelaufen, der entwischt ist?«, fragte Teresa. »Und wann war das?«

Schwach deutete ich die Richtung an. »Eben erst.« Ich schaute auf die Uhr. Was – war wirklich nur eine Viertelstunde vergangen, seit Teresa Essen holen gegangen war?

Karla blieb beim Gehege, sie wollte versuchen, die Geparden zu zählen und festzustellen, wie viele fehlten. Teresa und ich hasteten zurück. Ich rannte mit aller Kraft, bis meine Lunge brannte und meine Beine sich so schwer anfühlten wie zwei Baumstämme.

»Warte … ich komme ja kaum hinterher!«, keuchte Teresa und hob ihr Piratentuch auf, das ihr vom Kopf gerutscht war.

Nach ein paar Minuten hatten wir das Hauptgebäude erreicht. Dort wimmelte noch immer die Schulklasse herum, drei Dutzend Kinder, die aufgeregt durcheinanderredeten. Dessie winkte ihnen zu, dass sie ins Hauptgebäude gehen sollten, aber noch immer befanden sich einige draußen auf dem Hof.

Rob und Jamie eilten nach draußen, warfen mir und Teresa einen kurzen Blick zu. »Ich starte mit der Cessna und schaue, ob ich von oben was sehe«, sagte Rob und Jamie ordnete an: »Teresa, Lilly, ihr sucht bitte die Farm ab. Nehmt einen der Hunde.«

Viele der Hündinnen hatten gerade Junge und konnten nicht mit, aber Xantha war erst vor Kurzem trächtig geworden. Sie wedelte erfreut, als sie Teresa und mich sah, und lief begeistert mit, als wir sie aus ihrer Box ließen. Teresa holte noch ein zusätzliches Funkgerät und ein Fernglas aus dem Büro, dann liefen wir im Laufschritt über die Farm, schauten in jeden Winkel und jeden Schatten. Schnuppernd und schwanzwedelnd, war Xantha mit von der Partie. Zwischendurch erzählte ich, was passiert war.

»Dumm gelaufen«, sagte Teresa nur und zog eine Grimasse. Sie sah mir nicht in die Augen. Vielleicht hatte sie ein schlechtes Gewissen, weil sie mich beim Gehege allein gelassen hatte.

Um die Hütten herum: nichts. Im Busch jenseits davon, an der Feuerstelle, an der ich mit Erik gesessen hatte: nichts. Auf dem Parkplatz: nichts.

»Vielleicht sollten wir in den Futterräumen nachschauen, vielleicht suchen sie dort nach was Leckerem«, meinte ich. Die Schuldgefühle wühlten in meinen Eingeweiden wie ein winziger, gefräßiger Drache.

»Gute Idee. Kann sein, dass sie da reingeschlichen sind.«

Doch auch da fanden wir nichts. Xantha schleckte an einer elektrischen Säge herum, mit der Joseph jeden Tag aus großen Stücken Esel kleinere Brocken Esel machte; aber sie kam sofort, als ich sie rief.

Das Funkgerät gab ein Klicken und Rauschen von sich, dann hörten wir Karlas Stimme: »Ohani fehlt. Und Njika. Die anderen sind noch drin im Gehege. Over.«

Wir kamen wieder am Hof des Hauptgebäudes an und machten uns daran, den angrenzenden Busch zu durchsuchen. Und dann bellte Xantha leise, spähte aufmerksam in eine Richtung. Ich folgte ihrem Blick und erkannte einen geduckten gefleckten Körper, der in einem der Felder kauerte. Im gelblich hellen Gras war er kaum zu sehen, aber inzwischen hatte ich Übung. Es war ein bisschen wie Pilzesuchen. Man wurde immer besser darin, irgendwann hatten sich die Augen darauf eingestellt.

»Da ist einer«, flüsterte ich Teresa zu. »Fragt sich nur, welcher.«

Teresa zückte ein kleines Fernglas und nach ein paar Sekunden gab sie unseren Kollegen durch: »Ich glaube, wir haben Ohani gefunden. Sie liegt im Gras jenseits des Hauptgebäudes.«

Als ich mich umblickte, um nach der anderen Gepardin Ausschau zu halten, stolperte mein Herzschlag. Zwei Kinder liefen quer über den Hof. Sie waren spät dran, wollten nach drinnen zu den anderen. Und erfüllten genau das Beuteschema eines Geparden: klein und weglaufend. Ohani kauerte geduckt im Gras, die Augen auf die Kinder fixiert, bereit zum Losjagen. Mir brach schon wieder der kalte Schweiß aus.

Doch dann sah ich Jamie Edwards. Sie scheuchte die Kinder nach drinnen, stellte sich genau zwischen sie und Ohani. Ruhig begann sie, auf Ohanis Versteck zuzugehen; wenn sie nervös war, sah ich nichts davon. Xantha wedelte und ließ uns im Stich, um auf Jamie zuzutrotten. Als Jamie nur noch zehn Meter entfernt war, richtete sich Ohani auf, ihr edles Gesicht verriet kein Gefühl. Langsam schritt sie davon, hielt einen Sicherheitsabstand zu der Frau vor ihr.

Ich hatte keine Ahnung, wie Jamie es anstellen wollte, die Gepardin einzufangen. Sie hatte keine Hilfsmittel dabei, kein Seil, nicht mal einen ledernen Gürtel, den man zu Halsband und Leine umfunktionieren konnte. Aber wahrscheinlich hätte Ohani sich das sowieso nicht gefallen lassen, nur King war an ein Halsband gewöhnt. Wollte Jamie sie vielleicht am Nackenfell packen?

Jamie tat nichts dergleichen. Sie sagte nur etwas zu Xantha, wenige leise Worte. Und Xantha reagierte. Langsam und behutsam begann sie, die große Raubkatze vom offenen Busch weg und in die Richtung des Geheges zu drängen. Ohani wirkte zwar nicht eingeschüchtert, schien aber

Respekt vor dem Hütehund zu haben, denn sie änderte tatsächlich die Richtung. Kurz darauf schlossen sich die Tore des Geheges hinter ihr.

Wieder eine blecherne Stimme aus dem Funkgerät. »Hier ist Rob. Ich habe Njika entdeckt. Sie ist schon ein ganzes Stück im Busch westlich von Ounene. Am besten, wir holen sie mit den Hunden und einem der Jeeps.«

Eine Stunde später war Njika zurück im Gehege und die Schulklasse wieder weg. Es war Zeit für das Tribunal. In Jamies Büro trat es zusammen. Jamie, Rob, Dessie, Joseph, Karla und Teresa. Nur Louis konnte nicht dabei sein, er war auf den Farmen unterwegs, um dort Hütehunde zu impfen.

Die Luft im Büro war stickig und warm. Trotzdem fror ich und mein ganzer Körper fühlte sich taub an. So nüchtern wie möglich erzählte ich, was geschehen war, und Jamie nickte. »Es ist schwer, nachträglich zu beurteilen, ob du die richtige Entscheidung getroffen hast. Aber es hätte nicht passieren dürfen, dass du mit dieser Situation alleine warst. Teresa, du hättest vor dem Weggehen um Ablösung bitten müssen.«

Teresa senkte den Kopf und nickte.

»Und jetzt zu der Sache mit den offenen Toren. Das war sehr unerfreulich. Die Suche nach Ohani und Njika hat uns Zeit und Nerven gekostet.«

»Ich weiß wirklich nicht, wie das passieren konnte«, erklärte ich und hörte selbst, wie bescheuert das klang. Wie eine hohle Floskel. Was man eben so sagte, wenn man Mist gebaut hatte. »Wahrscheinlich war ich so nervös, dass ich nicht richtig darauf geachtet habe, ob die Tore wieder richtig einrasten«, versuchte ich zu erklären, was ich mir eigentlich nicht erklären konnte. »Dann hat wahrscheinlich der Wind sie aufgedrückt. Es tut mir sehr, sehr leid.«

Sechs ernste Gesichter vor mir. »Geh bitte kurz raus«, sagte Jamie. »Wir entscheiden dann, wie es weitergeht.«

LIVEMUSIK UND LEHMHÜTTEN

Ich setzte mich draußen auf die Stufen und wartete. Die afrikanische Sonne schien aus dem wolkenlosen Himmel, wärmte meine Arme und Beine und trocknete mein T-Shirt. Ein leichter Wind wirbelte auf dem Hof Sand auf und beugte das Gras jenseits der Farm. Abwesend beobachtete ich, wie die Webervögel ein paar Meter über meinem Kopf emsig an ihrem riesigen Nest bauten. Wie Kolibris schwirrten sie auf der Stelle, bevor sie durch die Einfluglöcher nach drinnen schlüpften.

Wenn die Leute der Cheetah Foundation entschieden, mich wegzuschicken … was dann? War dann alles aus? Nach gerade mal zwei Wochen? Wieder dieses scheußliche Gefühl in meinem Magen. Vielleicht konnte ich, statt sofort zurückzufliegen, noch eine Weile auf der Farm der Familie Sartorius mitarbeiten. Nein, das war keine gute Idee, niemals würde Albrecht Sartorius mich auf Friedrichshöhe dulden.

Jamie schob den Kopf durch die Tür. »Kommst du bitte wieder rein? Wir haben uns entschieden.«

Als ich aufstand, merkte ich, dass meine Beine weich wie Pudding waren. Ich folgte Jamie ins Büro, setzte mich und wartete auf das Urteil.

»Wir glauben, es wäre besser, wenn du bei der Arbeit mit den Geparden aussetzt«, sagte Jamie. »Ich glaube, dafür hast du im Moment nicht die nötige Konzentration. Mir wäre es lieber, wenn sich in Zukunft Teresa und Karla um Okana und Tila kümmern könnten.«

Karla nickte, sie sah angetan aus von diesem Gedanken; Jamie blickte wieder zu mir herüber. »Du könntest Touristen über die Farm führen, ihnen die Tiere zeigen und ihnen erklären, was wir zum Schutz der Geparden tun. Das hast du ja schon hin und wieder gemacht. Wäre das in Ordnung für dich?«

Sie schickten mich nicht zurück nach Deutschland! Ich musste nicht nach Hause.

Ich sah kaum noch etwas, meine Augen flossen über vor Erleichterung – und vor Trauer. Tila und Okana hergeben? Nie mehr mit ihnen im Gehege herumtollen, ihre Krallen aus meiner Hose haken, ihnen mit der feuchten Hand das Gefühl geben, zärtlich abgeschleckt zu werden? Ein hoher Preis war das und es geschah mir recht.

»Ja, das wäre in Ordnung«, quetschte ich hervor. »Es tut mir wirklich leid.«

Mein Blick streifte Dessie. Kein Lachen heute, ihr Gesicht war eine glatte dunkle Maske. Ob sie mir jemals verzeihen konnte, dass ich diese Kinder in Gefahr gebracht hatte? Ich, die weiße Außenseiterin aus dem kleinen, reichen Land. Das Mädchen, das so unachtsam durchs Leben torkelte, das sich benahm, als hätte es rosa Zuckerwatte im

Kopf. Was wusste ich denn von ihrem Leben hier in Namibia, von den Problemen der Menschen? Ich war ja nur zum Spaß hier.

Ich drehte mich um, ging nach draußen und machte mich auf den Weg zu der Stelle mitten im Busch, an der Erik und ich nachts zusammengesessen und den Nachtschwalben zugehört hatten. Das war der einzige Ort, an dem ich jetzt sein wollte. Ein klarer, stiller Ort.

Doch dann hörte ich Schritte, die mir folgten, kurze, etwas trippelige Schritte. Dessie. Apathisch ging ich weiter und wartete darauf, was sie zu sagen hatte. Komisch – dass ich Dessies Respekt verloren hatte, schmerzte fast genauso sehr wie Tila und Okana abgeben zu müssen.

Inzwischen hatte Dessie mich eingeholt. »Nächstes Wochenende«, sagte sie.

»Äh, ja? Was ist damit?«

»Willst du da mitkommen? Zu mir und meiner Familie im Norden? Wir würden uns freuen … und ich habe dir etwas zu sagen.«

Ich blieb stehen, starrte Dessie an und wusste nicht mehr, was ich denken sollte. Gerade hatte ich gezeigt, dass ich eine Helferin war, die Ounene eúlu mehr schadete als nutzte … und Dessie lud mich zu ihrer Familie ein? Und was wollte sie mir sagen? Eine Strafpredigt hätte sie viel besser hier, sozusagen direkt am Tatort, verabreichen können. Nein, das konnte es nicht sein.

»Ja, ich komme gerne mit – es wäre mir eine Ehre«, sagte ich feierlich.

Den Rest des Tages verbrachte ich, versteckt hinter einem Felsen, im hohen Gras, ich saß einfach da, schnipste ab und zu eine Ameise von meinem Arm und versuchte, mir einzureden, dass es bestimmt ganz nett werden würde, Touristen herumzuführen und mit meinem nagelneuen Wissen über Geparden zu glänzen. Doch eigentlich zählte ich nur die Minuten, die Sekunden bis zum Abendessen, denn dann würde das Büro leer sein und ich kam an das Telefon heran.

Ich musste Eriks Stimme hören. Jetzt. Sofort.

Doch natürlich war wieder Maike am Apparat. »Guten Tag«, sagte sie förmlich.

»Ist Erik da?«

»Ja. Er schult gerade Jingo.«

»Dabei mag ich ihn nicht unterbrechen, aber kannst du ihm bitte trotzdem Bescheid sagen, dass ich dran bin?«

»Ich weiß nicht so recht.« Maikes Stimme klang höflich. »Ich glaube nicht, dass das gut für ihn wäre.«

Was mir durch den Kopf ging, war nicht druckreif. Doch ich schaffte es gerade noch, mich zu beherrschen. »Ich bin vorhin beinahe von einem Geparden gefressen worden«, sagte ich ebenso höflich wie Maike. »Und als ich da drinnen im Gehege war, Auge in Auge mit einem Tier, das deutlich längere Zähne hatte als ich und das stinksauer auf mich war, da habe ich an jemanden gedacht. Rat mal, an wen. Und wenn ich jetzt nicht mit ihm reden kann, dann fahre ich zurück und lasse mich davon überraschen, was die Katze mit mir macht. Und wer ist daran schuld? Du!«

Leises Kichern. Dann ein Poltern, als würde der Hörer zu Boden fallen, im Hintergrund Eriks wütende Stimme und Maikes. Dann war auf einmal Erik dran, klar und deutlich drang seine Stimme durchs Telefon. »Hallo? Lilly? Dieses kleine Biest, ich habe mir fast gedacht, dass du es bist, die angerufen hat. Sorry!«

Ich musste lachen. »Ihr seid eine ganz schön seltsame Familie, wisst ihr das?«

»Ja nee, das wissen wir.« Auf einmal klang seine Stimme steif, die Wiedersehensfreude war verschwunden. Sofort tat mir meine Bemerkung leid.

Ich entschuldigte mich und erzählte kurz, dass ich auf Ounene eúlu gerade völlig versagt hatte. Wenigstens fing ich diesmal nicht an zu heulen, es war ein bisschen so, als würde ich etwas berichten, das jemand anders passiert war.

Ein Glück, seine Stimme hörte sich wieder normal an. »Das klingt übel … sag mal, magst du morgen mit uns zu Abend essen? Da kannst du mir alles ausführlicher erzählen.«

»Ja, ich mag«, antwortete ich einfach und musste wieder lachen, weil ich so nervös war. »Aber es wäre nett, wenn ihr vorher die Gewehre wegschließen könntet.« Ob es klug war, dass Erik seinen Vater nicht vorher gefragt hatte?

»Ich hole dich ab«, erklärte Erik und dann schwiegen wir beide. Ich ahnte, was er noch gerne gesagt hätte, aber ich ahnte auch, wie viele Ohren auf Friedrichshöhe mithörten bei dem, was wir besprachen. Also meinte ich einfach: »Ich freue mich schon«, und hörte das Lächeln in seiner Stimme, als er erwiderte: »Ich mich auch. Trotz allem.«

Vielleicht war das eine Definition von Liebe. Damit ich beim Abendessen in Friedrichshöhe dabei sein konnte, verbrachte Erik heute vier Stunden im Auto, um mich abzuholen und zurückzubringen. Ich konnte mich nicht erinnern, wann jemand zuletzt so etwas für mich getan hatte. Als ich acht gewesen war, hatte Markus aus dem Haus nebenan mir einen Ring aus dem Kaugummiautomaten gekauft. Das war schön gewesen und für Markus auch ein richtiges Opfer, weil er wenig Taschengeld bekam. Aber später, als ich älter war? Fehlanzeige, keine Gentlemen mehr in Sicht.

»Du könntest einfach schon mal zum Haus gehen, ich stelle noch kurz den Landrover ab«, sagte Erik und strich mir kurz über die Wange. »Den Weg kennst du ja.«

Ich nickte und lief den von weißen Steinen eingefassten Fußpfad zum Haus hoch. Ein paar Arbeiter kamen vorbei, auch Elias war unter ihnen, mit ernstem Gesicht hob er die Hand zum Gruß. Ich grüßte lächelnd zurück und ging weiter zum Haus hoch … bis ich eine Stimme hörte. Neugierig folgte ich ihr und stand plötzlich neben einem Beet, in dem ein paar halb vertrocknete Pflanzen wuchsen. Daneben sah ich Maike, mit einer riesigen Zinkgießkanne bewaffnet, die ärgerlich auf das Beet und ihren Hund hinabblickte. »Na, denen hat's ja geschmeckt … so ein Mist … Mensch Flix, wieso hast du nicht aufgepasst? Ich habe dir doch gesagt, auf den Mais musst du ganz besonders achtgeben …«

Maike hatte mich noch nicht bemerkt, aber dann bellte Flix kurz auf und seine Herrin fuhr herum.

»Aha, du hast einen eigenen Garten«, sagte ich, bevor Maike irgendeine – wahrscheinlich fiese – Bemerkung machen konnte. »Läuft es gut?«

»Nee.« Maike hob die Schultern und ließ sie wieder fallen. »Letzte Nacht hat irgendein Vieh die Hälfte abgefressen.« Sie deutete auf Hufspuren, die kreuz und quer durch den Garten führten. »Erik meint, wahrscheinlich waren es *duiker,* Kronenducker, das sind kleine Antilopen, sehen eigentlich ganz niedlich aus. Mistviecher, dreckige!«

Ich lachte und Maike sah mich streng an. Dann entspannte sich ihr Gesicht. »Na ja, immerhin haben sie die Melonen übrig gelassen. Schmecken prima mit Vanilleeis.«

Die Melonen lagen auf dem Boden wie grün gemusterte Volleybälle, nur durch dünne Stiele mit ein paar Blättchen verbunden. Ich beschloss, Maike einfach mal zu glauben, dass sie nach irgendetwas schmeckten. »Mit Schokoeis auch?«

»Bäh, Schokoeis. So was isst du?«

Ich stutzte kurz, dann antwortete ich würdevoll: »Natürlich nicht, Regenwurmaroma ist mir viel lieber.« Maike musste grinsen. Und dann war auf einmal Erik neben uns und sagte: »Wir können uns noch einen Moment auf die Terrasse setzen.«

Maike verschwand im Haus und so konnte ich Erik ungestört in allen Details erzählen, was bei den Geparden passiert war. Beunruhigt, mit gerunzelter Stirn hörte er zu, vielleicht fragte er sich insgeheim, wie man so unverantwortlich sein konnte. Aber er sagte nur: »Du hast wirklich Glück, dass sie dich nicht nach Hause geschickt haben.« Dann nahm er mich endlich in die Arme und hielt mich fest.

Jetzt konnte ich mich sogar wieder auf das Essen freuen. Ich war schon gespannt, was bei Familie Sartorius so auf den Tisch kam. Schließlich kochte eine junge Schwarze,

Elias' Schwester Yolande. Sie stellte einen gusseisernen Topf und eine Schüssel auf den Tisch … Erik hob die Deckel … und ich blickte auf Gulasch und Spätzle. Oh.

Das Abendessen wurde genauso schrecklich, wie ich befürchtet hatte. Schweigsam schaufelte Albrecht Sartorius das Gulasch in sich hinein, ohne mich eines Blickes zu würdigen. Das tötete die gute Stimmung schnell und effektiv. Ganz so wie in Deutschland schmeckte das Essen doch nicht – es stellte sich heraus, dass die Spätzle aus Maismehl waren und der Gulasch die unfreiwillige Spende einer Antilope.

Während des Essens fiel mein Blick immer öfter auf das Klavier, das schwarz und unscheinbar an der hinteren Wand des Wohnzimmers stand. Erik hatte mir erzählt, dass seine Eltern ihn vor ein paar Jahren überredet hatten, mit dem Klavierspielen anzufangen. Doch er hatte sich dermaßen ungeschickt angestellt, dass das Projekt nach ein paar Monaten stillschweigend beerdigt worden war.

Schade eigentlich. Ein bisschen Musik, ja, das wäre jetzt richtig gut und viel, viel besser als das drückende Schweigen. »Ist es okay, wenn ich ein bisschen spiele?«, fragte ich.

Albrecht Sartorius blickte auf, ein scharfer Blick aus zusammengekniffenen Augen traf mich. »Ja.«

Der Klavierhocker war zu niedrig, ich musste ihn auf die richtige Höhe schrauben. Es schien ewig zu dauern, unangenehm laut durchdrang das Quietschen des Stuhls die Stille. Dann konnte ich mich endlich setzen. Während meine Finger leicht auf den Tasten ruhten, dachte ich darüber nach, was ich spielen könnte. Noten waren keine in Sicht, ich würde irgendetwas auswendig vortragen müssen.

Hm, vielleicht Mozarts »Rondo alla turca«, das hatte ich vor ein paar Jahren mal Weihnachten für die Verwandtschaft spielen müssen und so lange eingeübt, bis jeder Triller richtig perlte.

Nervös schlug ich die ersten Töne an. Es klang völlig verkrampft, war nicht mehr als Geklimper. Madame Joliet hätte mich erschlagen dafür.

Ich holte tief Luft. *Ganz oder gar nicht.* Ich hörte auf nachzudenken, überließ es einfach meinen Fingern, die richtigen Tasten zu finden … und sie ließen mich nicht im Stich, die Musik strömte aus ihnen hervor – so fröhlich und voller Schwung, dass es mich selbst mitriss. Das Klavier hatte einen vollen, warmen Klang und das Wohnzimmer durch den steinernen Boden eine erstaunlich gute Akustik.

Als die letzte Note verklungen war, war es sehr still im alten Farmhaus. Ich drehte mich um und sah, dass Albrecht Sartorius noch immer am Esstisch saß. Er hatte sich etwas zurückgelehnt und sah fast entspannt aus. »Mozart«, sagte er und sein Gesicht verzog sich zu einem kleinen Lächeln. »Den hat dieses Haus schon lange nicht mehr gehört.«

Ich räusperte mich verlegen. »Viel kann ich leider nicht auswendig … habt ihr irgendwelche Noten?«

»Nein.« Abrupt schob Albrecht Sartorius seinen Stuhl zurück, stand auf und ging.

Doch das zählte nicht. Was zählte, war Eriks Hand auf meiner Schulter, das Staunen in seiner Stimme, als er sagte: »Ich wusste gar nicht, dass du so was kannst. Es war wunderschön.«

Und Maike, ganz leise irgendwo aus dem Hintergrund: »Ja, fand ich auch.«

»Und das hier sind unsere Hütehunde – die Welpen kommen schon bald auf eine Farm und schützen eine Herde«, erklärte ich und vier deutsche und zwei englische Touristen staunten Jellga und ihren Nachwuchs an. Die kleinen Anatolians tapsten auf wackeligen Pfoten durchs Stroh, bereit, mit den runden Welpenschnauzen alles zu erkunden, was sie fanden. Am besten irgendwas interessant Riechendes wie eine tote Maus oder einen Eselknochen, den die Geparden übrig gelassen hatten.

Touristen auf Ounene eúlu herumzuführen, war nicht so langweilig, wie ich befürchtet hatte. Doch schon sehr bald vermisste ich die wilden Geparden.

»Was machen Ciska und die Kleinen?«, fragte ich Rob sehnsüchtig, als er gerade von einem *Game count* heimkam, einer Art Volkszählung der wilden Tiere im Schutzgebiet um die Farm.

Nachdenklich blickte Rob mich an und wischte sich mit einem seiner rot karierten Taschentücher den Schweiß vom Hals. »Du magst sie wirklich, hm? Weißt du, was, ich schlage Jamie vor, dass wir dich morgen mal wieder mitnehmen. Ich finde, du büßt schon genug.«

Es klappte. Und es lohnte sich. Unter unseren Augen erbeutete Ciska ein junges Warzenschwein – doch ein ruhiges Mahl wurde es nicht, schon eine Minute später tauchten zwei Hyänen aus dem Gebüsch auf. Obwohl Ciska ihnen mit gesträubtem Fell drohte, nützte es nichts, sie musste ihre Beute hergeben. Und es war gut, dass die Jungen schon so tolle Sprinter waren, denn die Hyänen jagten sie ein Stück und hätten sie sicher getötet, wenn sie die Geparden eingeholt hätten.

»Das war Pech«, sagte Jamie. »Hier in der Gegend gibt es eigentlich kaum Hyänen, diese beiden da müssen aus dem Norden hergewandert sein.«

Die Jungen waren jetzt fünf Monate alt und so verspielt, dass nichts vor ihnen sicher war. Nicht mal eine Giraffe, die beim Rastplatz der Geparden vorbeikam. Übermütig schlichen sich die Kleinen an und versuchten, sie zu jagen. Nicht im Geringsten beeindruckt, blickte die Giraffe auf die drei winzigen Möchtegernraubtiere herunter und versuchte, aus der Situation schlau zu werden. Dann schritt sie einfach weiter.

An diesem Abend war ich fast wieder so etwas wie glücklich. Und ich freute mich darüber, dass eine Mail von Sofia eingetroffen war.

> hey lilly,
> spinnst du, wieso bist du zu diesen streitenden geparden reingegangen? hab nachträglich richtig angst um dich gehabt. ich glaube, das solltest du deinen eltern besser nicht erzählen.

Hatte ich sowieso nicht vorgehabt. Meine Eltern bekamen immer nur eine zensierte Version der Ereignisse zu hören, damit sie sich keine Sorgen machten. Von Erik wussten sie auch noch nichts.

Als ich den Rest der Mail las, begann ich, mir Sorgen um Sofia zu machen.

> mama hat bei meinen sachen aufgeräumt, was ich sowieso nicht ausstehen kann, und dabei die jeans

im schrank gefunden. natürlich hat sie mich gefragt, was damit ist. ich habe irgendwas behauptet und musste dann sofort mit dem ding losgehen. ich habe wirklich überlegt, ob ich es irgendwo in den müll schmeißen soll. es einfach in den laden zurückzulegen, traue ich mich nicht, weil die verkäuferinnen mich bestimmt sofort erkennen würden. ich habe die jeans jetzt erst mal im gartenschuppen der ferienwohnung versteckt.

Ich schlug ihr vor, die Jeans doch in den Laden zurückzulegen. Bestimmt genügte es, wenn sie sich für diesen Anlass die Haare tönte und eine Sonnenbrille aufsetzte und etwas anderes anzog als sonst. Verkäuferinnen hatten doch jeden Tag mit Hunderten von Leuten zu tun, die hatten sich garantiert nicht gemerkt, wie Sofia aussah.

Das Wochenende mit Dessie rückte näher. Sie hatte mir gesagt, dass in ihrer Familie, die zu einem Ovambo-Stamm gehörte, die Sprache Osikuanjama gesprochen wurde. Zum Glück sagte das Erik was, also konnte ich mir noch ein paar Tipps geben lassen. »Was heißt eigentlich ›Das schmeckt aber lecker‹?«

»Endia edi odi wa«, erklärte Erik amüsiert. »Und was sagst du, wenn jemand *wa uxala naua* zu dir sagt, also fragt, ob es dir heute gut geht?«

»Ich sage *Ame onda uxala po naua* – ja, und euch? Hm, eigentlich geht es mir ja gar nicht gut. Ich sage also *Ina indi uxala po naua.«*

»Du wirst sehen, alles wird prima klappen und wir sehen

uns ja auch bald wieder. Ich schaue in der Zwischenzeit mal, ob ich in Otji Klaviernoten auftreiben kann.«

Ich musste lächeln. Familie Sartorius war wirklich scharf auf Livemusik!

Am Samstag ging es ganz früh los. Dessie und ich quetschten uns in einen völlig überfüllten, klapprigen Kleinbus, der in den Norden fuhr. Die Karre zog einen mit Gepäck vollgestopften Anhänger, in den ich meinen Rucksack nur mit Mühe hineinbekam.

Mit angezogenen Beinen, die Nase dicht vor dem T-Shirt eines etwa achtjährigen Jungen, versuchte ich ab und zu, durch das staubige Fenster zu schauen. Es lohnte sich nicht, ich sah nur schemenhaft eintönige Landschaft vorbeirasen. Immer einsamer wurde es, immer weniger Autos waren auf der Straße, dafür hin und wieder hölzerne Karren, die von einem Esel gezogen wurden. Im Schritttempo zockelten sie über die geteerte Straße und wurden von einer Staubwolke eingehüllt, wenn unser Kleinbus vorbeiraste.

Hier im Norden gab es richtig hohe Bäume – auf dem roten Boden wuchsen Mopane, Baobabs und Akazien, wie Dessie mir erklärte. Als der Kleinbus uns abgesetzt hatte, schulterte ich meinen Rucksack und half Dessie, den Sack mit Maismehl zu schleppen, den sie als Mitbringsel für ihre Familie dabeihatte.

Die kleinen Dörfer der Ovambo waren ins dichte Grün hoher Maisfelder eingebettet; manchmal sah man sie erst im letzten Moment. Sie waren von einem Zaun aus spitzen, mannshohen Holzstöcken umgeben, der wahrscheinlich wilde Tiere fernhalten sollte. Aber er war auch noch für andere Dinge praktisch – in einer Siedlung hatte jemand Wäsche darüber gehängt.

In der Luft lag der Rauch von Kochfeuern. Dessie sog den Geruch genüsslich ein und knabberte aus einer Packung Chips. »Bis zu uns ist es noch ein Stück zu Fuß – macht dir das was aus?«

»Nee, ich bin froh, dass wir jetzt Bewegung bekommen.« Ich streckte meine verkrampften Beine.

Ein magerer brauner Hund rannte uns entgegen, bellte uns misstrauisch an und folgte uns eine Weile, bis er in einer der Siedlungen verschwand.

Nach einer Stunde Fußmarsch sagte Dessie: »So, gleich sind wir da.« Ich war schon gespannt, was sich hinter dem Zaun aus Holzpfählen verbarg – wie sich herausstellte, zehn runde Lehmhütten, zwischen denen Hühner und sogar ein Eselfohlen umherliefen. Es gab ein großes Hallo, als Dessies Familie zur Begrüßung herbeieilte. »Sind das alles deine Verwandten?«, staunte ich.

»Sieben Geschwister«, erklärte Dessie und lachte über das ganze Gesicht, als sie alle umarmte – ihre Mutter, die Großmutter, mehrere Schwestern und Brüder und einen älteren Mann, der vermutlich ein Onkel war. Die Frauen trugen Blusen und weite Röcke, manche von ihnen hatten farbenfrohe Tücher um den Kopf gewickelt; in meinem bunten Top und den Shorts war ich diejenige, die exotisch aussah. Ich wurde herzlich und neugierig begrüßt; verzweifelt versuchte ich, mir wenigstens ein paar der Namen zu merken, die Dessie mir nannte.

Dann wurde ich auch schon zum Feuer geschoben, wo in einem gusseisernen Kessel ein dicker Brei blubberte.

Wahrscheinlich aus Hirsemehl. Alle setzten sich auf den Boden, Dessies Mutter sprach ein Gebet und dann wurde gespeist. Ich schaute mir ab, wie die anderen es machten. Der Hirsebrei wurde zu einem Löffel geformt, in eine würzige Brühe getaucht und gegessen. Dazu gab es Ombindi, eine Art Spinat, und Kürbis. Ich genoss das Essen und die fröhliche Gesellschaft.

»Ist Deutschland groß?«, dolmetschte Dessie die Frage einer ihrer Schwestern und antwortete gleich selbst: »*Osinenenene!* – Es ist sehr, sehr groß!«

Ich enttäuschte sie nur ungern, musste aber zugeben, dass Deutschland nur halb so groß war wie Namibia. Auch wenn wir es irgendwie schafften, in dieses kleine Land vierzigmal so viele Menschen hineinzuquetschen.

Als Mitbringsel hatte ich einen Krug mit Zinndeckel mitgebracht, den meine Mutter in weiser Voraussicht besorgt hatte, damit ich neuen Freunden in Namibia irgendwas schenken konnte. Er wurde sehr bewundert, wahrscheinlich würde daraus mal Tombo, das afrikanische Hirsebier, getrunken werden. Auch Dessies Mutter überreichte mir ein Geschenk, einen wunderschön aus Gräsern geflochtenen Korb.

Ich war fasziniert davon, wie Dessie sich in den Gegensätzen ihres Lebens zurechtfand. Sie war eine moderne junge Frau, die auf die Highschool gegangen war, bei ihrer Arbeit auf Ounene eúlu ganz selbstverständlich E-Mails schrieb und telefonierte, Englisch genauso gut sprach wie die Sprache ihres Stammes. Aber hier, wenn sie daheim war, half sie ihrer Mutter – die, so hatte Dessie erzählt, nie schreiben und lesen gelernt hatte – bei der Arbeit auf dem

Feld, sammelte stundenlang Holz für das Feuer und holte von dem kilometerweit entfernten Brunnen Wasser für die Familie. Strom gab es keinen. Ein Telefon natürlich erst recht nicht.

Später begaben wir uns alle in den Hütten zur Ruhe. Geschlafen wurde auf dem Lehmboden mit ein paar einfachen Decken. »Reicht dir das?«, fragte Dessie verlegen und ich versicherte ihr, dass alles sehr gemütlich aussah. Dann suchte ich nach irgendeiner Möglichkeit, mir die Zähne zu putzen. Schließlich nahm ich dafür einen Schluck Wasser aus einer Kalebasse – einem ausgehöhlten, getrockneten Kürbis – und hoffte, dass mein Immunsystem die Bakterien darin fertigmachen konnte. Das Zahnpastawasser spuckte ich auf den Boden, aber nicht irgendwohin, sondern auf eine kleine Pflanze, die zaghaft die Blätter aus dem Boden streckte. Eins hatte ich inzwischen kapiert – in diesem Land durfte kein Tropfen verschwendet werden.

Dessie und ich teilten uns eine Hütte und erst jetzt kamen wir dazu, in Ruhe zu reden. »Du hast eine sehr nette Familie«, sagte ich, während ich versuchte, es mir auf dem Boden halbwegs bequem zu machen. Ein Königreich für eine Isomatte! »Ich bin froh, dass ich mitgekommen bin.«

»Meine Familie mag dich auch sehr!« Dessie strahlte.

Sie hatte, wie ich herausbekam, vorher als Gästebetreuerin auf einer Lodge gearbeitet, dort hatte sie ihr perfektes Englisch gelernt. Doch der Besitzer hatte sie schikaniert und den Lohn immer weiter gesenkt. Schließlich hatte ihr Joseph, der ihr Großonkel war, von Ounene eúlu und den Geparden erzählt. Dessie hatte sich neugierig dort umgeschaut – und war gleich geblieben.

Erst irgendwann spät in der Nacht fragte ich schließlich: »Äh … was war es eigentlich, das du mir sagen wolltest?«

Einen Moment lang wurde Dessie ganz still. Dann erklärte sie: »Ich habe das Gefühl, dass auf Ounene eúlu etwas Seltsames vorgeht. Dass dir ein Unrecht geschieht.«

»Wieso Unrecht? Ich habe Fehler gemacht und die Quittung dafür bekommen. Das ist alles.«

»Das ist nicht alles«, widersprach Dessie. »Ich kenne dich. Du bist zwar schrecklich verliebt, das verwirrt den Kopf, und heute warst du sehr aufgeregt bei den Geparden, aber du hättest das Tor nicht aufgelassen. Das weiß ich.«

Ich seufzte tief. Wie hatte ich es verdient, dass Dessie eine so hohe Meinung von mir hatte?

»Meine Mutter hätte gesagt, dass jemand einen bösen Zauber über dich geworfen hat«, fuhr Dessie fort. »Oder dass einer deiner Ahnen wütend auf dich ist.«

»Oje. Dann habe ich wirklich ein Problem. Oder hast du noch eine andere Theorie?«

»Ekonda«, sagte Dessie. »Jemand will dir Böses. Du musst herausfinden, wer. So, und jetzt schlafen wir.« Sie wälzte sich auf die Seite und zog sich die Decke über die Schultern.

»Warum hast du mir das alles nicht einfach auf Ounene eúlu gesagt?«

»Viele Ohren«, gab Dessie zurück. »Zu viele manchmal. Und hier bist du ganz weit entfernt von allem Bösen, das ist gut für dich. *Nangaleni naua.* Schlaf gut.«

VERMISST

»*Ekonda* hat sie gesagt? Bist du sicher?« Eriks Stimme am Telefon klang skeptisch.

»Ja wieso? Ich fand, dass es ein schönes Wort ist, deswegen habe ich es mir gemerkt. Was bedeutet es denn?«

»Leider etwas nicht besonders Schönes: List oder Betrug.«

»Oje. Stimmt, so was hat Dessie angedeutet. Dass hier irgendwas vorgeht …«

»Ich komme bei euch vorbei, sobald ich kann, dann besprechen wir das ausführlicher.« Erik hatte sich verabschiedet und aufgelegt, bevor ich ihm sagen konnte, dass es vielleicht keine richtig gute Idee war, wenn wir uns auf Ounene eúlu trafen. Jedenfalls solange ich bei Jamie noch in Ungnade war.

An diesem Abend wurde auf Ounene eúlu gegrillt, *Braai* nannten sie das. Wir saßen an einer netten Stelle auf dem Gelände der Farm auf Campingstühlen und Steinen herum und schauten zu, wie die Wildsteaks und Boerewors – eine Art aufgerollte Bratwurst – brutzelten. In einem gusseisernen Dreifußtopf wurde ein Curry-Huhn-Eintopf mit Aprikosen langsam gar und duftete unglaublich lecker.

Inzwischen war es ganz dunkel, das Lagerfeuer beleuchtete unsere Gesichter und der Rauch zog immer gerade in die Richtung, in der man saß, egal, wohin man sich setzte. Nach einer Weile begann Dessie, die Marimba, eine Art Xylofon, zu spielen. Halb wartete ich darauf, dass Jamie mit dem Cello einstimmte, aber sie tat es nicht, vielleicht spielte sie nur tief in der Nacht, wenn sie allein war mit sich und der Welt.

Stattdessen ging Rob sein Saxofon holen und jaulte damit den Mond an.

Alle waren bester Laune. Nur ich nicht. Nach dem, was Dessie gesagt hatte, fühlte ich mich wie eine Pflanze, die man mitsamt Wurzeln aus dem Boden gerissen hat. *Ekonda.* Es ging mir nicht mehr aus dem Kopf und überschattete den ganzen Abend. Ich versuchte, mir nichts anmerken zu lassen, redete mit Louis darüber, wie erschreckend viele Menschen in Namibia HIV-infiziert waren, und mit Rob über seine neusten Forschungsergebnisse – bis er sich mal wieder genüsslich in einen Streit mit Karla stürzte. Mit Teresa redete ich ausnahmsweise kaum etwas, ich sah sie etwas abseits auf einem Stein hocken und in ihrem Notizbuch herumkritzeln, sie war ganz offensichtlich nicht in geselliger Stimmung.

Niemand sprach die Sache mit dem offenen Gehege an. Trotzdem hatte ich noch lange nicht das Gefühl, dass alles vergessen und vergeben war. Irgendwie empfand ich es als Erleichterung, dass bei all den Pannen in letzter Zeit womöglich jemand seine Hand im Spiel gehabt hatte. Denn es war kein schöner Gedanke, dass ich hier aus purer Dämlichkeit so viel falsch gemacht hatte.

Gegen zehn Uhr hatte ich keine Lust mehr, mich zu einer fröhlich-interessierten Miene zu zwingen, und verabschiedete mich. Der Lichtkegel meiner Taschenlampe strich über den schmalen Pfad, der mich durch den Busch zu meiner und Teresas Hütte führen sollte.

Auf halbem Weg hörte ich ein Geräusch, eine Art leises Schaben. Dann knisterte etwas, es klang nach einem trockenen Blatt. Ich blieb stehen und fühlte mich wie eine Antilope, die einen Leoparden in der Nähe ahnt. Jenseits des Lichtkegels – eine Bewegung, da war jemand! Mit einem Ruck riss ich die Taschenlampe hoch, doch dann sagte die Gestalt leise »Lilly?« und ich erkannte Eriks Stimme.

»Was tust du denn …«

»Mach die Taschenlampe aus«, sagte er ruhig und dann saßen wir zusammen auf einem großen Stein neben dem Pfad, in völliger Finsternis. Einen Moment lang sprachen wir nicht, berührten uns nur, genossen diesen Kuss im Nirgendwo der Dunkelheit. Wir saßen dicht nebeneinander, so dicht, dass unsere Körper sich berührten und ich Eriks warmen Atem am Nacken spüren konnte. Komisch, hier mitten im nächtlichen Busch fühlte ich mich auf einmal sicher und geborgen wie selten zuvor. Wir sahen nichts, konnten aber auch nicht gesehen werden. Nur die Tiere der Nacht wussten, dass wir hier waren.

»Was du gesagt hast, hat mir keine Ruhe gelassen«, flüsterte Erik. »Also bin ich losgefahren. Aber ich dachte mir, ich tauche lieber nicht einfach so bei euch auf, sonst bekommst du womöglich Ärger.«

Ich war froh, dass er mitgedacht hatte, und küsste ihn gleich noch mal. »So hätte ich zwar fast einen Herzinfarkt bekommen, aber macht nichts, dafür bin ich jetzt wieder ganz wach.«

»Gehen wir mal Schritt für Schritt durch, was in den letzten Tagen so alles Schlechtes passiert ist«, sagte er. »Dann haben wir vielleicht einen Hinweis darauf, wer hinter allem steckt.«

Also ließ ich alles noch einmal Revue passieren. »Dass ich Teresa und Joseph in Otjiwarongo habe warten lassen, war ganz allein meine Schuld«, überlegte ich. »Aber das mit der verpassten Fütterung, als ich mit Dessie mitgefahren bin … da hatte Karla mir versichert, es gehe so schon in Ordnung, ich erinnere mich genau daran.«

»Karla? Das ist die taffe Kleine, die neulich mit dir und Louis auf der Farm war, oder?«

Taffe Kleine? Ich musste grinsen. »Ja. Sie ist in Simbabwe aufgewachsen, habe ich gehört. Manchmal behandelt sie mich ein bisschen von oben herab und Humor hat sie keinen, aber sonst ist sie ganz okay.«

»Simbabwe. Die Arme.« Erik verzog mitfühlend das Gesicht. »Wahrscheinlich musste sie fliehen und hat alles verloren. Vielleicht ist sie neidisch auf dich und dein schönes Leben. Kann sie es gewesen sein, die weitergetratscht hat, dass ich bei dieser Schulveranstaltung war?«

»Wenn Dessie es ihr gesagt hat. Wahrscheinlich hat Dessie sich nichts dabei gedacht, sie plaudert nun mal gerne. Ich werde sie fragen, wem sie das alles erzählt hat. Vielleicht auch Rob und Joseph. Joseph findet es gar nicht gut, dass ich mit dir zusammen bin, weil er Angst vor übler Hexerei hat. Und bisher habe ich Ounene eúlu tatsächlich wenig Glück gebracht.«

»Ich weiß nicht. Diese ganze Sache hat etwas sehr Weibliches an sich. Frauen kämpfen nicht gerne offen. Sie machen so was eher hintenrum und psychologisch geschickt.«

»He, Moment mal. Was ist denn jetzt los? So wie du es sagst, klingt es, als seien wir alle richtig hinterhältige Wesen. Glaubst du vielleicht, ich bin auch so?«

»Ja nee, ich hoffe nicht«, sagte Erik kurz. »Lass uns weiter nachdenken.«

Ich nickte und begann langsam, mich abzuregen. Gerade war mir wieder eingefallen, dass es eine Frau gewesen war, die Eriks Anrufe nicht an mich ausgerichtet hatte. »Dann das mit dem Zuspätkommen«, fuhr ich fort. »Da ging mein Wecker nicht richtig.«

»Es kann sein, dass ihn jemand verstellt hat. Schließt ihr eure Hütte ab?«

»Nein, die ist immer offen. Rob hat mir zwar erzählt, dass er schon mal überfallen worden ist, aber auf der Farm selbst werde normalerweise nicht geklaut, hat er gemeint.«

»Also kann jeder in eure Hütte gegangen sein und deinen Wecker verstellt haben. Was ich nicht verstehe, ist, warum Teresa dich nicht geweckt hat.«

»Wir haben abgemacht, dass wir einander schlafen lassen. Teresa kriegt man nicht so leicht aus dem Bett.«

»Trotzdem seltsam. Vielleicht steckt Teresa hinter der ganzen Sache.«

»Ja, aber warum? Das leuchtet mir überhaupt nicht ein. Wir verstehen uns prima und sie muss nicht neidisch auf mich sein, wir haben Tila und Okana ja zusammen betreut. Bei Karla könnte ich mir vorstellen, dass sie sauer auf mich war, weil Jamie mir diesen Job gegeben hat und nicht ihr.«

»Hm, kann sein. Zurück zu den Vorfällen. Das mit dem Tor des Geheges … vielleicht hat es jemand aufgemacht, während du mit den Geparden beschäftigt warst? In dieser Zeit hast du wahrscheinlich nichts anderes gehört und gesehen.«

Ich nickte mit einem schiefen Grinsen. »Stimmt. Ich habe nur auf Elai geachtet, weil ich damit gerechnet habe, dass sie mich jeden Moment anfällt. Hm, mal nachdenken … ganz kurz nach dem Zwischenfall kamen Teresa und Karla zurück. Vielleicht war eine der beiden schon vorher da und hat heimlich das Tor geöffnet?«

»Wie wirkten die beiden? Hast du irgendwas Verdächtiges beobachtet?«

»Karla wirkte sehr erschrocken, als sie erfuhr, dass Kinder auf der Farm waren. Vielleicht wurde ihr gerade klar, was sie getan hatte und wie böse das ausgehen konnte. Teresa … ich kann mich nicht erinnern. Ich weiß nicht mal, ob sie wirklich nichts zu essen dabeihatte. Vielleicht hat sie nur so getan, als wäre sie zum Hauptgebäude zurückgegangen.«

Wir diskutierten noch lange im Flüsterton. Bis ich schließlich merkte, dass der Adrenalinschub aufgebraucht war und meine Augenlider hartnäckig versuchten herunterzusinken. Erik merkte es sofort. »Du bist müde. Ich mache mich besser auf den Weg.«

»Kannst du nicht bleiben?« Ich wollte so sehr, dass er blieb. Und wenn all das stimmte, was wir heute überlegt hatten … dann brauchte ich vielleicht jemanden, der mich beschützte. Was war, wenn diese Verschwörung nur ein Ziel hatte, nämlich dass ich Ounene eúlu verlassen musste?

Dann konnte es sein, dass ich nicht die Chance bekam, mich zu bewähren. Im Gegenteil, es würden bald neue schlimme Dinge geschehen, in die ich irgendwie verwickelt sein würde.

Erik drückte mich aufmunternd. »Du schaffst das schon. Morgen überlegen wir weiter, was wir tun können, damit dich das Phantom in Ruhe lässt.«

Doch als es darauf ankam, ahnte ich nichts von dem Unheil und auch verhindern konnte ich es nicht. Erstes Anzeichen war, dass die kleine Cessna länger als gewöhnlich wegblieb, und als sie endlich zurück war, verzogen sich Jamie und Rob ins Büro, musterten eine große Umgebungskarte und besprachen sich leise.

»Was ist eigentlich los?«, fragte ich beim Mittagessen in die Runde. »Ihr schaut drein, als hätte Namibia bei der Weltmeisterschaft das Elfmeterschießen verpatzt.«

Rob sah blass aus. Er schob seinen halb vollen Teller weg. »Wir konnten zwei der wilden Geparden nicht finden. Ihre Signale sind … einfach weg.«

Jetzt schmeckte auch mir mein Essen nicht mehr. »Was bedeutet das?«

»Das wissen wir nicht. Wir fahren gleich mit dem Jeep los, um nachzuschauen. Ich kann mir eigentlich nicht vorstellen, was passiert sein könnte. Die Sender waren prima in Ordnung. Wir hätten die beiden finden müssen. Gestern konnten wir sie noch orten und jetzt auf einmal …«

»Welche Geparden?«, fragte ich und mein Herz krampfte sich zusammen.

»Maharero, ein junges Männchen … und Ciska.«

O nein. Nicht Ciska. Wir sahen uns an und in unseren Gesichtern stand die gleiche Sorge – dass sie und der andere Gepard womöglich tot waren. Und wenn Ciska etwas passiert war, dann konnten ihre drei Jungen nicht überleben, dazu waren sie viel zu klein. Sie würden elend verhungern, bis zum Schluss verwirrt und hilflos nach ihrer Mutter rufend.

Mit zwei Wagen fuhren meine Kollegen los, um sich auf die Suche zu machen. Niemand fragte mich, ob ich mitfahren wolle. Obwohl ich an der neusten Katastrophe ausnahmsweise nicht schuld war. Oder irgendwie doch? O Mann, mein Selbstbewusstsein war wirklich im Keller.

Ich führte eine Touristengruppe herum, besuchte Tila und Okana und versuchte – immerhin mit Erfolg –, sie zum Zaungitter zu locken, damit ich sie am weiß gefleckten Bauch kitzeln konnte. Es tat gut, dass sie sich anscheinend freuten, mich zu sehen. Abgeschlossen war das Gehege nicht, doch ich widerstand der Versuchung, zu meinen kleinen Freundinnen hineinzugehen. So schwer es war, ich hatte ihre Betreuung abgegeben und ich würde mich daran halten.

Stattdessen fuhr ich mit Alepo, einem der schwarzen Farmarbeiter, nach Otjiwarongo zum Einkaufen. Wir waren gerade fertig, als ich auf der anderen Straßenseite in einer Gruppe von jungen Leuten jemanden sah, den ich kannte. War das nicht Jonah, Elias' Bruder? Ich winkte ihm zu und kam mir unfassbar bescheuert vor, als ein halbes Dutzend schwarze Gesichter ausdruckslos zurückstarrte. Doch dann erkannte Jonah mich und kam über die Straße, um mit uns zu plaudern.

Wie sich herausstellte, war Alepo ebenfalls ein Herero und konnte dolmetschen.

»Wie geht's auf der Farm?«, fragte ich Jonah.

»Busy, busy – viel los«, übersetzte Alepo und nach ein bisschen Small Talk fand ich heraus, dass Jonah gleich zurückfahren würde nach Friedrichshöhe. Sofort überfiel mich die Sehnsucht nach Erik. »Kannst du mich mitnehmen?«, ließ ich Alepo übersetzen. Nach der Einkaufstour hatte ich frei und niemand konnte etwas dagegen sagen, wenn ich den Rest des Nachmittags mit Erik verbrachte.

Doch natürlich traf ich auf Friedrichshöhe nicht ihn an, sondern erst einmal Maike. Sie saß am riesigen hölzernen Küchentisch; dort hatte sie Unterlagen ausgebreitet und füllte irgendwelche Arbeitsblätter aus. Daneben lag eine englische Grammatik.

Völlig verblüfft schaute Maike hoch, als sie mich sah.

»Äh – hallo«, sagte ich und wünschte, ich wäre so schlau gewesen, vorher kurz Bescheid zu geben, dass ich kam. »Ist Erik da?«

»Ja, aber er schläft«, antwortete Maike. Jetzt war es an mir, verdutzt dreinzuschauen. Um fünf Uhr nachmittags? Was für ein seltsamer Biorhythmus war das denn? Maike grinste, wurde aber gleich wieder ernst. »Papa musste gestern im Camp 3 einen tollwütigen Honigdachs erschießen und angeblich sollen auch ein paar Schakale krank sein. Papa und Erik waren die ganze Nacht weg, auf Patrouille. Pa ist schon wieder unterwegs.«

»Und du? Hausaufgaben?«, fragte ich mit einem mitleidigen Blick in Richtung der Arbeitshefte. Es gab Momente, in denen hätte ich mich lieber mit einem tollwütigen

Dachs angelegt als mit englischer Grammatik. »Wo gehst du eigentlich zur Schule?«

»Nirgendwo. Oder eher hier. Ich bekomme im Moment Fernunterricht.«

Ich wunderte mich, dass sie nicht auf die Highschool in Otjiwarongo ging, so wie Erik früher. Aber an dem förmlichen Ton in Maikes Stimme merkte ich, dass sie nicht darüber reden wollte. Und Flix schaute auf einmal wieder drein, als würde ihm beim Anblick meiner Waden das Wasser im Maul zusammenlaufen.

»Kannst ja mal schauen, ob er schon wach ist«, sagte Maike und deutete vage in eine Richtung. »Es ist das Zimmer mit der Maske.«

Die Maske aus dunklem, poliertem Holz war unübersehbar, sie hing in Augenhöhe an der Zimmertür. Die Augen waren ausgespart und ein Schlitz deutete den Mund an. Plötzlich schauderte mich. Der Blick dieser Maske war nicht von dieser Welt.

Leise drückte ich die Tür einen Spalt auf. Erik lag auf dem Bauch, ich sah nur seinen verstrubbelten blonden Haarschopf und einen Arm, der unter der Decke hervorragte. Er sah sehr verletzlich aus in diesem Moment.

Sein Zimmer war weiß gestrichen und auf den ersten Blick fast leer, längst nicht so vollgestopft wie meine eigene Dachkammer. Das Bett bestand aus einer großen Matratze, die direkt auf dem Boden lag. An einer Seite der Wand sah ich eine Stereoanlage und gestapelte CDs, fast alle selbst gebrannt. Auf Brettern, die Erik direkt an der Wand befestigt hatte, standen drei Reihen von Büchern; Feldsteine dienten auf beiden Seiten als Buchstützen. An der Wand hing eine Detailkarte von Namibia. Hinter einer weißen Schiebetür verbarg sich wahrscheinlich ein Einbauschrank, in dem er seine Klamotten aufbewahrte.

Leise schlich ich mich an Erik heran, kniete mich neben die Matratze und gab ihm einen Kuss auf die Wange. Erik blinzelte, schlug die Augen auf und schien im ersten Moment nicht zu kapieren, wer ich war oder wo er sich befand. Dann murmelte er »Aha, kein Traum« und stützte sich auf einen Ellenbogen. Er trug ein weißes T-Shirt mit einem albernen Donald-Duck-Bild darauf, und sobald er richtig wach war, würde ihm das bestimmt peinlich sein. »Was ist passiert?«

Da fiel mir plötzlich alles wieder ein, die Sorgen kamen in einem dunklen, klebrigen Schwall zurück. Die verschwundenen Geparden, die Signale, die auf einmal nicht mehr zu orten waren. »Einige unserer wilden Geparden sind weg – Ciska, ihre Jungen und Maharero«, erzählte ich. »Ihnen muss etwas passiert sein.«

Erik gähnte. »So was kommt vor. Sag mal, wer hat dich eigentlich hergebracht?«

Ich hatte keine Lust, das Thema zu wechseln. »Ciska kannte ich sogar, ich war ein paar Mal dabei, als wir sie beobachtet haben.«

»Es waren nur Tiere«, meinte Erik, setzte sich auf seiner Matratze auf und fuhr sich mit der Hand durch die Haare. »In der Natur kommt es ständig vor, dass Tiere sterben, gefressen werden oder sonst wie verenden. Ihr findet bestimmt schnell neue Raubkatzen, die ihr beobachten könnt.«

»Ach ja, einfach ein paar neue suchen.« Wunderbar, seine Art, einen zu trösten. Auf einmal musste ich wieder an

Frodo denken, meinen armen Kater. Galt es auch irgendwie als der Lauf der Natur, dass Katzen unter Autoräder gerieten?

»He«, sagte Erik zärtlich, als er bemerkte, dass ich feuchte Augen hatte. »Ist doch nicht so schlimm. Nur weil jetzt zwei Tiere fehlen, werden Geparden in Namibia nicht gleich aussterben.« Er versuchte, seinen Arm um meine Schultern zu legen, aber ich wich aus.

»Habe ich auch nicht behauptet, oder?«, gab ich spitz zurück. Es war ein Fehler gewesen herzukommen. Erik hatte seine Einstellung nicht geändert, kein bisschen hatte er das – wie hatte ich mir je einbilden können, dass ich ihn zum Gepardenschützer bekehren könnte! Wir kamen aus verschiedenen Welten und zwischen uns war ein Abgrund. Ich kroch ein Stück von seinem Bett weg, lehnte mich mit dem Rücken gegen die Wand und schlang die Arme um die Knie.

»Sag mal, bist du jetzt sauer?« Eriks Augen waren schmal geworden. »Hast du keine anderen Probleme als irgendwelche kaputten Sender oder Wehwehchen eurer Katzen? Hast du dir zum Beispiel mal überlegt, was aus uns wird, wenn du abreist?«

Aua. Um diesen Gedanken hatte ich mich gedrückt, so gut es eben ging. Wann immer er sich an mich heranpirschte, hatte ich ihn mit beiden Händen weggeschoben und gehofft, er würde mich noch eine Weile in Ruhe lassen. Verdrängung auf einem fast schon professionellen Level, hätte meine Mutter sofort diagnostiziert.

Erik interpretierte mein Schweigen genau richtig.

»Okay, du hast es dir nicht überlegt«, sagte er. »Verstehe

ich. Für dich bin ich wahrscheinlich nur ein kleiner Urlaubsflirt, von dem du daheim deinen Freundinnen erzählen kannst.«

»Du redest Schwachsinn«, schoss ich wütend zurück. »Was kann ich dafür, dass ich in ein paar Wochen wieder abreisen muss? Du wusstest es von Anfang an.«

»Und du auch.« Erik zog sich das Donald-Duck-T-Shirt über den Kopf, pfefferte es wütend in eine Ecke und holte sich ein neues dunkelblaues aus dem Schrank. »Hat mir gerade noch gefehlt, das sage ich dir. Ich weiß nicht, was ich mir dabei gedacht habe. Am besten wäre gewesen, ich hätte versucht, dich gleich wieder zu vergessen.«

Auf einmal wusste ich, warum er gesagt hatte, ich sei für ihn gefährlicher als ein Leopard. Er hatte Angst vor dem Abschied, der immer näher rückte. Genau wie ich und vielleicht noch mehr. Aber das gab ihm nicht das Recht, solchen Mist zu verzapfen. »Ach ja? Das fällt dir ja reichlich früh ein.« Ich kam auf die Füße und baute mich vor ihm auf. »Warum hast du nicht auf deinen Vater gehört? Oder auf deine Schwester? Die haben dich oft genug gewarnt, dass ich nicht die Richtige für dich bin!«

»Allerdings! Aber ich war schon immer ein Trottel, was Frauen angeht, und dachte, ich weiß es besser.« Er griff sich seine Jeans und streifte sie über, ohne mich noch eines Blickes zu würdigen.

»Ich glaube zum Beispiel an Dinge wie Naturschutz, Verantwortung für andere, die Gleichberechtigung von Frauen und lauter solche Sachen, die dich einen Dreck interessieren.« Jetzt war auch ich richtig in Fahrt. »Mann, was du manchmal für Sprüche ablässt, da könnte ich ausrasten – so was geben in Deutschland höchstens noch irgendwelche verkrusteten Rentner von sich!«

Jetzt wandte Erik sich mir wieder zu und sein Gesicht war so starr und hart wie die Maske an seiner Zimmertür. »Ich glaube, du gehst jetzt besser, Lilly.«

Das war genau, was ich tat. Ich marschierte aus seinem Zimmer und aus dem Farmhaus heraus, über den Parkplatz und auf die Pad, fest entschlossen, zu Fuß heimzulaufen. Doch dann begriff ich, dass es bald dunkel werden würde, und nachdem ich ein paar Minuten gegangen war, bewogen mich zum Glück irgendwelche Reste von Vernunft, noch einmal umzukehren.

»Kann ich mal telefonieren?«, fragte ich Maike, die mit großen, verschreckten Augen am Küchentisch saß. Zum Glück erreichte ich Dessie und sie versprach sofort, mich abzuholen. Hoffentlich konnte ich bald auch was für sie tun!

Ich setzte mich draußen auf einen Felsen und wartete; auf keinen Fall wollte ich heute noch mal irgendeinem Mitglied der Familie Sartorius begegnen.

Der Tag war schon jetzt reich an Überraschungen gewesen. Doch in Ounene eúlu wartete noch eine weitere auf mich. Sie lag in Form eines kopierten Zeitungsartikels mitten auf meinem Bett. Ich las die Überschrift und hatte das Gefühl, dass meine Welt zersplitterte wie eine Vase, die jemand auf einen Steinboden fallen lässt.

Es war nicht mehr nötig, Erik zu fragen, warum jemand mich vor ihm warnen sollte.

Jetzt wusste ich es selbst.

AM ABGRUND

Es dauerte keine zwei Minuten, den Artikel zu überfliegen. Er stammte aus der Zeitung *The Namibian* und war vor zwei Jahren erschienen:

> Am dritten Prozesstag gestern bestätigte die norwegische Austauschschülerin Clarisse D. (17) noch einmal ihre Aussage, dass der Angeklagte Erik S. (18) sie auf der Heimfahrt von einer Feier in Otjiwarongo sexuell belästigt und beinahe vergewaltigt habe. »Es war fürchterlich«, berichtete sie unter Tränen. Dr. Marcus Grady, Direktor der Otjiwarongo Highschool, sagte ihr seine volle Unterstützung zu. »Ich bin entsetzt, dass so etwas unter unseren Schülern geschehen konnte, und wir sind bereit, hart durchzugreifen, zumal der Angeklagte sein Unrecht in keiner Weise einsieht.«

Mein Inneres fühlte sich an wie schockgefroren. Ganz langsam legte ich das Blatt weg und streckte mich auf dem Bett aus. Auf meinen Armen war eine Gänsehaut. Naiv. Wie naiv war ich gewesen! Ich hatte ihm einfach vertraut, so wie ich erst mal jedem vertraute, der nett wirkte. Hatte mich beeindrucken lassen davon, dass er so gut aussah, so unabhängig war. Hatte alle Zweifel in die hinterste Schublade meines Gehirns gestopft.

Die Tür ging auf, aber ich hob den Kopf nicht, blieb einfach liegen.

»Na, alles klar?«, fragte Teresa und begann, in ihren Sachen herumzukramen. »Warum warst du eigentlich nicht beim Abendessen, hattest du keinen Hunger?«

Auf einmal fühlte ich mich unendlich müde. Nein, ich hatte keinen Hunger. Was für ein Witz, dass die Zeit bei den Geparden in Namibia mich über Frodos Tod hinwegtrösten sollte. Jetzt war ich hier und es ging mir schlechter denn je. Meine Reise hatte sich zu dem ausgewachsen, was meine Mutter als »wertvolle Lernerfahrung« bezeichnete – damit meinte sie irgendetwas Beschissenes, was man erlebt hatte und aus dem man gestärkt und weise hervorging. Ich konnte mir beim besten Willen nicht vorstellen, dass es einen irgendwie stärken sollte, wenn man sich fühlte, als würde einem gerade das Herz herausgerissen.

»Ich fliege nach Hause«, sagte ich.

»Wie – du meinst, jetzt? Warum denn das?«

Ich gab ihr das Blatt und nach ein paar Sekunden hörte ich, wie Teresa scharf die Luft einsog. »Klingt nicht gut.«

Es hörte sich ganz spontan und natürlich an. Aber ich hatte keine Lust mehr, jemandem zu vertrauen. Nicht mehr, seit Dessie dieses eine Wort gesagt hatte. *Ekonda.* »Sag mal, hast du das auf mein Bett gelegt?«

»Äh, was? Ich, den Artikel? Blödsinn.« Teresa klang halb erstaunt, halb beleidigt. Ich lauschte ihrer Stimme nach, versuchte herauszuhören, ob ein falscher Ton darin mitklang. Log Teresa oder sagte sie die Wahrheit? Ich hatte keine Ahnung. Jetzt klang sie vor allem mitleidig. »Und das tut mir echt leid. Das mit Erik. Schon schlimm, so getäuscht zu werden.«

Ich erwiderte nichts, ich hatte die Kraft nicht dazu.

»Hast du eigentlich gehört, dass sie einen der Sender gefunden haben?«, fragte Teresa und ich erwachte kurz wieder zum Leben. »Nein, wo denn? Welchen?«

Teresa hockte auf ihrem Bett, sie band gerade ein grünweißes Piratentuch über ihre Haare. »Den von Maharero. Es ist ein Wunder, dass sie ihn entdeckt haben, er war ziemlich kaputt und sendete nur noch hin und wieder ganz kurz. Das Halsband sah aus, als wäre es abgerissen. Aber es war kein Blut dran. Jamie kann sich nicht erklären, was passiert ist.«

»Es könnte also sein, dass er noch lebt? Und Ciska auch?«

Teresa zuckte die Schultern, hilflos blickten wir uns an. »Gleich morgen früh fahren wir wieder alle los, um weiterzusuchen. Vielleicht finden wir noch eine Spur und alles ergibt einen Sinn.«

»Ich mache mich jetzt erst mal auf den Weg ins Büro, um zu schauen, wann der nächste Flug nach Deutschland geht«, sagte ich und Tränen stiegen in meine Augen. Es kostete mich alle Kraft, sie zurückzuhalten. Schnell wandte ich mich um und verließ die Hütte.

Im Büro brannte noch Licht, aber niemand war dort. Bis auf einen fetten Nachtfalter, der selbstmörderisch um die Schreibtischlampe trudelte. Obwohl meine Finger zitterten und sich in meinem Kopf Gedanken aus Stacheldraht verknäulten, schaffte ich es irgendwie, am Computer die Flugverbindung nachzuschauen und mir die Telefonnummer der Airline zu notieren. Dann schrieb ich schnell eine E-Mail an Sofia, ein paar Sätze nur, giftiger Sondermüll aus meiner Seele.

Sofia schien gerade online zu sein, denn noch bevor ich die Flugdaten hatte, war ihre Antwort da.

> hi süße,
> scheiße, das sind wirklich schlechte nachrichten, o mann, ich würde dich jetzt am liebsten ganz fest drücken!!! aber du willst doch nicht im ernst aufgeben? einfach so zurückfliegen? so kenne ich dich gar nicht. und ich finde, du musst wenigstens noch mal mit erik reden, mal hören, was er über die ganze sache erzählt.
> ach ja, morgen mache ich das mit der jeans und dem verkleiden übrigens. wünsch mir glück. den anderen erzähle ich besser nichts davon.
> liebe grüße, sofia

Sofia hatte recht. Ich konnte nicht abfliegen, ohne Erik noch einmal zu sehen – er war zu tief in meinem Herzen verankert. Auch wenn mir sein Satz noch im Ohr klang. *Du gehst jetzt besser, Lilly.* Ob er seine Worte bereut hatte? Oder versuchte er jetzt gerade mit aller Kraft, mich zu vergessen? *Du gehst jetzt besser, Lilly.*

Angerufen hatte er nicht. Nein, diesmal würde Erik nicht kommen, um mich abzuholen. Diesmal musste ich zu ihm gehen. Auch wenn ich am liebsten geflohen wäre, geflohen vor dem Film, der in meinem Kopf ablief, von einem blonden Jungen mit Eriks Gesicht und einem hübschen Mädchen, das wie Keira Knightley aussah, auf jeden Fall tausend Mal besser als ich. Im alten grünen Landrover, den ich so gut kannte, fuhren sie durch die Nacht, bis der Junge plötzlich auf einen einsamen Sandweg einbog und anhielt. Es war ein Film, der ohne Ton ablief, immer wieder. Lautlos gab sie ihm eine Ohrfeige, riss er sie zurück, zerfetzte ihre Bluse dabei. Öffnete sich ihr Mund zu einem lautlosen Schrei, bevor sich eine Hand darüber legte. Eriks Hand.

Keine Ahnung, wo ich diese Bilder herhatte. Aus irgendeinem Film wahrscheinlich. Doch es musste der falsche Film sein. So etwas konnte Erik nicht getan haben, das war nicht der Erik, den ich kannte!

Mein Blick driftete im Büro umher, blieb an dem abgewetzten Brett über der Tür hängen, an dem an ein paar Nägeln die Schlüssel der Jeeps hingen.

Das kannst du nicht machen, Lilly, schrie ein Teil meines Ichs, der in meinem braven Leben im braven Deutschland daheim war und schon lange nichts mehr riskiert hatte. Der nie vorgehabt hatte, alles auf eine Karte zu setzen.

Ach wirklich?, sagte der andere Teil und meine Hand streckte sich aus, nahm einen der Schlüssel vom Haken, den mit dem Nashornanhänger aus schwarzem Holz. Und dann trugen mich meine Füße hinaus zum Parkplatz; niemand sah mich dabei. Die Tür des Jeeps quietschte ein bisschen, als ich sie aufdrückte, ich zog mich hoch auf den Sitz und dann saß ich im dunklen, warmen, nach Sand und altem Leder riechenden Führerhaus und fragte mich, welche Bezeichnung meine Mutter wohl für so etwas hatte. Kurzschlusshandlung? Depressiver Schub mit akuter Selbstgefährdung? Kriminelle Energie? Egal. Was auch immer man auf das Etikett schreiben mochte – feuern konnte mich Jamie nicht mehr. Ich hatte selbst die Entscheidung getroffen zu gehen, und das machte mich unverwundbar.

Ich drehte den Zündschlüssel – sogleich erwachte der Motor mit einem leisen Grollen zum Leben. Äh, und was jetzt? Wie war das noch mal mit Kupplung, Gängen und so? Immerhin, ich hatte schon ein paarmal mit Papa zusammen auf Feldwegen geübt, wie das mit dem Fahren funktioniert. Vielleicht lohnte es sich jetzt, dass ich diesen blauen Volvo so sehr gequält hatte.

Es knirschte und knackte, als ich versuchte, einen Gang einzulegen. Und wo zum Teufel war der Rückwärtsgang? Womöglich schaffte ich es nicht mal auszuparken, geschweige denn, bis nach Friedrichshöhe zu fahren.

Nach ein paar Minuten hatte ich den Rückwärtsgang entdeckt und eingelegt. Aber das löste meine Probleme noch längst nicht. Auch das Vorwärtsfahren war schwieriger, als es aussah. Irgendwie trat ich immer zu fest aufs Gaspedal, sodass der Jeep vorwärtsruckte wie ein scheuendes Pferd, und wenn ich dann erschrocken den Fuß wieder wegnahm, hielt die Karre beinahe an. Jeden Moment konnte jemand von der Cheetah Foundation auftauchen, um nachzuschauen, warum hier jemand mit einem ihrer Jeeps ein Rodeo veranstaltete.

Als sich das Gelände von Ounene eúlu endlich hinter mir befand, lagen meine Nerven blank. Dabei war ich gerade erst losgefahren.

Ich hatte geglaubt, den Weg nach Friedrichshöhe mittlerweile zu kennen. Aber nachts sah alles anders aus und aus dem freien, offenen Land wurde etwas, das mir den Schweiß auf die Stirn trieb. Selbst die starken Scheinwerfer erhellten nur ein kleines Stück der Sandpiste, erleuchteten hier ein Grasbüschel, dort einen Felsen. Alles andere – Finsternis, so undurchdringlich, wie es sie nur in einem fast menschenleeren Wüstenland geben konnte. Es gab nicht mal diese reflektierenden Pfosten am Straßenrand, die dir verraten, wo die Straße eigentlich verläuft.

Immer wieder ratterte ich über Steine oder durch Löcher, die ich erst im letzten Moment gesehen hatte, Unebenheiten waren bei diesem Licht kaum zu erkennen. Ich mochte mir nicht vorstellen, was passierte, wenn ich jetzt eine Panne hatte; Ausrüstung oder Trinkwasser hatte ich nicht eingepackt.

Wenigstens musste ich mich nicht daran erinnern, links zu fahren, die Farmpad war sowieso nur einspurig. Mit beiden Händen umklammerte ich das Lenkrad und ließ den Jeep durch den Sand vorankriechen, starrte angestrengt in die Dunkelheit. Ich wagte nicht, schneller zu fahren – Erik hatte mir mal erzählt, dass viele Tiere den brennend heißen Tag verschliefen und erst in der Nacht munter wurden. Ein Kudu auf der Motorhaube hätte mir gerade noch gefehlt.

Erik. Es war, als hätte meine Seele Schnappschüsse von ihm gespeichert. Ich sah ihn, wie er mit wenigen sicheren Griffen den Pferdetransporter abkuppelte, sah, wie dieses erste Lächeln für mich sein Gesicht aufleuchten ließ. Sah ihn, wie er mir im Café gegenübersaß, auf dem Tisch verwelkte rote Blüten. Seine goldbraunen Gepardenaugen, die manchmal warm blickten und manchmal so rätselhaft. Die Linie seines Kinns. Sein schmale, kräftige Hand in meiner. Sah ihn im Sattel des Fuchswallachs, völlig im Einklang mit seinem Pferd.

Eins war klar – wie auch immer das hier und heute ausging, selbst wenn ich in ein oder zwei Tagen abflog und nie zurückkehrte … vergessen würde ich Erik nie.

Aus der Lüftung und dem halb offenen Fenster kam ein Strom kühler Nachtluft und traf mein verschwitztes Gesicht. Meine Gedanken eilten dem Jeep voraus und spielten das Gespräch mit Erik durch, bis heiße Wut in meinem Magen brannte. Stopp, bremste ich mich schließlich, hey, er hat das alles nicht wirklich gesagt, du regst dich gerade über etwas auf, was nur in deinem Kopf stattfindet.

Ganz tief in mir hoffte ich immer noch, dass er zu Unrecht angeklagt worden war. Mir gegenüber war er eher zurückhaltend gewesen, nie hatte er etwas getan, was ich nicht wollte. Aber vielleicht nur deshalb, weil er dazugelernt hatte? Weil er sich besser unter Kontrolle hatte als früher? Weil er die Strafe fürchtete, die auf einen Wiederholungstäter wartete? War ich tatsächlich in Gefahr gewesen, als ich mit ihm durch den Busch gestreift war? Hätte ich das nicht spüren müssen? Gut, einmal hatte ich Angst gehabt, aber nur kurz …

Das Scheinwerferlicht erfasste ein groteskes Wesen, das mit gesenktem Kopf quer über die Straße hastete. Ich zuckte zusammen und stemmte den Fuß auf die Bremse, beinahe hätte ich den Motor abgewürgt. Mein Gott, was war das denn? Es war fast so groß wie ein Mensch, der auf vier Beinen ging, hatte aber einen krummen Rücken, einen schweineartigen Rüssel und Ohren, die auch einem Feldhasen gut gestanden hätten. Seine kleinen Äuglein schienen zu glühen, aber das war wohl nur das Licht, das sie zurückwarfen.

Nach wenigen Sekunden war das Tier im Gebüsch auf der anderen Straßenseite verschwunden. Mein Puls beruhigte sich und ich ließ den Jeep wieder durch die Dunkelheit rollen. Wahrscheinlich war es ein Erdferkel gewesen. Oder ein Honigdachs? Nein, die waren kleiner. Ob die Leute auf Ounene eúlu schon gemerkt hatten, dass eines der Autos fehlte? Ob Teresa schon schlief? Oder war sie aufgeblieben, um auf mich zu warten? Hatte sie mich schon vermisst gemeldet?

Schließlich sah ich das Farmschild von Friedrichshöhe. Endlich. Gleich da. Aber es war schon elf Uhr nachts. Ob überhaupt noch jemand wach sein würde auf der Farm?

Dann war ich angekommen und stellte die Karre, so gut es ging, neben den grünen Landrover. Es dauerte eine Weile, bis ich es geschafft hatte, die Scheinwerfer auszuschalten. Ich blieb sitzen und lauschte auf das Knacken des abkühlenden Motors. *Los jetzt. Bring's hinter dich.*

Als ich zum Farmhaus hinüberging, war alles dunkel und still. Kein Bellen verriet mich – Flix war als Wachhund eine Niete. Ich überlegte, ob ich an der Vordertür klingeln sollte, aber dann würde ich gleich Albrecht Sartorius gegenüberstehen. Nein, was Erik und ich zu klären hatten, ging nur uns beide an und sonst niemanden.

Ich schlich um das Farmhaus herum, bis ich das Fenster zu Eriks Zimmer gefunden hatte. Es war nur angelehnt. Leise klopfte ich daran, flüsterte »Erik?«. Mein Puls raste und ich fröstelte. Ein scharfer, kühler Wind war aufgekommen, er ließ meine Hosenbeine flattern und verwirbelte meine Haare. Mal wieder Medusa. Nichts passierte. Niemand da. Wie konnte das sein, um diese Uhrzeit? War er wieder mit seinem Vater auf Patrouille?

Das Fenster stand halb offen. Ich presste die Hand gegen die Glasscheibe, um es ganz aufzudrücken, und streckte den Kopf ins Innere des Zimmers. Schwach zeichneten sich die Bücherregale in der Dunkelheit ab, ich erkannte die Umrisse der Namibia-Karte an der Wand.

Ich würde einfach auf ihn warten. Irgendwann musste er ja heimkommen.

Durch das Fenster zu klettern, war keine besonders schwierige Turnübung. Vorsichtig ließ ich mich im Inneren herab – ich wollte nicht unbedingt eine CD oder den Rücken eines Buchs unter meinem Fuß knacken hören. Dann tastete ich mich zu einer Wand vor, setzte mich auf den rauen Teppich und wartete in der Dunkelheit. Ich stellte mir vor, wie Erik hereinkommen würde, überrascht wäre er, vielleicht sogar erfreut. Dann würde ich ihm sagen, was ich wusste, ihn fragen, warum er mir das verschwiegen hatte. Fünfmal, zehnmal spielte ich es im Kopf durch, ich konnte es nicht abstellen und immerhin verdrängte es den Film mit Erik und dem Mädchen; man musste ja auch für kleine Dinge dankbar sein.

Draußen ging jemand vorbei. Lautlos stand ich auf, schlich zum Fenster, stellte mich an den Rand und spähte hinaus. Im schwachen Mondlicht sah ich kaum etwas – war es Eriks Vater? Oder Erik selbst? Schwer zu erkennen. Eine Lampe hatte er nicht dabei. Kam es mir nur so vor oder bemühte er sich tatsächlich, leise zu gehen? Er verschwand hinter der Scheune und nach einer Weile hörte ich ganz leise ein metallisches Klicken, es war der Klang eines Vorhängeschlosses, das geöffnet wird. Dann ging eine Tür auf und wieder zu.

Langsam wurde mir unheimlich zumute. Was ging auf dieser Farm eigentlich vor? Irgendetwas stimmte hier nicht. Diese Heimlichkeiten. Vorhängeschlösser an einem Schuppen.

Dann sprang mich ein Gedanke an, fiel mit ausgefahrenen Klauen über mich her. *Vielleicht hatten Erik und sein Vater etwas mit dem Verschwinden der Geparden zu tun.* Ungefähr zu der Zeit, als sie nachts gearbeitet hatten, war Ciska und Maharero etwas passiert. Ich erinnerte mich an Karlas Bemerkung, dass Geparden lebend sehr wertvoll waren, dass Zoos hohe Summen für sie zahlten. Und die Geschäfte liefen nicht gut auf Friedrichshöhe, bestimmt brauchte die Familie Geld.

Nein, ich konnte mir nicht recht vorstellen, dass Erik bei so etwas mitgemacht hatte. Oder etwa doch? Raubkatzen bedeuteten ihm nichts. Wenn er mit dem Erlös die Pferde zurückkaufen könnte, die er und sein Vater hier gezüchtet hatten und an denen sein Herz hing – würde er Nein sagen?

Mir war schwach und elend zumute. Ich wollte nichts mehr hören, nichts mehr sehen, nichts mehr wissen. Am liebsten wäre ich schleunigst wieder in den »geliehenen« Jeep geklettert und zurückgeflohen nach Ounene eúlu. Wenn ich jetzt zurückfuhr, Erik nie wiedersah, dann konnte ich die guten Erinnerungen an ihn retten. Dann bestand nicht die Gefahr, dass meine ganze Welt sich auflöste wie ein Schloss aus Zuckerwürfeln in einem Gewitterregen.

Doch es war zu spät.

Licht flammte auf, tauchte Eriks Zimmer in blendende Helligkeit.

GEHEIMNISSE

Nie hatte ich Erik so verblüfft gesehen. Barfuß stand er in der Tür und starrte mich an. Dann fiel ihm das Buch aus der Hand, er ging mit schnellen Schritten auf mich zu und nahm mich in die Arme. »Lilly, es tut mir so leid. Ich habe versucht, dich anzurufen, mit dir zu reden … aber sie sagten mir, sie wüssten gerade nicht, wo du bist … warst du etwa die ganze Zeit hier?«

»Nicht die ganze Zeit, ich bin vorhin durchs Fenster rein.« Ich schmiegte mich an ihn, genoss es wie eine verbotene Frucht, weil ich wusste, dass es vielleicht das letzte Mal war. Dann zwang ich mich, ihn loszulassen. »Das mit dem Streit ist nicht mehr so wichtig«, sagte ich und hörte, dass meine Stimme zitterte. »Ich habe einen Artikel gelesen. Über den Prozess. Du hast es mir nicht erzählt.«

Erik wusste sofort, wovon ich sprach. Er senkte den Kopf. »Nein. Ich dachte, ich … könnte noch mal neu anfangen. In Namibia kennt die Geschichte jeder. Oder so kommt es mir zumindest vor.« Er zögerte lange, bis er weitersprach. »Ich habe gehofft, du würdest mich einfach so sehen, wie ich bin.«

Schweigend blickte ich ihn an, dachte daran, wie ich

mich gefühlt hatte, als ich den Artikel gelesen hatte. Geschockt und verraten. Wahrscheinlich sah er das in meinen Augen, denn er fügte hinzu: »Trotzdem – du hast recht, ich hätte es dir sagen müssen.«

Ich nickte stumm, wartete darauf, was nun kam. Wartete auf eine Erklärung. Langsam setzte Erik sich auf seine Matratze, über der jetzt eine schwarz-weiß gemusterte Decke lag. Ich hockte mich neben ihn, ließ es zu, dass er meine Hand nahm. Plötzlich hob er wieder den Kopf und diesmal lag in seinen Augen ein Ausdruck, der mich an seinen Vater erinnerte, stolz und entschieden. »Weißt du, irgendwann dachte ich mir: Okay, und womit habe ich es eigentlich verdient, dass ich für den Rest meines Lebens jedes Mädchen, das mir gefällt, vor mir warnen soll? Obwohl mein ganzes verdammtes Verbrechen darin bestanden hat, jemanden heimzufahren, von dem ich mich besser ferngehalten hätte?«

Der Stacheldraht in meinem Kopf begann, sich langsam zu entwirren. »Erzähl mir, was passiert ist.«

»Clarisse war für ein Jahr an unserer Highschool. Sie war sehr hübsch, aber auch sehr von sich überzeugt. Später wollte sie mal auf die Schauspielschule. Mein Typ war sie überhaupt nicht. Aber sie hatte sich in den Kopf gesetzt, dass sie sich das Austauschjahr mit mir versüßen wollte.« Erik schüttelte staunend den Kopf. »Sie ging mir ziemlich auf die Nerven. Schickte mir lange Briefe, obwohl sie keine Antwort bekam. Drängte mir ihre Telefonnummer auf. Hängte sich in Freistunden an mich und tat vor anderen so, als sei sie schon mit mir zusammen.«

Das alles kam mir bekannt vor – mein Kumpel Jonas

hatte sich auch schon öfter bei mir beklagt, dass er die Nase voll davon hatte, angehimmelt zu werden. »Was hat deine Freundin dazu gesagt? Oder warst du gerade solo?«

»Bis kurz vorher war ich mit Tamara zusammen. Tammy und ich … das ging ziemlich lange, aber irgendwann haben wir uns auseinandergelebt. So etwa einen Monat später legte Clarisse voll los. Bis ich ihr mal ziemlich deutlich sagte, dass es mit uns nichts wird.«

Ich ahnte, was dann passiert war. »Und dann hast du sie eine Tages heimgefahren …«

»Sie wohnte auf einer Gästefarm in der Nähe von Otji. Es war kein großer Umweg für mich. Also nahm ich sie nach der Party mit. Es passierte nichts, absolut *nichts,* deswegen war ich völlig verblüfft von dem, was danach kam.«

»Nichts?«, fragte ich ungläubig. »Das heißt, ihr habt nur geredet? Kein Kuss oder so?«

Erik verzog das Gesicht. »Hauptsächlich hat *sie* geredet. Das konnte sie gut. Na ja, auf jeden Fall muss sie auf dieser Fahrt die Idee gehabt haben, mich anzuschwärzen. Am nächsten Tag hat sie in der Schule herumerzählt, was angeblich passiert sei.«

Er stand auf, schaltete das große Deckenlicht aus und stattdessen eine kleine Lampe an. Hob das auf dem Rücken liegende Buch auf, stellte es ins Regal. Zog die Vorhänge zu. Seine Bewegungen wirkten eckig und steif; ich merkte, dass er all das nur tat, um sich zu beruhigen. Schweigend beobachtete ich ihn. Schließlich setzte er sich wieder zu mir, atmete tief durch.

»Ich glaube, sie wollte selbst nicht, dass es so große Kreise zog«, erzählte er weiter. »Aber dann hat der Schulleiter

Wind davon bekommen und sie gedrängt, Anzeige zu erstatten. Danach konnte sie nicht mehr zurück. Sonst wäre sie selbst dran gewesen. Vortäuschung einer Straftat nennt man das.« Erik schloss kurz die Augen. Er wirkte erschöpft. »Tja, was soll ich sagen – ich bin freigesprochen worden. Und mein Leben war trotzdem kaputt. Wir hätten beinahe die Farm verloren, weil meine Eltern die ganze Zeit in Windhoek bei der Verhandlung dabei sein mussten und die Anwälte so teuer waren.«

»Hat denn keiner zu dir gehalten?«

»Doch. Aber manche dachten auch, dass an der Sache was dran ist.«

Ich stutzte. »Wieso? Ich meine, jeder, der dich kennt …«

Er schaute weg und ich ahnte, dass jetzt noch etwas kam, was mir nicht unbedingt gefallen würde. »Ich hatte auch schon vorher immer mal wieder Ärger. Im Internat hatte ich Heimweh, und wenn ich endlich wieder daheim war, stritten sich meine Eltern, dass die Fetzen flogen. Kurz, ich fand mein Leben schrecklich und die Wut musste irgendwie raus. Ich habe mich ziemlich oft geprügelt, bin ohne Führerschein gefahren … und einmal habe ich mich überreden lassen, mit ein paar Kumpels in einen Laden in Otji einzubrechen.«

Das Ohne-Führerschein-Fahren hatte ich jetzt auch auf dem Kerbholz. Aber dass Erik sogar mal irgendwo eingebrochen war, schockte mich. »Bist du denn damals verurteilt worden?«

»Nein, weil ich noch so jung war, bin ich mit einem Denkzettel davongekommen und der hat gewirkt, ab dem Tag war Schluss mit dem wilden Leben. Ein paar Jahre später kam dann die Sache mit Clarisse.« Seine Augen blickten in die Ferne, in Gedanken war er weit weg, in der Vergangenheit. »Nach dem Prozess hatte ich keine Kraft mehr … ich wollte einfach nur in Ruhe gelassen werden. Ich hätte versuchen müssen, mein Leben wiederaufzubauen … stattdessen habe ich mich zurückgezogen und das Leben meiner Freunde ging irgendwie ohne mich weiter.«

Auf einmal wurde mir so vieles klar. Wieso Erik so oft gezögert hatte, mich zu berühren. Warum er so zurückgezogen lebte, sich ganz auf die Farm konzentrierte. Warum er neulich den seltsamen Spruch über Frauen gebracht hatte. Vielleicht war es auch der Grund, warum Maike nicht auf die Schule in Otjiwarongo ging; womöglich war sie wegen ihres berüchtigten Bruders dort gemobbt worden.

»Es tut mir wirklich leid, dass du das alles so erfahren hast«, meinte Erik. Er hatte sich jetzt wieder ganz unter Kontrolle, wirkte wieder so stark, wie ich ihn kannte. Nein, er würde sich nie damit begnügen, ein Opfer zu sein. Diese Rolle passte nicht zu ihm.

»Diese Clarisse würde ich zu gerne ohrfeigen, bis ihr Gesicht blau anläuft«, sagte ich grimmig und Erik musste lächeln. Zu gerne hätte ich ihn umarmt.

Aber da war noch die Sache mit Ciska und Maharero. In dieser Nacht musste alles auf den Tisch, alle Leichen aus dem Keller. Ich wusste, dass meine nächste Frage mich seine Liebe, unsere Freundschaft kosten konnte. Doch diesmal drückte ich mich nicht davor, sie zu stellen. »Sag mal, hast du irgendetwas damit zu tun, dass unsere Geparden verschwunden sind?«

Er stand auf, sah mit einem eigenartigen Blick auf mich herab. »Das habe ich verdient, was? Dass du mir jetzt alles zutraust.«

Plötzlich war die Wut zurück und die Angst, dass Erik tatsächlich in eine hässliche Sache verwickelt war. »Das beantwortet meine Frage noch nicht.«

»Nein, Lilly. Ich habe nichts damit zu tun, dass eure Geparden weg sind.«

»Und was ist mit deinem Vater?«

Erik zögerte. »Kann ich nicht glauben. Er ist ein Sturkopf und ein Tyrann, aber ein ehrlicher Mensch.«

»Und was hat er dann nachts in einem abgesperrten Teil eurer Scheune zu schaffen? Oder warst du das?« Ich erzählte Erik, was ich beobachtet hatte.

Er blickte besorgt drein. »Hm, ja, das muss mein Vater gewesen sein. Ich jedenfalls nicht, ich habe mit einem Buch von T.C. Boyle im Wohnzimmer gesessen.«

Ich kam mir ausgesprochen dämlich vor. Während ich im Dunkeln hier drin gehockt hatte, war er nur ein paar Meter weiter nebenan gewesen.

Erik war nachdenklich geworden. »Ein Vorhängeschloss, sagst du? Davon gibt's nicht viele auf der Farm. Eigentlich nur an diesem Schuppen. Hab mich schon ein paarmal gefragt, was da eigentlich drin ist. Mein Vater hat gemeint, alte Pflanzenschutzmittel und er schließt den Kram ab, weil er nicht will, dass einer der Boys reingeht und sich versehentlich vergiftet. Kam mir immer schon ein bisschen komisch vor.«

Ich verzog das Gesicht. *Boys?* Manchmal hatte ich das Gefühl, Albrecht Sartorius lebte im falschen Jahrhundert.

»Er wird nicht gerade tief in der Nacht ein Mittelchen gegen Blattläuse geholt haben.«

»Eher unwahrscheinlich. Gesagt hat er, er sieht noch mal nach den Pferden.«

Meine Ohren fingen ein Geräusch auf. Das vorsichtige Schließen einer Holztür. Schnell beugte sich Erik zur Lampe hinüber und löschte das Licht.

Schweigend, angespannt, saßen wir in der Dunkelheit. Eine weitere Tür schloss sich leise, die Schritte von Albrecht Sartorius im Flur, im Bad rauschte das Wasser. Dann Stille.

»Du willst also ganz im Ernst sagen, dass mein Vater möglicherweise ein paar Geparden im Schuppen gefangen hält, um sie bei nächster Gelegenheit außer Landes zu schaffen? Das klingt wie aus einem schlechten Film. Außerdem hätten Maike und ich sie hören müssen.«

»Wenn sie betäubt sind, machen sie keinen Lärm. Lass uns einfach nachschauen.«

»Jetzt?«

»Dann wissen wir wenigstens Bescheid.«

Erik seufzte. »Na gut. Und wenn wirklich irgendwelcher Chemiekram dadrin ist, dann sage ich meinem Vater, er soll das Zeug endlich mal entsorgen.«

Wir hatten beide den gleichen Gedanken, tasteten in der Dunkelheit nacheinander, bis unsere Lippen sich berührten, miteinander verschmolzen. Einen Wimpernschlag lang war alles wie früher. Dann stand Erik auf und griff sich eine Taschenlampe. »Also los.«

Der Einfachheit halber kletterten wir wieder durchs Fenster – und wären beinahe auf einen glatten, sich windenden Leib getreten, der nahe der Hauswand entlangglitt.

Ach du Scheiße! Hastig versuchte ich, mich am Fensterrahmen hochzuziehen wie einer dieser Olympiaturner an seinen Ringen, aber natürlich schaffte ich es nicht und rutschte strampelnd wieder auf den Sandboden zurück.

Keine Ahnung, warum ich nicht losschrie. Wahrscheinlich aus Angst, dass die Schlange dann erst recht angriff. Sie war nicht geflohen, wie ich gehofft hatte, sondern hatte sich zusammengerollt und den schmalen Kopf aufgerichtet. Ihr braun gemusterter Körper war in rastloser Bewegung, war das etwa der Grund für dieses unheimliche schleifende Geräusch? Und das alles zwanzig Zentimeter von meinem Bein entfernt. O mein Gott, jetzt biss das Vieh auch noch in meine Richtung; im Lichtkegel der Taschenlampe sah ich, wie ihr Maul nach mir schnappte, einmal, zweimal. Ich drückte mich flach gegen die Wand und versuchte, nicht in Panik zu geraten. »Erik«, japste ich. Warum half er mir nicht?

Erik lachte. Verblüfft wandte ich den Blick von der Schlange und sah ihn an. Angst hatte er keine. Auch nicht um mich.

»Das ist eine Eierschlange«, flüsterte er. »Völlig ungiftig und fast zahnlos. Damit niemand merkt, wie harmlos sie ist, führt sie sich auf wie die gefährlichste Viper aller Zeiten. Moment, ich gehe einen Stock holen und scheuche sie weg.«

Als wir weitergingen, trommelte mein Herz noch wie wild, und es beruhigte sich nicht sonderlich, als Erik in die Scheune schlich und mich mit Handzeichen bat, kurz draußen auf ihn zu warten. Mit einer Art riesiger Zange kam er zurück. Damit gingen wir weiter zum Schuppen, einem einfachen Anbau neben der Scheune, nicht mal so groß wie ein Gartenhäuschen.

»Bin gespannt, was ich morgen zu hören kriege«, sagte Erik grimmig und setzte die Zange an dem Vorhängeschloss an. Ein widerliches Knirschen, dann gab das Schloss nach. Nervös schaute ich zum Hauptgebäude zurück. Dort rührte sich nichts, mit etwas Glück hatte niemand uns gehört.

Die Holztür knarrte nicht, als wir sie öffneten. Die Scharniere waren bestens geölt. Jenseits der Tür – tiefe Dunkelheit. Ich sog die Luft ein, hm, es roch nicht nach Raubkatze. Im Gegenteil, was mir in die Nase stieg, war süßlich, fast angenehm. Parfüm, konnte das Parfüm sein? Toll, in welchen Duftnoten es Pflanzenschutzmittel heutzutage gab.

Erik richtete die Taschenlampe auf das Innere des Schuppens – und holte tief und erschrocken Luft.

JUNGER LÖWE, ALTER LÖWE

An den Wänden des Schuppens standen zwei große hölzerne Regale, in der Mitte waren ein geblümter Ohrensessel und ein Tischchen mitsamt Kerzenleuchter aufgebaut. Der runde Lichtfleck wanderte über die vielen Dinge, die auf den Regalen lagerten – Bücher, Kleidung, ein Stapel Klaviernoten, ein großes Schachbrett aus schwarzem und weißem Onyx, Schnittmuster, eine Kiste mit Stoffresten. Man sagt mir nach, dass ich manchmal ein kleines bisschen schwer von Begriff bin. Die Wahrheit dämmerte mir erst, als der Lichtschein den schimmernden Stoff von Abendkleidern erreicht hatte, über fliederfarbene und dunkelblaue Seide glitt.

»Das sind die Sachen deiner Mutter, oder?«, fragte ich leise.

»Ja«, sagte Erik nur und ging zum Schachbrett hinüber, nahm vorsichtig eine der Figuren in die Hand. Seine Stimme klang merkwürdig gepresst. »Ich habe mich schon gewundert, wohin das hier auf einmal verschwunden war. Maike und ich dachten, sie hätte alles mitgenommen.«

»Sie ist gegangen, nicht wahr? Woher kam sie?«

»Aus Deutschland. Sie lebt jetzt in Bremen, da kam sie auch ursprünglich her. Manchmal schreibt sie noch. Etwa zweimal im Monat. Manchmal telefonieren wir auch und es macht mich jedes Mal fertig, ihre Stimme zu hören.«

Erik gab mir die Taschenlampe, ging zum Leuchter hinüber und riss eins der Streichhölzer an, die daneben bereitlagen. Das weiche Licht der Kerzen ließ den fensterlosen Schuppen fast gemütlich erscheinen. Wie oft Albrecht Sartorius wohl hier saß und dem nachtrauerte, was er verloren hatte?

Kein Wunder, dass er lieber gesehen hätte, wenn Erik sich in eine Farmerstocher aus der Umgebung verliebt hätte. Kein Wunder, dass Maike mich hasste. Deutschland, Verräterland. Sie kommen her, bleiben eine Zeit lang und brechen dir dann das Herz. Fast so schlimm wie die anderen Mädchen aus dem Ausland, die dein Leben ruinieren und dann weiterziehen ohne einen Blick zurück.

Erik reichte mir einen Silberrahmen mit einem Foto darin. Eine schöne junge Frau im Abendkleid lächelte mir entgegen, das Haar fiel ihr in einer weichen Welle auf die Schultern. Ihre Augen strahlten voller Lebenslust und ihre schön geschwungenen Lippen verrieten, von wem Erik diesen Mund geerbt hatte. *Endlich mal wieder Haydn! Kapstadt, Nov. 87,* stand auf der Rückseite, in einer eleganten, geschwungenen Handschrift.

»Das war auf ihrer Hochzeitsreise«, sagte Erik sehr leise.

Eins ließ mir keine Ruhe. »Wieso hat sie euch nicht mitgenommen, als sie zurückgefahren ist nach Deutschland? Hat dein Vater sie gezwungen, euch dazulassen?«

»Um Himmels willen, nein. Sie hat uns gefragt, ob wir mitwollen, aber damals hieß es noch, sie fährt nur ein paar Monate zurück, um ihre Eltern zu besuchen. Maike war ein paar Jahre vorher schon mal mit und diesmal wollten sie und ich lieber auf der Farm bleiben. Maike hatte einen Ausflug geplant, mit ihrer besten Freundin und deren Eltern wollte sie zum Sossusvlei fahren – du weißt schon, zu diesen weltberühmten roten Dünen.« Erik lachte bitter auf, dann fuhr er fort: »Ich glaube, der Prozess hat meiner Mutter den Rest gegeben. Es leben ja nicht viele Weiße in Namibia, der Fall war wochenlang auf den Titelseiten, ein Riesenskandal.«

Sie hatte ihre Kinder zurückgelassen. Das schockte mich mehr als alles andere. Die Bindung zwischen Mutter und Kind war doch angeblich die stärkste der Welt. Aber vielleicht war das nur ein Klischee, an das wir alle vorzogen zu glauben, und in Wirklichkeit lief es manchmal ganz anders. Plötzlich erinnerte ich mich an manche Fälle aus der Praxis meiner Mutter. Unschöne Fälle, die sie versucht hatte, von mir fernzuhalten.

»Aber unglücklich war sie schon lange vor dem Prozess?«, meinte ich. Es war eigentlich eine rhetorische Frage. Mit Albrecht Sartorius verheiratet zu sein, konnte sicher nicht das reine Vergnügen bedeuten. »Hat deine Mutter danach nicht noch mal versucht, euch nach Deutschland zu holen?«

»Ging erst mal nicht. Maike war schrecklich wütend und traurig, hat sie durchs Telefon angeschrien und ihr vorgeworfen, sie hätte uns im Stich gelassen. Sie wollte einfach nicht verstehen, dass Mama Gründe dafür hatte wegzugehen. Letztes Jahr war Maike zwei Wochen in Deutschland, versuchsweise, aber es hat nicht gut geklappt.«

»Und du? Warum bist du nicht mitgegangen?«

Erik zögerte mit der Antwort, aber er kam nicht mehr dazu, etwas zu sagen. Die Kerzenflammen tanzten im Luftzug, und als wir uns umwandten, standen wir Eriks Vater gegenüber. Er trug nur gemusterte Boxershorts, aber lächerlich wirkte er dadurch nicht. Sein Gesicht war vor Wut verzerrt, der Mund noch schmaler als sonst, die Augen dunkel und wild wie die eines Raubvogels. Er trug sein Gewehr schussbereit, vielleicht hatte er mit einer Hyäne gerechnet, die es zu erlegen galt.

»Pa … es tut mir leid«, sagte Erik erschrocken. »Wir dachten …«

»Was hast du hier zu suchen? Raus hier, sofort. Das Mädchen auch.«

Ich konnte den Blick nicht von dem Gewehr abwenden. Der lange dunkle Lauf, dafür gemacht, Kugeln von sich zu geben. Der aus einem edlen Holz geschnitzte Griff.

Als sein Vater uns anbrüllte, flammte in Eriks Augen etwas auf. Langsam richtete er sich auf und mir wurde bewusst, dass er größer war als sein Vater, größer, kräftiger, jünger. Sein Blick war klar und gerade, verriet keine Furcht mehr. Ich spürte, dass sein Vater einen großen Fehler gemacht hatte. Jetzt gab es keinen Weg zurück.

Sie würden es ausfechten müssen, ein für alle Mal.

Plötzlich hatte ich große Angst vor dem, was geschehen würde, aber ich wusste auch, dass ich es nicht verhindern konnte. Mein Mund war vor Angst so trocken, dass ich nicht mal schlucken konnte.

»Wieso hast du ihre Sachen hier gebunkert?«, fragte Erik, in einem nüchternen, harten Ton, den ich noch nicht an ihm kannte.

Auch Albrecht Sartorius stutzte kurz, bevor er sagte: »Auch in eurem Interesse. Es hätte euch die Sache noch schwerer gemacht, ständig an sie erinnert zu werden.«

»Glaubst du nicht, dass wir das gerne selbst beurteilt hätten, Pa?«

»Seit wann mischen sich Kinder in die Ehe der Eltern ein?«

»Sie war nicht nur deine Frau, sondern auch unsere Mutter, hast du das vergessen?«

Er lachte bitter. »Deine Mutter, ja, und vielleicht wäre sie noch hier, wenn du dich von diesem Flittchen ferngehalten hättest. Nein, Erik, es gibt Dinge, die regle immer noch ich, und du gehst jetzt verdammt noch mal raus aus diesem Schuppen.«

Doch Erik rührte sich nicht. »Wie oft bist du hier? Bist du immer nachts hergekommen, wenn wir geschlafen haben? Hast du sie nur ein einziges Mal darum gebeten zurückzukommen, statt dich immer nur in Erinnerungen zu wälzen?«

»Das geht dich nichts an.«

»Du bist der Meinung, dass *nichts* mich wirklich angeht«, sagte Erik. »Und das ist der Grund, warum ich momentan darüber nachdenke, in Deutschland zu studieren.«

Ich warf einen Seitenblick auf Erik. Er hatte darüber nachgedacht, in Deutschland zu studieren! Seit wann? Wegen mir? Der Gedanke nahm mir den Atem. Eine Fernbeziehung zwischen Deutschland und Namibia war Wahnsinn, zwischen zwei Städten in Deutschland kein größeres Problem.

Eriks Worte gingen durch Albrecht Sartorius hindurch wie eine Schockwelle. Mir wurde noch mulmiger zumute, als ich sah, wie seine Fingerknöchel weiß wurden um den Griff des Gewehrs. »Das ist nicht, was wir besprochen haben.«

»Nein. Aber vielleicht ist es das Richtige. Ich habe immer öfter das Gefühl, dass meine Zukunft nicht hier liegt. Dass es falsch wäre, sich ganz auf die Farm zu konzentrieren.«

Albrecht Sartorius warf mir einen feindseligen Blick zu. »Ist es wegen ihr?«

»Auch. Aber nicht nur. Bist du blind, Pa? Siehst du nicht, was hier in Namibia geschieht? Und was ist, wenn es wieder mal ein paar Jahre lang überhaupt nicht regnet und alles zu Staub verdorrt? Kann gut sein, dass ich mich trotzdem für die Farm entscheide – aber ich möchte die Wahl haben. Sonst werde ich mich eines Tages hier gefangen fühlen, so wie Mama.«

»Wegen dir hätten wir fast die Farm verkaufen müssen und jetzt willst du mich, uns, im Stich lassen? Mich und Maike?« Albrecht Sartorius' Atem ging rasselnd und schwer, sein Gesicht war gerötet. Er sah aus wie der Kandidat für einen Herzinfarkt.

»Ich werde Maike niemals im Stich lassen«, sagte Erik heftig. »Wir werden eine Lösung für sie finden.«

»Und Friedrichshöhe bedeutet dir nichts? Das Werk dreier Generationen, das wir hier geschaffen haben?« Auf einmal tat Albrecht Sartorius mir leid. In seinen Augen standen Tränen.

»Du lässt mir keine Wahl, Pa.« Auch Eriks Augen waren feucht. »Du sperrst dich gegen alle meine Vorschläge, gibst mir keine Verantwortung, gestehst mir nicht zu, meine Zukunft zu planen. Was würdest du an meiner Stelle denn tun?«

»Du bist mein Sohn. Die Farm wird einmal dir gehören. Aber noch nicht jetzt. Bis dahin gelten meine Regeln.«

Erik senkte den Kopf. »Dann gib die Farm, wem du willst, und lass mir meine Freiheit.«

Im ersten Moment dachte ich, ich hätte mich getäuscht. Dass es nur das Flackern der Kerzen war, das meinen Blick trübte. Aber nein, Albrecht Sartorius schwankte wirklich. Instinktiv bewegte ich mich auf ihn zu, um ihn zu stützen, doch er zuckte vor mir zurück, stolperte. Das Gewehr entglitt seinen Fingern, krachte zu Boden … und ein Schuss löste sich. Unglaublich laut dröhnte er in dem kleinen Raum.

Erik schrie nicht auf, aber ich erkannte sofort, dass er getroffen war. Er presste die Hand auf seinen linken Arm und Blut sickerte zwischen seinen Fingern hervor. Sein Gesicht war aschfahl, sein Mund verkniffen vor Schmerzen.

Albrecht Sartorius war zu Boden gesackt, saß gegen die Wand gelehnt da. Seine Augen waren ein klein wenig glasig, aber zu meiner Erleichterung schien er sich schon nach wenigen Momenten zu erholen, versuchte mühsam aufzustehen. Er ließ sich in den Ohrensessel fallen und holte Atem. Jetzt erst schien ihm klar zu werden, was passiert war, sah er das Blut. »O mein Gott, Erik!«

Wortlos verließen wir den Schuppen. Zum Glück konnte Erik gehen, sodass wir es zum Haus hinüberschafften. Erik stöhnte vor Schmerzen und ich war so durcheinander, dass ich kaum klar denken konnte. Mühsam riss ich mich zusammen. »Ich wecke Elias und dann fahren wir dich ins Krankenhaus – oder wohnt hier in der Nähe ein Arzt?«

Doch als ich losstürmen wollte, hielt Erik mich zurück. »Nein. Ich will nicht, dass jemand davon erfährt. *Du* kannst mich verbinden.«

»Meinst du das ernst? Ich bin nicht mal eine richtige Tierärztin …«

»Egal«, presste er hervor und ich hörte auf, mit ihm zu diskutieren.

Auf dem Weg zum Haus trafen wir Maike, die durch den Lärm wach geworden war; hysterisch kläffend, lief Flix ihr voraus. Von den Arbeitern hatte anscheinend niemand etwas bemerkt, weil ihre Häuser ein Stück vom Haupthaus entfernt lagen. Als Maike sah, dass Erik verletzt war, stieß sie einen Schrei aus, den ich nie vergessen werde, schrill und hoch wie ein Hase, der von einem Fuchs gepackt wird. Dann saßen wir zusammen in Eriks Zimmer, ich verarztete, so gut ich konnte, den Streifschuss an Eriks Arm und Maike schluchzte. »Warum hat er das getan? Wollte er dich umbringen oder was?«

»Blödsinn, es war ein Unfall – und zum Glück hatte er nur Schrot geladen«, sagte Erik und zog scharf die Luft ein, als ich mit einer Pinzette das letzte Stück Metall aus seinem Arm holte und die Wunde desinfizierte. »Aber er hat mir die Entscheidung leicht gemacht. Wir müssen versuchen, unseren eigenen Weg zu gehen, Maike.«

Dann beugte er sich vor und stützte den Kopf in die

Hände. Ich zog ihn zu mir, hielt ihn fest, während er weinte, und wen störte da, dass ich selber heulte. Wie ein schwerer, bitterer Duft hing die Traurigkeit in Eriks Zimmer und Flix witterte es wohl, denn er lag ganz still neben Maike und stupste ihr Bein ab und zu mit der Schnauze an.

Als es leise an der Tür klopfte, erschraken wir alle. Die Türklinke senkte sich und zögernd kam Albrecht Sartorius herein, blieb knapp jenseits der Schwelle stehen. Jetzt war er gekleidet wie für einen Tag auf der Farm, doch sein Hemd war schief zugeknöpft und er trug eine blaue und eine schwarze Socke. Schweigend blickten wir ihm entgegen.

»Erik, es tut mir leid«, sagte Albrecht Sartorius und ich sah, dass sein Mund bebte. »Ich wollte dir sagen, dass sich die Dinge ändern werden auf der Farm. Du hast recht. Ich ... ich war ... erst habe ich Susanna davongejagt mit meiner Art und ich will dich nicht auch noch verlieren ... lass uns Frieden schließen, bevor es zu spät ist ...«

Mühsam richtete Erik sich auf und einen Moment lang standen sich die beiden Männer wortlos gegenüber. Dann gingen sie aufeinander zu, umarmten sich ungelenk. Man konnte sehen, dass sie es schon seit einer Ewigkeit nicht mehr getan hatten. Lange blieben sie so, bis sie sich verlegen wieder voneinander lösten.

»Was wirst du tun, Erik?«, fragte Maike ganz leise.

»Jetzt, meinst du?« Erik atmete tief durch und wischte sich die Tränen aus dem Gesicht. »Jetzt werde ich mit Lilly nach Ounene eúlu fahren. Ich habe gehört, dass sie dort nach zwei Geparden suchen und ein bisschen Hilfe brauchen könnten.«

Zehn Minuten später waren wir unterwegs.

Rechtzeitig vor Beginn der Suche stand der Jeep, den ich mir ausgeliehen hatte, wieder an seinem Platz und daneben parkte der grüne Landrover. Seltsamerweise war ich nicht mal müde. Wahrscheinlich durch die Aufregung. Auch Erik wirkte nicht erschöpft, sondern eher aufgewühlt – in der Art, wie er fuhr, und in seinen Schritten war eine fiebrige Energie. »Wie fühlst du dich?«, fragte ich ihn besorgt.

»Erleichtert«, sagte er und grinste schief. »Komisch, was? Es geht mir gut. Besser als vorher, glaube ich.«

»Du spinnst. Was ist mit deinem Arm?«

»Tut höllisch weh. Aber das Fahren hat ganz gut geklappt.«

Um fünf Uhr fanden wir Jamie Edwards und meine anderen Kollegen in der Kantine beim Frühstück; sie hatten eine riesige Geländekarte auf dem Tisch ausgebreitet, diskutierten und versuchten, dabei möglichst wenig Kaffee auf die Karte zu kleckern. Als sie mich und Erik zusammen hereinkommen sahen, verstummten sie.

»Wir beide würde gerne bei der Suche helfen«, sagte Erik schlicht. Er war noch immer sehr blass. »Ich dachte mir, ein Wagen mehr, der die Gegend abklappert, könnte nicht schaden.«

Dessie und Rob lächelten uns zu, aber meine anderen Kollegen wirkten eher abwartend und skeptisch. Auch Jamie musterte Erik nachdenklich, als wüsste sie noch nicht genau, was sie von seinem Angebot halten sollte. Ihr Blick streifte den Verband an seinem Arm. »Das stimmt, wir können jeden Helfer gebrauchen«, meinte sie schließlich. »Lilly hat erwähnt, dass du mehrere Stammessprachen sprichst …«

»Ja. Otjiherero und Oshivambo.«

»Dann fände ich es gut, wenn ihr vorsichtig in ein paar der kleineren Orte und Siedlungen weiter im Norden herumfragen könntet … ich kann mir nämlich vorstellen, dass wir es hier mit Wilderern zu tun haben. Vielleicht entdeckt ihr irgendwelche Hinweise. Und wenn wir überhaupt noch eine Chance haben, die Geparden lebend zu finden, dann heute.«

»Alles klar«, sagte ich und war froh, von niemandem auf meine nächtliche Tour mit dem Jeep angesprochen zu werden. Konnte es sein, dass niemand bemerkt hatte, dass ich weg gewesen war? »Soll noch jemand von der CF mitfahren?«

»Ich würde gerne«, rief Teresa spontan. »Wartet, ich packe nur noch schnell meine Sachen.«

Bis dahin konnten wir noch frühstücken. Die anderen machten uns Platz und wir setzten uns zwischen Karla und Rob, was den Vorteil hatte, dass sie ihre aktuelle Auseinandersetzung unterbrechen mussten. Karla reichte mir die Teekanne. »Finde ich toll, dass du mitmachst«, sagte sie freundlich zu Erik und mir fiel alles wieder ein, was auf Ounene eúlu geschehen war. *Ekonda.* Hatte Karla mir den Artikel über den Prozess aufs Bett gelegt? War sie es, die meinen Wecker verstellt, die das Tor des Geheges geöffnet hatte? Und wie zum Teufel sollte ich das herausfinden?

»Sag mal, Lilly, ich habe gehört, dass du vielleicht schon bald zurückfliegen willst nach Deutschland«, meinte Karla. »Stimmt das? Was ist denn passiert?«

Ach du Schreck. Das hatte ich über all der Aufregung völlig vergessen. »Äh, nein, das stimmt nicht, ich habe zwar so was gesagt, aber das war nicht ernst gemeint …«

»Fühlst du dich denn inzwischen wieder wohl bei uns?«

»Wieso wieder? Mir hat es eigentlich immer sehr gut gefallen.«

»Oh, okay … umso besser …«

»Moment mal«, mischte sich Erik ein, auf einmal war in seiner Stimme ein scharfer Ton. »Wer hat behauptet, dass es Lilly hier nicht gefällt?«

»Hm, soweit ich mich erinnere, hat Teresa das erzählt – schon vor einiger Zeit«, sagte Karla erstaunt. »Ich dachte natürlich, dass sie es am besten weiß, weil sie mit dir zusammen wohnt, Lilly …«

Teresa.

Und da kam sie auch schon, bestens gelaunt und strahlend, ihren Rucksack über der Schulter. »Na, seid ihr fertig, können wir losfahren?«

»Ja«, sagte ich grimmig, tauschte einen Blick mit Erik und nahm das Satellitentelefon und die beiden Funkgeräte, die Rob mir reichte. »Lass uns losfahren.«

ZEIT DER WAHRHEIT

Als wir in Eriks Landrover einstiegen, peitschte uns ein starker Wind um die Ohren und gigantische Wolkentürme – jeder einzelne zehnmal so groß wie ein New Yorker Hochhaus – segelten über den Himmel. Die Luft schien mir nicht ganz so trocken wie sonst, es war fast schwülwarm.

»Könnte regnen«, sagte Erik hoffnungsvoll. »Na, hoffentlich kriegt Friedrichshöhe auch was ab.«

Doch ich konnte mich nicht auf das Thema Regen konzentrieren, ich musste an Ciska und Maharero denken und daran, was Wilderer ihnen womöglich angetan hatten. Ich mochte sie mir nicht als Fell vorstellen, das irgendeinen Menschen oder irgendeine Behausung schmückte.

Im Rückspiegel beobachtete ich Teresa, die auf dem Rücksitz saß und vor sich hin pfiff. Anscheinend hatte sie Gerüchte über mich verbreitet – bedeutete das auch, dass sie für alles andere verantwortlich war? Was um alles in der Welt hatte sie davon, mir zu schaden?

»Sag mal, Teresa, war es für dich eigentlich irgendwie blöd, mit mir das Zimmer teilen zu müssen?«, fragte ich vorsichtig.

Teresa zuckte mit den Schultern und schaute aus dem Fenster des Landrovers. »Nein, das macht mir nichts aus. Immerhin bist du nicht chaotisch und du schnarchst nicht.«

Nicht gerade ein überschäumendes Zeugnis von Sympathie. Und dabei hatte ich gedacht, dass Teresa mich mochte!

Erik nahm die Suche sehr ernst. Jedes Mal, wenn wir auf der Straße dem Wagen eines Farmers begegneten, hielt er an. Von diesen Unterhaltungen – halb Deutsch, halb Afrikaans – verstand ich nur etwa die Hälfte.

»Hallo, wie geht's?«

»Lekker man und selber?«

»Gut, danke, alles mooi.«

Die Farmer waren alle sehr nett, doch keiner von ihnen wusste etwas über unsere Geparden oder zumindest gab es keiner zu. Mehr Glück hatten wir in einer der Siedlungen. Sie bestand nur aus ein paar einfach gemauerten Häusern mit Wellblechdächern. Drei magere schwarze Kinder spielten mit einem Ball, der aus vielen zusammengeknüllten Plastiktüten bestand und von Gummibändern zusammengehalten wurde. Eine Frau hängte Wäsche auf eine Leine, die zwischen den Häusern gespannt war. Erik parkte den Landrover am Rand des Ortes, dann ging er auf zwei junge Männer zu, die vor einem der Häuser standen. Fasziniert beobachtete ich, wie die Begrüßung ablief – erst ein Händedruck, dann umfassten beide Männer gegenseitig ihre Daumen und drückten sich wieder die Hände.

Nach einem viertelstündigen Gespräch kam Erik zurück. »Das sind entfernte Verwandte von Elias«, erklärte er. »Sie wussten leider nicht viel, immerhin haben sie uns gesagt, wir sollen uns mal im Nachbarort erkundigen, dort sei irgendetwas mit Geparden gewesen.«

Um zum Nachbarort zu gelangen, mussten wir über eine sehr raue Pad, die schlimmer aussah als alles, was ich bisher in Namibia gesehen hatte. Erik fuhr konzentriert und langsam. Dabei schonte er seinen linken Arm, der Verband hatte bereits Blutflecken. Verdammt, warum hatte ich nicht hartnäckiger versucht, Erik zu einem richtigen Arzt zu schleifen?

»Sag mal, was ist eigentlich mit deinem Arm los?«, erkundigte sich Teresa.

»Unfall auf der Farm«, sagte Erik in einem Ton, der sich jede Nachfrage verbat. Ich hielt ebenfalls den Mund. Jetzt, im grellen Tageslicht, schien es unwirklich und weit entfernt, was letzte Nacht auf Friedrichshöhe passiert war. Wie es Albrecht Sartorius wohl ging und was Maike wohl machte? Vielleicht hätten wir Maike mitnehmen sollen. Ich hoffte, dass Elias und Yolande sich um sie kümmerten.

Erik spähte durch die Windschutzscheibe und deutete auf graue Fahnen, die von der Unterseite einer Wolke herabhingen. »Da. Schaut mal. Dort vorne regnet es!«

Er wirkte beunruhigt und begann, schneller zu fahren. Ich fragte mich, was los war und was er befürchtete. Wir erfuhren es bald – als uns plötzlich ein Fluss den Weg versperrte, ein breiter schlammig brauner Fluss mitten in der Halbwüste.

»Verdammt, das Rivier läuft«, sagte Erik und seufzte. »Ich hab gedacht, wir schaffen es noch, bevor es losgeht.«

»Äh, was?« Ich sah abgerissene Äste und Blätter im Fluss vorbeistrudeln, dann etwas, was wie ein ertrunkenes Kaninchen aussah und wahrscheinlich auch eins war. Innerhalb weniger Sekunden war es vorbeigetrieben, von der Strömung mitgerissen. Ungläubig betrachtete ich die Wassermassen und rätselte, was hier eigentlich los war. Erik bemerkte meine Miene. »In Namibia ist es nicht wie bei euch, hier gibt es keinen Fluss, der immer fließt. Die meiste Zeit sind die Flussbetten trocken. Wenn es regnet, dann beginnen diese Trockenflüsse – *Riviere* nennen wir sie – zu fließen.«

»Heißt das, die Brühe da ist der Gewitterregen von vorhin? Aber die Wolken waren doch so weit weg …!«

»Ja nee, das schon, aber der Boden ist hart gebacken durch die Sonne. Er nimmt das Wasser nicht auf und irgendwohin muss es fließen.« Erik parkte den Landrover am Ufer des Riviers, dann stiegen wir aus und gingen am Ufer hin und her. Mit einem langen Stock testete Erik, wie tief das Wasser war, stocherte im Flussbett herum, das noch vor Kurzem eine knochentrockene Vertiefung im Boden gewesen war. Jetzt wäre man beim Durchwaten bis über die Knie darin versunken und das Wasser schien immer noch zu steigen.

»Könnte grade noch gehen«, sagte Erik. »Was ist, wollen wir's versuchen?«

»Durchfahren?« Ich musste schlucken. »Ich dachte, wir haben einen Landrover und kein U-Boot …«

Erik schaute wieder zum Himmel. »Wenn wir Pech haben, sitzen wir bis morgen früh hier fest, wenn wir's jetzt nicht probieren. Und dann ist's für eure Geparden zu spät.«

»Besser, wir versuchen es«, sagte Teresa mit einem nervösen Lächeln.

Erik wandte sich mir zu. »Lilly?«

»Okay«, stimmte ich zu.

Wir kletterten in den Landrover zurück, dann lenkte Erik das Auto in das Rivier. Sofort wurde es von der Strömung gepackt und zur Seite gezogen. Erik schrie »Festhalten!« und ich klammerte mich mit der einen Hand an die Seite des Wagens. Eisig raste die Furcht durch meinen Körper.

Erik steuerte schräg gegen den Strom, gab Gas. Doch das Wasser stieg immer höher um den Landrover herum. Erik begann zu fluchen und mir wurde klar, dass irgendetwas schiefging, dass das doch keine normale Durchquerung werden würde.

Auf einmal schwankte der Wagen auf ganz seltsame Art – und dann begann er, sich langsam um sich selbst zu drehen. Was war denn los? Ach du Scheiße, die Räder hatten keinen Bodenkontakt mehr! Jetzt war das Auto dem Fluss ausgeliefert.

Erik brüllte mir irgendetwas zu, aber ich verstand kein Wort. Ich fühlte mich hilflos wie lange nicht. Was wollte er mir sagen? Sollte ich jetzt schnell herausspringen, versuchen, die restliche Strecke zu schwimmen? Es war nicht weit, höchstens sechs Meter. Und ich war mal Kreismeisterin gewesen, bevor mir das Schnellschwimmen auf den Geist gegangen und ich auf Volleyball umgestiegen war. Aber weder Erik noch Teresa versuchten, das Auto zu verlassen, im Gegenteil, sie hielten sich mit aller Kraft fest. Teresa war kalkweiß, die Haare hingen ihr schweißnass in die Stirn.

Ich überlegte, ob ich die Funkgeräte irgendwie in Sicherheit bringen sollte, damit sie trocken blieben, aber ich bekam keinen klaren Gedanken zustande. Schließlich fand ich im Fußraum eine Plastiktüte, stopfte die Geräte mit zitternden Fingern hinein und knotete die Tüte zu. Dann klammerte ich mich an den Vordersitz und hoffte, dass das irgendeinen Sinn machte.

Es gab einen Ruck und der Landrover neigte sich etwas zur Seite. O verdammt, was war jetzt passiert? Braunes Wasser drang ins Innere, umspülte meine Schienbeine. Es fühlte sich nicht etwa wüstenwarm an, sondern so kalt, als käme es frisch aus dem Kühlschrank. Neben dem Landrover sah ich einen dicken Ast vorbeidriften, mitgerissen von der Macht des Wassers. Wie eine eiserne Faust drückten die Wassermassen gegen den Landrover. Nein, in so starker Strömung hatte kein Mensch eine Chance! Bloß drinbleiben im Wagen.

Teresa hatte das Fenster auf ihrer Seite heruntergekurbelt und zerrte an irgendetwas im Fluss; ich begriff, dass der Wagen an einem Hindernis festhing, einem Ast, der sich im Flussbett verkeilt hatte. Ich muss helfen, dachte ich, aber ich schaffte es nicht, an den Ast heranzukommen. In diesem Moment kippte Teresa hintenüber, in ihrer Hand ein Aststück. Sie hatte es geschafft, das Ding abzuknicken! Auf einmal war der Landrover wieder in Bewegung, wurde von der Gewalt der Wassermassen zwar weiter flussabwärts gedrückt, aber nicht mehr halb überspült.

Zehn, zwanzig Meter weit driftete das Auto – bis das Rivier nicht mehr gerade voranschoss, sondern eine Biegung machte, an einem großen Felsbrocken vorbei. Wieder gab es einen Ruck.

»Ich glaube, das ist eine Sandbank!«, rief Erik. Auf einmal griffen die Räder wieder in den Boden. Der Motor röhrte auf, unglaublich, er war nicht abgesoffen. Ruckend und bockend, zog sich der Landrover am anderen Ufer des Riviers empor. Flusswasser strömte aus ihm heraus und das Wasser sank, bis es nur noch meine Füße umschwappte. Zurück blieb eine glitschige Sand- und Schlammschicht.

Wir stiegen aus, schauten einen Moment lang schweigend zurück auf die Fluten. Meine Beine fühlten sich schwach und zittrig an und meine nassen Shorts klebten unangenehm auf der Haut. Immerhin: Die Funkgeräte waren in ihrer Plastiktüte trocken geblieben.

»Jetzt weiß ich, dass man in einer Wüste ertrinken kann«, sagte ich und versuchte ein Lachen. Es klang eher wie das Gackern einer Hyäne.

»Tja, war keine tolle Idee, da durchzufahren.« Erik hatte die Hände in die Taschen gesteckt und kaute auf einem Grashalm herum. »Zumal meine Schwimmkünste nicht gerade überwältigend sind.«

Ich starrte ihn an. »Du kannst nicht schwimmen und bist trotzdem da rübergefahren?«

Teresa stieß einen Schrei aus und deutete auf etwas im Fluss. Ich sah, dass dort ihr Notizbuch driftete, es musste ihr aus der Tasche gefallen sein. Es hatte sich in einem Ast verhakt, sonst wäre es schon längst weggeschwemmt worden.

»Warte, das kriegen wir«, sagte ich und holte mir einen Zweig, den ich zu einer Art Angel umfunktionieren konnte. Eine Minute später hatte ich das Notizbuch in der Hand. Durchweichte Gesichter schälten sich von der Vorderseite ab, das sah ziemlich gruselig aus. Ich hielt das Büchlein am Rücken, damit das Wasser abtropfen konnte … und dabei sah ich, womit die Seiten gefüllt waren. Ein paar Notizen, aber nicht viele. Vor allem Bleistiftzeichnungen von Jamie Edwards. Mit King, ohne King, im Büro. In der Frontalansicht, im Profil. Fröhlich lachend zusammen mit Teresa.

»Gib das her!«, fauchte Teresa und riss mir das Notizbuch aus der Hand.

Ich wehrte mich nicht, sah sie einfach nur an. »Das war es also«, sagte ich langsam. »Es hat dir nicht gefallen, dass Jamie mich am Anfang so bevorzugt hat, oder? Du warst schon viel länger da, kanntest sie schon viel besser und sie hat mir sofort die gleichen Aufgaben gegeben wie dir.«

»Sie war beeindruckt davon, dass du bei deinem Vater mitgearbeitet hast, aber so toll fand ich das gar nicht«, sagte Teresa und plötzlich war in ihren Augen ein schrecklich gehässiger Ausdruck. »Eigentlich hast du dich eher ungeschickt angestellt, als wir Tila und Okana untersucht haben.«

Damit kam sie bei mir nicht durch. Schon im ersten Jahr in einer Tierarztpraxis hört man aus purem Selbstschutz auf, sich ungeschickt anzustellen, weil man sonst von den Patienten gebissen und vom Chef zur Schnecke gemacht wird. »Und dann hast du angefangen, vor den anderen schlecht über mich zu reden, oder? Gerüchte zu verbreiten, bis die anderen nicht mehr so gut über mich dachten?«

Teresa schwieg, aber auf ihrem Gesicht stand die Wahrheit geschrieben.

»Es hat dir auch nicht gefallen, dass es mit mir und Erik geklappt hat, oder?«, bohrte ich weiter. Ich erinnerte mich an unsere erste Begegnung mit Erik, damals bei der Autopanne. Teresa war dabei gewesen, hatte eine flapsige Bemerkung gemacht, vielleicht hatte sie versucht, mit Erik zu flirten … und er hatte überhaupt nicht reagiert, hatte nur mich angesehen.

»Ich weiß beim besten Willen nicht, was er an dir findet«, sagte Teresa wütend und sah zu Erik hinüber.

Erik blickte mit steinerner Miene zurück. »Kann ich dir bei Gelegenheit gerne erklären. Hast du all das andere auch getan – Anrufe nicht ausgerichtet, ihr den Wecker verstellt, das Eingangstor zum Gehege aufgemacht, ihr den Artikel hingelegt?«

»Ja, ich war das mit dem Artikel«, gab Teresa trotzig zu. »Sie wollte es doch auch wissen. Also habe ich ein bisschen nachgeforscht. Tja, ich war selbst ziemlich entsetzt über das, was ich über dich herausgefunden habe – ich dachte mir, das sollte Lilly wissen.«

»Nur war die Art, wie du es mir mitgeteilt hast, ausgesprochen feige«, sagte ich kühl. »Also, was ist mit dem Gehege? Warst du es oder nicht?«

»Können wir jetzt endlich weiterfahren? Wir haben noch eine wichtige Aufgabe zu erledigen.« Teresa stieg in den Landrover und knallte lautstark die Tür zu.

Ich rührte mich nicht. Erik sich auch nicht.

»Du kannst gerne wieder aussteigen«, meinte er kühl. »Wir fahren erst weiter, wenn du erklärt hast, ob du das mit dem Gehege warst oder nicht.«

»Das war doch absolut keine Katastrophe, Ohani und Elai sind an Menschen gewöhnt!«

Erik schüttelte verständnislos den Kopf und in mir loderte die Wut hoch. Um ein Haar wären bei der ganzen Sache Menschen verletzt worden. Beinahe wäre ich in Ungnade nach Hause geschickt worden. Und Teresa sah nicht mal ein, dass sie ein Unrecht begangen hatte.

»Vielleicht solltest du mal über eine Therapie nachdenken«, schleuderte ich ihr entgegen.

Dann redeten wir kein Wort mehr miteinander.

Das ging sowieso nicht mehr, wir hätten schreien müssen. Denn nun hing eine der mächtigen Gewitterwolken direkt über uns – Regen prasselte so heftig auf den Landrover, dass Erik an den Rand der Pad fahren und anhalten musste, weil auch die Scheibenwischer nichts mehr ausrichten konnten. Wir fühlten uns wie am Grund eines Sees. Blitze und Donner tobten um uns herum, dann bescherte uns der Hagel einen dröhnenden Trommelwirbel auf dem Dach.

»Ist der Regen bei euch immer so?«, schrie ich Erik ins Ohr. »So brutal?«

»Ja. Ganz oder gar nicht«, brüllte er zurück. »Ist es nicht herrlich? Die Regenzeit ist schon vorbei und jetzt so was, das ist ein Geschenk. So was habe ich noch nicht erlebt.« Es tat gut, Erik glücklich zu sehen. Auch wenn ich mir noch immer Sorgen um ihn machte – wie stark waren seine Schmerzen, wie lange würde er überhaupt noch durchhalten?

Schon nach einer Viertelstunde ließ der Regen nach und der Landrover quälte sich mit Vierradantrieb durch die aufgeweichte Pad zum nächsten Dorf. Als ich ausstieg, holte ich tief Atem. Wie gut die Luft roch, reingewaschen und frisch, mit dem schweren Duft nasser Erde.

Eine Frau schritt an uns vorbei, auf dem Kopf balancierte sie einen Korb, der unglaublich groß und schwer aussah.

Ich konnte mir nicht vorstellen, wie man das ohne brutale Kopfschmerzen hinbekam.

»Misses, please!« Schon waren ein paar Kinder zusammengelaufen und streckten bettelnd die Hand aus. Doch Erik schüttelte den Kopf, wechselte in ihre Sprache und redete freundlich mit ihnen. Nach einer Weile winkten sie, er solle ihnen folgen. Erik nahm sich eines der Funkgeräte und verschwand im Labyrinth der Hütten und Zäune.

Teresa und ich hatten uns doch etwas zu sagen. »Wenn wir zurück sind auf Ounene eúlu … dann fände ich es gut, wenn du es Jamie erzählen würdest«, meinte ich. »Oder willst du dann immer noch so tun, als sei eigentlich gar nichts passiert?«

»Du verdirbst mir mein ganzes Jahr hier«, sagte Teresa bitter. Sie war sehr blass. Irgendwie konnte ich verstehen, wie sie sich fühlte. Ihrem Idol beichten zu müssen, was sie getan hatte … das würde wehtun.

Als Erik zurückkam, zeigte er schon von Weitem mit dem Daumen nach oben. »Ich glaube, wir haben einen Anhaltspunkt. Einer der Männer meint, vor Kurzem sei ein Weißer im Ort gewesen, der sich bei einem Freund von ihm erkundigt habe, ob er gegen gutes Geld Geparden lebend fangen könne. Aber sie wurden sich nicht einig und der Weiße ist weitergefahren.«

Mein Puls beschleunigte sich. Immerhin, der Horrortrip zu diesem Dorf hatte sich gelohnt! »Kam der Weiße aus Namibia? War es ein Farmer?«

»Das habe ich natürlich auch gleich gefragt. Es war ein Fremder. Vielleicht sogar aus Deutschland. Er hatte einen Bart und Ohren wie ein Löffelhund, sagte der Mann.«

»Was für Ohren hat denn ein Löffelhund?«, erkundigte ich mich.

Erik grinste. »Riesig große.«

Eine Erinnerung regte sich in mir, schwach und blass. Konnte es sein, dass ich diesen Mann kannte, kennen sollte? Doch je dringender ich auf Auskunft bestand, desto bockiger stellte sich mein Gehirn an.

Hoffentlich kam ich nicht erst darauf, wenn es zu spät war.

DIE SUCHE

»Vermutlich hat er unsere Geparden schon längst nach Südafrika geschmuggelt«, meldete sich Teresa zu Wort. »Nachts von irgendeiner Farm aus, mit einem Privatflugzeug oder mit dem Lastwagen.«

Erik überlegte. »Ja. Kann sein. Hm …«

»Aber du glaubst nicht daran?« Ich klammerte mich auch an die kleinste Hoffnung.

»Es kann sein, dass der Kerl dreist ist«, meinte Erik nachdenklich. »Und dass er die Sache groß aufziehen wollte. Dann ist ihm bestimmt auch der Gedanke gekommen, die Geparden über Windhoek auszufliegen.«

Windhoek. Wir sahen uns gegenseitig an. »Die Chance, dass sie noch dort sind, ist winzig klein«, sagte Teresa.

Ich blickte ihr geradewegs in die Augen. »Ja. Aber willst du diese winzig kleine Chance verschenken?«

»Jedenfalls müssen wir sofort Jamie anrufen, damit sie die Flughäfen vorwarnt!« Teresa griff nach dem Satellitentelefon, um die Neuigkeiten weiterzugeben, aber ich kam ihr zuvor. Das fehlte gerade noch, dass Teresa die Lorbeeren einheimste für das, was Erik herausgefunden hatte.

Nachdem wir unseren Kollegen Bescheid gegeben hatten, blickte ich Erik an. »Jamie hat gesagt, sie hat die Polizei informiert und die lässt die kleineren Flugplätze der Umgebung überprüfen. Sie meint, dass an deiner Theorie was dran sein könnte, Erik; es gab vor ein paar Jahren schon mal einen Fall, bei dem jemand versucht hat, Tiere über Windhoek zu schmuggeln.«

Erik nickte. »Und? Hat sie den Zoll dort schon alarmiert?«

»Ja; außerdem fliegen sie und Louis selbst hin. Sie meint, falls wir ein Flugzeug auftreiben können, sollen wir auch kommen.«

Ich fand, das klang völlig verrückt. Einfach mal schnell ein Flugzeug auftreiben! Aber weder Teresa noch Erik schienen sich darüber zu wundern.

»Na, dann los.« Erik kletterte ins Führerhaus und verzog das Gesicht, als er versuchte, seinen verletzten Arm zu benutzen. Die Blutflecken auf dem Verband waren größer geworden. »Ich glaube, ich weiß schon, wo wir eine Maschine herkriegen.«

Wie sich herausstellte, war eine benachbarte Farm im Besitz einer kleinen Start- und Landebahn mitten im Busch und außerdem einer viersitzigen Cessna. Das hätte uns nur ganz entfernt etwas genützt, wenn die Besitzer besagter Dinge nicht Ben und Lisa McNeill gewesen wären, mit denen Erik – wie sich herausstellte – schon seit Jahren einen schwunghaften Tauschhandel am Laufen hatte. Musik gegen Reparaturarbeiten. Jetzt wusste ich also, woher seine vielen selbst gebrannten CDs kamen.

Natürlich bemerkten die beiden sofort den Verband. »Erik, was ist dir denn passiert?«, fragte die junge Farmerin besorgt und legte den Arm um Eriks Schulter. »Sollen wir dich nicht lieber zum Arzt bringen?«

Einen Moment lang sah es so aus, als wolle Erik nachgeben; auf einmal wirkte er sehr erschöpft und schwach. »Nein, wir müssen dringend nach Windhoek.«

»Eigentlich habe ich ja keine Zeit, euch hinzufliegen …« Ben kratzte sich am Kopf. Dann hellte sich seine Miene auf. »Aber uneigentlich habe ich schon seit längerer Zeit eine Einkaufsliste auf dem Küchentisch liegen, auf der steht, was ich alles aus Windhoek brauche. Darunter eine *Best of* von Patti Smith, die gefällt dir garantiert, Erik. Ach ja, und erwähnte ich schon, dass die Pumpe unseres Brunnens immer wieder so komische Aussetzer hat? Vielleicht könntest du dir das mal ansehen, wenn's dir wieder besser geht.«

»Mach ich«, antwortete Erik grinsend.

Dann konnten wir ihn doch noch überreden, sich einen Moment hinzulegen. Zwischen mir und Lisa McNeill entstand ein kurzes Tauziehen darum, wer Erik verarzten durfte. Ich gewann. Zum Glück fand sich in der Hausapotheke der Farm nicht nur ein frischer Verband, sondern auch ein starkes Schmerzmittel für Erik und eine Tablette gegen Luftkrankheit für mich.

Kurz darauf waren wir in der Luft; unter uns zog das endlose Busch- und Grasland der Savanne vorbei. Stolz zeigte uns Ben seine Herden und drehte ein paar enge Kreise über ihnen, damit wir sie uns auch richtig ansehen konnten. Am liebsten hätte ich ihn angebrüllt, dass wir es eilig hatten und mich seine verdammten Rinder nicht interessierten. Netterweise machte Erik an meiner Stelle den angemessenen Small Talk. Den Rest des Fluges unterhielten sie sich über Musik und zwei Dutzend Bands, die ich nicht kannte und sehr wahrscheinlich nie kennenlernen würde. Flugangst schien Erik keine zu haben, trotz seines Absturzes vor ein paar Jahren.

Ich saß neben Teresa auf den hinteren Sitzen – so nah, dass sich manchmal unsere Arme berührten, innerlich jedoch meilenweit entfernt. Aber ich dachte nicht mehr an ihren Verrat, sondern an Ciska und ihre Jungen. Konnte man sie überhaupt so lange betäuben, wie es für den Flug nach Südafrika und dann nach Gott weiß wohin nötig war? Hoffentlich hatten die Kerle das wenigstens fachgerecht gemacht. Vor ein paar Monaten hatte ich einen Artikel über den Handel mit geschützten Arten gelesen – üble Sache, äußerst übel. Viele der geschmuggelten Tiere starben durch den Stress und die schlechte Versorgung während der Reise. Als ich das las, hatte ich mich aufgeregt, aber erst jetzt traf es mich wirklich. Jetzt steckte ich mittendrin und es fühlte sich fast so an, als wäre es Frodo, der betäubt und hilflos irgendwo im Bauch eines Airbus lag und vielleicht lebend am Ziel ankam oder vielleicht auch nicht.

Mehr dachte ich nicht, dazu war ich nach der schlaflosen Nacht viel zu erschöpft. Meine Augen fielen zu, ich konnte nichts dagegen tun. Als ich aufwachte, diskutierten Erik und Ben gerade miteinander. »Nein, wir wollen nicht auf Windhoek-Eros landen, die großen Frachtflugzeuge fliegen von Hosea Kutako ab.«

»Okay, dann frage ich dort mal um Landeerlaubnis an.«

Kurz darauf schwebten wir auf der riesigen Bahn des

Hosea Kutako Airport ein. Wir mussten etwas abseits parken, um den Jets, die hier ab und zu hereindröhnten, keinen Platz wegzunehmen. Im Moment stand nur einer da, ein weiß-orange bemalter, fensterloser Jet mit der Aufschrift *Cargo Namibia*. Ein Frachtflugzeug. Sofort reckte ich die Nase wie ein Jagdhund, der Witterung aufnimmt. So sahen sie aus, die Flugzeuge, in denen womöglich unsere Geparden weggebracht werden sollten!

Zu Fuß gingen wir über das betonierte Vorfeld zu den Gebäuden, zwischen denen der Kontrollturm emporragte. Ben verabschiedete sich freundlich, um in die Stadt zu fahren, und wir irrten allein durch das kleine Abfertigungsgebäude, in dem sich nur einzelne Menschen befanden; an den abgewetzten Holztresen der Schalter langweilten sich die schwarzen Angestellten und warteten, bis der nächste Jet eintraf. Ein paar Meter weiter wischte eine Putzfrau gerade den Boden, der scharfe Geruch nach Reinigungsmitteln stieg mir in die Nase.

»Ich rufe jetzt mal Jamie an und frage, wo sie gerade ist«, sagte Teresa und zückte ihr Handy, hier in Windhoek hatte man damit wieder Empfang. »Die anderen müssten auch schon da sein.«

In diesem Moment sah ich ihn – den Mann, den wir suchten. Seltsamerweise war mir sofort klar, wen ich vor mir hatte, und ich wusste auch wieder, woher ich ihn kannte. Vielleicht hätte ich es mir nicht gemerkt, wenn er nicht zu der allerersten Touristengruppe gehört hätte, die ich auf Ounene eúlu betreut hatte. Damals, als Dessie zu spät zum Gepardentraining gekommen war und ich die Besucher vorher noch ein wenig herumgeführt hatte.

»Da!«, zischte ich, aber nur Erik reagierte; Teresa telefonierte noch.

»Was?« Erik blickte sich zu mir um.

»Das ist er. Der Mann mit den Ohren. Er muss es sein.« Instinktiv drehte ich mich ein wenig weg, damit der Mann mich nicht ebenfalls erkannte. Bei ihm war eine Frau, sie trug ein gelbes Sommerkleid, das ihre Figur betonte, und eine edle Korallenkette. Sie zog einen kleinen Samsonite-Koffer hinter sich her.

»Jamie sagt, sie verhandelt gerade mit den Zollbeamten wegen einer Durchsuchungserlaubnis für den Frachtbereich«, berichtete Teresa und blickte verdutzt drein, als wir ihr aufgeregt winkten, mit uns zu kommen. Das Ehepaar in mittleren Jahren bewegte sich von uns weg, gleich würde es in einem Gang verschwunden sein.

»Wieso soll es ausgerechnet der sein? Nur weil er abstehende Ohren hat?« Erik wirkte skeptisch.

»Ich habe ihn auf Ounene eúlu gesehen. Erkläre ich euch später!«

Nach und nach wurde mir vieles klar. Zum Beispiel, dass ich tatsächlich schuld war daran, dass unsere Geparden entführt worden waren. Ich spürte, wie mein Magen in die Tiefe sackte bei diesem Gedanken. Ahnungslos hatte ich die Besucher ins Büro geführt, wo sie eigentlich nicht hingehörten, hatte ihnen die Bewegungsprofile der wilden Geparden gezeigt. Und wer genau hinschaute, der sah an der Wand Robs handgeschriebene Liste mit den Frequenzen der Sendehalsbänder. Dann war es keine Kunst mehr gewesen, die Tiere aufzuspüren. Verdammt! Aber woher hätte ich wissen sollen, dass ich es mit Händlern zu tun hatte, mit Tierschmugglern oder wie auch immer man solche Leute nannte? Auf ihren Visitenkarten stand wahrscheinlich »Außenhandelskaufmann« oder irgendein Mist dieser Art. Zu erkennen waren sie eher an ihren goldenen Kreditkarten oder fetten Brieftaschen, denn während gewöhnliche Wilderer vermutlich selber arme Schweine waren, verdienten die Drahtzieher bestimmt ordentlich.

»Wir sollen zum Zollbüro kommen, hat Jamie gesagt«, informierte uns Teresa.

»Sag ihr, wir haben eine Spur gefunden!«, gab ich aufgeregt zurück. Als Teresa immer noch dastand und sich nicht bewegte, marschierte ich einfach los. Hinter dem Ehepaar her. Und zum Glück folgte mir wenigstens Erik.

»Glaubst du, sie würden dich wiedererkennen?«, fragte er in einem unverfänglichen Plauderton, der vermutlich besser war als konspiratives Geflüster.

»Wahrscheinlich schon«, meinte ich. »Insgesamt waren die beiden eine Stunde lang auf der Farm und ich war die ganze Zeit über dabei.«

Das Pärchen strebte dem Ausgang zu. Verdammt! Was war, wenn sie sich jetzt einfach einen Shuttlebus zurück nach Windhoek nahmen, konnten wir ihnen dann weiter folgen? Teresa hatte das Telefon – wenn wir Jamie durchgeben wollten, was wir entdeckt hatten, mussten wir uns von irgendwem ein Handy leihen. Ein kleiner Trost war, dass wir die beiden Funkgeräte noch hatten.

Durch die Fensterfronten fiel mein Blick wieder auf das Frachtflugzeug. Mir dämmerte, dass wir jetzt ein größeres Problem hatten. Wir mussten dem Paar auf der Spur bleiben und gleichzeitig versuchen, die Geparden zu finden, falls sie hier waren. Das bedeutete, wir mussten uns aufteilen. Und das gefiel mir überhaupt nicht. Es war so beruhigend, Erik an meiner Seite zu haben. Aber anders ging es nicht, wenn meine Kollegen nicht bald auftauchten. Nervös sah ich mich um, schaute auf die Uhr, stolperte beinahe über eine Sitzbank und wäre um ein Haar auf dem frisch geputzten Boden ausgerutscht. Zum Glück drehte sich das Pärchen nicht um, sonst hätte es bestimmt viel Spaß an der Slapsticknummer gehabt.

»Kann es sein, dass du ein klein bisschen nervös bist?«, murmelte Erik und hielt meine Hand fest – wahrscheinlich auch, damit ich ihn nicht vor lauter Aufregung umrannte.

»Nervös? Haha, ich doch nicht.« Ich zwang mich dazu, entspannt zu schlendern.

Wo blieb Jamie? War es so schwierig, eine Durchsuchungserlaubnis zu bekommen? Hatte Teresa ihr überhaupt ausgerichtet, was ich gesagt hatte?

Jetzt hielt das Paar an, unterhielt sich gereizt, schließlich schienen die beiden fast zu streiten. Dann änderten sie die Richtung, gingen auf eine Cafeteria zu und setzten sich.

»Na also, Glück gehabt.« Erik tat so, als würde er sich für einen Aushang interessieren, der Safaris durch Etosha und andere Tagestouren anpries. »Mindestens eine Viertelstunde werden sie ja wohl hierbleiben. Kleine Atempause für uns.«

»Warum bleiben die hier? Bedeutet das, dass die Geparden noch auf dem Flughafen sind?«

»Ja nee, vielleicht wollen die beiden wirklich nur Kaffee trinken.«

»Ich würde vorschlagen, du behältst die beiden im Auge

und ich schaue mich auf dem Flughafen um, ob ich irgendeine Spur der Geparden finde.« Ich dachte an den Frachtjet, den ich auf dem Vorfeld gesehen hatte. »Wenn sie mich dabei erwischen, bin ich die arglose deutsche Touristin, die sich verirrt hat.«

Erik sah aus, als wäre ihm diese Aufteilung nicht ganz recht – er war nicht der Typ, der gerne tatenlos irgendwo herumhockte. Aber ihm war klar, dass er als Namibier mit der Touristennummer nicht durchkommen würde. Schließlich sagte er widerstrebend: »Geht in Ordnung. Pass auf dich auf, okay? Wir bleiben in Funkkontakt.«

Ich kritzelte ihm zur Sicherheit noch Jamies Telefonnummer auf einen Etosha-Prospekt, dann küssten wir uns zum Abschied und ich machte mich mit schnellen Schritten auf den Weg. Froh, endlich irgendetwas Richtiges tun zu können. Das Funkgerät war leider zu groß, um es wie ein Handy in eine Hosentasche stecken zu können – ich behielt es in der Hand, wo es langsam glitschig wurde von meinen schwitzigen Handflächen.

Ich verschwendete meine Zeit gar nicht erst in der Abfertigungshalle, sondern ging gleich auf den Eingang zu, durch den wir eben gekommen waren. *Staff only* stand abschreckend darüber. Unbefugte draußen bleiben. Doch die Sicherheitsleute, die dort standen, hatten mich erst vor ein paar Minuten von der anderen Seite durch ebenjene Tür hindurchkommen sehen. Sie erinnerten sich noch an mich, und als ich meinte: »Ich hab was im Flugzeug vergessen …«, winkten sie mich freundlich durch.

Jetzt war ich in den Eingeweiden des Hosea Kutako Airport, dort wo normalerweise nie ein Passagier hinkam.

Spektakulär war es nicht gerade. Ein nüchterner, weiß verputzter Gang mit Türen, die zu geheimnisvollen Dingen wie zum Beispiel AIS/MET führten, was auch immer das war.

Ich drückte auf die Sendetaste des Funkgeräts, flüsterte: »Bis jetzt läuft's prima. Wie sieht's bei dir aus, was machen unsere beiden Schurken?«

»Sie tun sehr unschurkige Dinge. Die Lady zieht sich den Lippenstift nach. Der Kerl tippt auf seinem Smartphone herum.«

Oh, toll. Sie hatten die Technik auf ihrer Seite, wir nicht mal Block und Stift.

Als ich aufs Vorfeld trat, überfiel mich gleißend helles Sonnenlicht, ich musste die Augen zusammenkneifen. Ein warmer Wind, der nach Steppengras und Kerosin roch, fuhr mir in die Haare. Links von mir ragte hundert Meter entfernt der Frachtjet auf, kleine Fahrzeuge wimmelten um seine mannshohen Räder und Männer in Overalls waren damit beschäftigt, durch eine seitliche Klappe im Rumpf die Ladung herauszuholen. Darunter braune Leinensäcke, die vermutlich Post enthielten, und stählerne Container.

Die Frage war nur – wo waren die Behälter, die als Nächstes verladen werden sollten? Ich ging über die weite Betonfläche in die Richtung der Frachthalle, bemühte mich um feste, sichere Schritte. Bloß nicht unsicher wirken. *Ich habe ein Recht, hier zu sein.* Wenn ich das noch hundertmal im Kopf wiederholte, glaubte ich es vielleicht tatsächlich. Doch ich sah, dass einer der Fahrer der Transportfahrzeuge den Kopf wandte, mich bemerkt hatte. Er rief irgendwas, das mit »Misses« aufhörte. Ich hob freundlich grüßend die Hand, ging weiter und war froh, als ich nach ein paar Metern eine graue Metalltür sah.

Ich schlüpfte hindurch und fand mich in einem kleinen, mit Papierstößen vollgestopften Büro wieder, das an die Frachthalle grenzte. An der Tür hing eine Weste mit grünen reflektierenden Streifen, wie sie auch viele der Arbeiter über ihren Overalls trugen. Wunderbar. War mir zwei Nummern zu groß, aber ich war schließlich nicht bei einem Casting. Mit der Weste fühlte ich mich sofort besser, richtig professionell, so als gehörte ich wirklich hierher. Außerdem hatte ich ja noch das Funkgerät, in das ich wichtigtuerisch hineinsprechen konnte. Vielleicht konnte ich als Frachtinspektorin durchgehen, wenn man nicht so genau hinschaute.

Die Frachthalle selbst war eine riesige Höhle voller Echos und vollgestellt mit Containern, die auf Metallpaletten gelagert waren. Durch ein riesiges Rolltor ging es nach draußen. Ratlos stand ich vor Dutzenden von Behältern.

»Jetzt bin ich bei den Containern, aber o Mann, ich habe keine Ahnung, in welches dieser Dinger ich reinschauen soll«, funkte ich Erik an.

»Alle schaffst du auf keinen Fall in der knappen Zeit. Grüble jetzt nicht darüber nach, fang einfach irgendwo an.«

Meine Aufregung verpuffte, auf einmal fühlte ich mich sehr allein und sehr hilflos. Und mir brach der Schweiß aus, wenn ich daran dachte, dass Ciska und ihre Jungen wahrscheinlich in einem dieser Metalldinger waren. In denen konnte man nur zu leicht ersticken, verdursten oder durch Überhitzung sterben.

Leise bewegte ich mich zwischen den Containern durch und hoffte, dass mich niemand bemerkte. Beunruhigt sah ich, dass das Frachtflugzeug schon fast entladen war – viel Zeit hatte ich nicht mehr. Ich versuchte, einen Container zu öffnen, und zerrte verzweifelt an den Metallverriegelungen herum, bis es endlich *klack* machte. Würdevoll wie eine Frachtinspektorin sah ich bei meinen Verrenkungen sicher nicht aus, aber es schien gerade niemand in meine Richtung zu schauen. Ein kurzer Blick ins Innere, aber ohne Taschenlampe konnte ich fast nichts von dem Inhalt erkennen, es war zu dämmrig in der riesigen Frachthalle. Verdammt. Also zurück ins Büro, dort nach einer Lampe suchen und wieder zurück.

Doch ich hatte Pech. Diesmal war ein Angestellter im Büro und telefonierte. Lautlos hastete ich zurück.

Mein Funkgerät knisterte. »Sie zahlen gerade. Hm, ich gehe besser mal ein Stück weiter, damit sie nicht auf mich aufmerksam werden.«

»Gute Idee.« Wie sich herausstellte, waren manche der Behälter spezielle Kühlcontainer, wahrscheinlich wurden darin ganze Rinderhälften exportiert. Mit diesen Dingern brauchte ich mich nicht aufzuhalten. Kein Tierschmuggler von normaler Intelligenz würde riskieren, dass ihm die wertvolle Beute unterwegs erfror. Leider waren immer noch genug normale Container übrig. Ich stemmte mich gegen die Verriegelung, versuchte, wenigstens ein paar der Behälter aufzubekommen. Danach hatte ich ein paar blutige Schrammen mehr und mir außerdem ein paar Mal die Finger eingeklemmt.

»Ist Jamie schon bei dir vorbeigekommen?«, keuchte ich ins Funkgerät.

»Nein. Bei dir?«

»Fehlanzeige.« Verdammt, wieso dauerte das so lange mit der Durchsuchungserlaubnis? Doch ich konnte es mir schon denken. Wahrscheinlich steckte sie gerade im Treibsand der Bürokratie fest, möglicherweise musste sie auch noch die Polizei einschalten, und bis sie allen lang und breit erklärt hatte, was los war, war das Frachtflugzeug längst wieder in der Luft. Ich durfte nicht mehr damit rechnen, dass Hilfe kam.

Ich hörte das Brummen eines Elektromotors, als sich einige der Flughafenwagen näherten, und duckte mich tiefer hinter die Container. Keine gute Idee – die Metallpaletten unter meinen Füßen setzten sich in Bewegung, ich konnte gerade noch rechtzeitig abspringen. O nein, das Beladen hatte begonnen. Etwa zehn der Container waren schon weg und in ein paar Minuten würden auch die restlichen im Bauch des Flugzeugs verschwunden sein!

»Sie gehen zum Ausgang, zu den Taxis und Mietwagenparkplätzen. Verdammt …«

Keine Zeit zu antworten. Ich riss und zerrte an der Verriegelung eines weiteren Behälters. Im Inneren war alles dunkel, ich sah überhaupt nichts. Konnte nur herumtasten. Flache, weiche Dinge waren darin dicht an dicht gestapelt, dem Gefühl und Geruch nach wahrscheinlich Rinderhäute und Schaffelle.

»Lilly? Alles in Ordnung bei dir?«

»Nichts, nichts, ich sehe nicht mal was!« Tränen stiegen mir in die Augen. Es hatte überhaupt keinen Sinn, dass ich weitersuchte, auf diese Art würde ich nie etwas finden. Und unsere Hauptverdächtigen waren dabei, sich erfolgreich aus dem Staub zu machen.

»Es tut mir leid«, funkte Erik niedergeschlagen. »Sie sind weg. Ich hatte nicht genug Geld dabei für ein Taxi. Lilly … vielleicht waren sie ja ganz normale Touristen.«

Ich fühlte mich leer, wie ausgesaugt. Und meinen gewohnten Körper hatte ich anscheinend eingetauscht gegen einen aus Blei. Am liebsten hätte ich mich in irgendeine Ecke auf den Boden gelegt, egal wie staubig, und die Augen geschlossen.

Wir hatten verloren. Standen wieder mit leeren Händen da. Wahrscheinlich waren die Geparden sowieso nicht in dieser Ladung, sondern längst außer Landes. Oder tot. Ich hätte mich nicht so zu beeilen brauchen.

Ich lehnte mich gegen die Wand der Lagerhalle und ließ den Kopf zurücksinken. Nur ganz kurz die Augen zumachen. Ganz kurz nur … Gott, war ich müde …

Hm, nicht gerade der beste Platz zum Ausruhen. Es stank, und zwar nicht nur nach Kerosin, Öl und Reifengummi. Nein, es war eher ein leichter, unangenehmer Hauch von …

Katzenurin!

Ich riss die Augen wieder auf, blickte mich um. In meiner Nähe stand einer der Container. Er sah aus wie alle anderen, verkratztes Stahlblech, das Logo der Fluggesellschaft und einer Spedition darauf. Vielleicht hatte mal der Flughafenkater dagegengepinkelt. Vielleicht aber auch nicht.

»Ich glaube, hier ist was«, funkte ich hastig an Erik und steckte mir das Gerät in den Hosenbund, damit ich beide Hände frei hatte. Beim Entriegeln büßte ich einen weiteren Fingernagel ein. Dann zwängte ich den Arm in den Behälter, begann, Felle beiseitezuschieben, mich hineinzugraben in die weiche Masse. Bis mir meine Fingerspitzen einen Hohlraum meldeten, ich nach einigen Verrenkungen einen Blick erhaschte auf runde dunkle Flecken auf hellem Grund. Ein Gepardenfell. Der Katzengeruch wurde stärker und ich sog ihn ein wie ein edles Parfum. Mir war schwindelig vor Glück.

Über den Tieren war etwas Flaches, Hartes – eine Art Gestell, das wahrscheinlich verhindern sollte, dass die Felle nach unten sackten und die Geparden erstickten. Auch eine Plastikröhre war daran angebracht, die sollte wohl dafür sorgen, dass sie in ihrem Versteck Luft bekamen. Das hieß, ich hatte nicht nur Felle gefunden, sondern auch die Tiere dazu. Halleluja!

Ich sah und hörte nichts mehr um mich herum, warf wie besessen Felle und Häute beiseite und aus dem Container, bis sie einen weichen Berg auf dem Boden bildeten.

Ich hatte noch keine Ahnung, wie ich die Geparden herausziehen sollte, aber irgendwie würde es schon gehen.

»Hey! What are you doing there?« Jemand schrie mich an. Ich wandte mich kurz um – es war der Fahrer eines Transporters, er war gekommen, um die Container zu holen.

»Help!«, brüllte ich zurück. *»Help me to get them out!«*

Er schimpfte weiter, hörte mir gar nicht zu. Aber mehr und mehr Arbeiter liefen zusammen, angelockt von dem Aufruhr, und dann machte sich tatsächlich mal jemand die Mühe nachzuschauen, wonach ich da im Container scharrte. Auf einmal war alles kein Problem mehr. Kräftige Arme warfen die Felle bündelweise auf den Betonboden. Jemand lief Werkzeug holen und stemmte das Holzgestell über den Raubkatzen weg, mit einem trockenen Krachen und Splittern gab es nach. Einer der Männer half mir, den schlaffen Körper des ersten Geparden herauszuheben und vorsichtig auf den Boden zu legen.

Es war ein Weibchen. Sehr wahrscheinlich Ciska. Ihr Fell wirkte zerzaust und stumpf und ihre Flanken waren eingefallen. Sorgen machte mir auch, wie trocken ihr Maul sich anfühlte und wie flach ihr Atem ging. Sah so aus, als sei sie schon lange betäubt. Sie brauchte dringend eine Infusion und ein Gegenmittel gegen das Narkotikum. Aber sie lebte!

»Wohin kann ich sie bringen?«, fragte ich und jemand deutete in den hinteren Teil der Frachthalle. Vorsichtig schob ich die Arme unter Ciskas großen, schlanken Körper, versuchte, ihn anzuheben. Die Gepardin war so leicht, dass ich sie alleine tragen konnte, obwohl ihre Pfoten bis zu meinen Knien herunterhingen – und dann half mir endlich jemand und packte mit an.

Wir trugen Ciska in einen angenehm kühlen Abstellraum hinter der Frachthalle und betteten sie auf eine Decke. Ich zeigte einem der Männer, wie er mit etwas Wasser ihr Maul befeuchten sollte. Als ich zurückkam, hatten die anderen Arbeiter schon die Jungen aus dem Container herausgeholt, sie lagen bewegungslos nebeneinander auf dem Betonboden. Es war ein Anblick, der einem das Herz brechen konnte, aber alle drei lebten. Ob sie wohl in einem Zoo gelandet wären? Oder bei irgendeinem reichen Inder oder Saudi, der sich mit einem exotischen Haus- und Jagdtier schmücken wollte, wie schon seit dem Mittelalter die Maharadschas Indiens? Nein, in die Wildnis gehörten sie und nirgendwohin sonst.

Als Letztes wollten wir Maharero holen. Doch als ich ihn berührte, spürte ich, wie anders sich sein Körper anfühlte. Kühler, härter irgendwie als der der anderen Tiere. O nein. Voller böser Vorahnungen tastete ich nach einem Puls, legte die Hand auf seinen Brustkorb und hielt das Gesicht vor sein Maul, um vielleicht einen Atemhauch zu spüren. Nichts! Er hatte die Strapazen nicht überlebt. Zu spät. Wir waren zu spät gekommen. Noch war ich viel zu aufgeregt, um zu trauern.

Zu meiner Überraschung kamen aus dem Container zwei weitere Geparden, noch nicht ausgewachsene Männchen, zum Vorschein. Anscheinend waren sie aus der Wildnis gefangen worden, ihre Pfoten waren aufgescheuert und wund. Außerdem zogen wir noch einen Serval – eine Wildkatze – und einen Wildhund – eines der seltensten Säugetiere Afrikas – aus dem Container. Was für ein Fang!

»Wir haben sie«, gab ich Erik jubelnd durch, aber ich hatte nicht mal Zeit, auf seine Antwort zu warten. Inzwischen war ein Aufseher herbeigeeilt, aufgeregt sprach er in sein eigenes Funkgerät. Auch ich redete nonstop, versuchte drei verschiedenen Leuten gleichzeitig zu erklären, wer zum Teufel ich war, was ich hier in der Frachthalle zu suchen hatte, woher einige der Geparden stammten. Zum Glück sprach der Aufseher gutes Englisch, erklärte sich bereit, den Zoll zu verständigen und zu fragen, ob Jamie noch dort war. War sie und versprach, sofort zu kommen.

Als ich ein singendes Dröhnen hörte, hob ich kurz den Kopf. Der Cargojet hatte seine Triebwerke angelassen. Majestätisch langsam rollte er davon und donnerte kurz darauf die Startbahn hinunter, reckte die stumpfe Schnauze nach oben und schien sich abzustoßen von der Erde, um in den Himmel davonzueilen.

Ohne den verdächtigen Container an Bord.

Ohne unsere Geparden.

Keuchend trafen Jamie und Louis ein, sie mussten den ganzen Weg gerannt sein. Wir begrüßten uns nur kurz, dann knieten die beiden neben den Geparden nieder, untersuchten sie und trugen sie zu Ciska in den Abstellraum.

Auf einmal war Erik neben mir. Ich fiel ihm um den Hals und küsste ihn ab. Er lachte über das ganze Gesicht und küsste mich zurück. »Nur schade, dass uns das seltsame Pärchen durch die Lappen gegangen ist«, seufzte ich.

»Wieso durch die Lappen?«, sagte er. »Für wie dumm hältst du mich? Ich habe mir natürlich ihre Autonummer gemerkt.«

Und so kam es, dass Erik, Jamie und ich noch am selben Tag auf einer Polizeiwache in Windhoek saßen und über ein verspiegeltes Fenster zusahen, wie sich zwei Menschen in einem Verhörraum sehr, sehr unwohl fühlten. Der Mann besaß einen Pass auf den Namen Johannes Willmsen, hatte Betriebswirtschaftslehre studiert und war offiziell selbstständiger Handelsvertreter für eine kleine Firma, die Schrauben herstellte. Seine Begleiterin Julia Kaets hatte als Beruf »Fremdsprachensekretärin« angegeben.

Willmsen fixierte sein Gegenüber mit einem kühlen Blick durch die randlose Brille und gab sich wortkarg. Als er auf die Uhr sah, bemerkte ich, dass seine Fingernägel abgekaut waren. Anscheinend hatte er ein Problem mit Stress, der Arme. Julia Kaets dagegen wirkte charmant und beherrscht, sie verzog den Mund zu einem professionell wirkenden Lächeln. »Ja, natürlich waren wir auf dieser Gepardenfarm. Das wurde in unserem Reiseführer empfohlen. Nein, ich kann mich nicht mehr genau daran erinnern, was wir dort alles gesehen haben.«

»Wo waren Sie in den Tagen danach?«

»Wir haben auf einer Lodge gewohnt und uns die Gegend angesehen«, sagte Willmsen kurz. »Wenn Sie die Adresse brauchen, schreibe ich sie Ihnen auf. Obwohl mir nicht klar ist, was Ihnen das bringen sollte.«

»Darf ich fragen, warum Sie heute auf dem Flughafen waren, obwohl Sie gar keine Flugtickets hatten?«

»Wir wollten eine Freundin abholen«, erklärte Julia Kaets unbeschwert.

»Und, hat das geklappt?«

»Nein, sie ist nicht gekommen, sie hat überraschend einen anderen Flug genommen.«

»Welchen denn?«

»Aus dem Kopf weiß ich das natürlich nicht.« Julia Kaets lächelte wieder.

»Haben Sie in einem Dorf gefragt, ob jemand lebende Geparden für Sie fangen kann?«

»Natürlich nicht. Warum sollten wir das tun? Wir machen hier Urlaub, was sollen wir denn mit lebenden Geparden?«

»Wenn Sie erlauben, würde ich jetzt gerne meinen Anwalt anrufen«, sagte Johannes Willmsen mit eisiger Höflichkeit.

Eine Stunde später wechselte sich der Polizist, der das Verhör leitete, mit einem Kollegen ab und nahm uns beiseite. »Falls diese beiden tatsächlich die Täter sind, wird es nicht leicht werden, sie zu überführen. Es liegt kein internationaler Haftbefehl gegen sie vor, obwohl Frau Kaets wegen Betruges vorbestraft ist.«

Erik, Jamie und ich sahen uns an. Betrug. Ja, das passte. Vielleicht hatten wir ja tatsächlich die Richtigen im Visier.

»Die Täter haben die illegale Fracht über einen Strohmann und eine Briefkastenfirma abgewickelt«, fuhr der Polizist fort. »Auch bei der Verschiffung der Tiere haben sie sich nicht die Finger schmutzig gemacht, dabei hatten sie sicher Komplizen auf dem Flughafen. Unsere einzige Chance wird sein, diese Komplizen zu finden. Und vielleicht erkennt euer Kontaktmann die Leute wieder, die wollten, dass er für sie Geparden fängt. Keine Sorge, wir bleiben dran.«

ENDLICH FREI

Wir kehrten zurück in ein verwandeltes Land. Ein Land, das aufgeatmet hatte und zu neuem Leben erwacht war. Mir kam es wie ein Wunder vor, dass der kurze heftige Regen dafür genügt hatte. Wo das Wasser den Boden berührt hatte, war innerhalb eines einzigen Tages zartes hellgrünes Gras emporgeschossen – es lockte ganze Herden von Springböcken und Zebras an. Im Busch blühten auf einmal Blumen, ungewohnte Farbtupfer auf dem Sand, und Schwärme von Tauben kamen in der Dämmerung auf sanften Flügeln, um aus den Pfützen zu trinken. In den Nächten gaben Frösche ein lautstarkes Konzert – monatelang hatten sie im Boden versteckt auf Regen gewartet, jetzt konnten sie endlich herauskommen und sich paaren.

Das war die Welt, in die wir Ciska und ihre Kinder zurückbrachten. Schon auf dem Jeep rumorte die Gepardin in ihrer Transportkiste, fauchte und schlug mit den Vorderpfoten auf den Boden. Ihre Kleinen zirpten um die Wette. Jamie, Rob, Joseph und ich schauten uns glücklich an. Wie schön, dass sie sich so gut von den Strapazen erholt hatten.

Erik und ich halfen meinen Kollegen, die Kiste mit den Geparden vom Jeep zu heben und auf den Sandboden zu platzieren. Dann kam der große Moment. Mir wurde die Ehre zuteil, mich oben auf die Kiste zu stellen und die Klappe hochziehen. »Äh, und ihr seid sicher, dass sie mich hier nicht anspringt? Sie wird stinksauer sein, wenn sie da rauskommt.«

»Ja schon, aber sie wird nicht auf die Idee kommen, zu dir hochzuklettern«, meinte Rob heiter. Er selbst hatte sich auf der Ladefläche des Jeeps in Sicherheit gebracht.

»Wer weiß? Osili versucht auch ständig, aufs Auto zu springen.«

»Das macht er aber nur, weil dort sein Futter ist.«

»Los, zieh die Klappe hoch, Lilly!« Jamie hielt vom Jeep aus die Kamera bereit.

»Ja doch, ja doch«, sagte ich und mühte mich mit dem Holzteil ab. Aus der Kiste drang Fauchen. Mit einem Ruck zog ich die Holzklappe hoch. Einen Moment lang rührte sich in der Kiste gar nichts. Dann schoss die große gefleckte Katze heraus, blickte sich mit zurückgekniffenen Ohren um und duckte sich halb auf den Boden. Wir schwiegen und bewegten uns nicht, um die Gepardin nicht zu irritieren, nur Jamies Kamera klickte.

Den Moment, als Ciska begriff, dass sie wieder frei war, würde ich nie vergessen. Ein Zittern durchlief ihren ganzen Körper, sie richtete sich zu voller Größe auf, hob den Kopf und witterte. Sog die Luft ihrer neuen alten Heimat ein. Sie drehte sich noch einmal zu ihren Jungen um, rief sie zu sich. Dann lief sie los, in einem leichtfüßigen Trab, um den jeder Langstreckenläufer sie beneidet hätte; sie schien förmlich über dem Boden zu schweben. Die Kleinen hasteten hinterher. Als Ciska fünfzig Meter entfernt war, hielt sie noch einmal an und blickte kurz zurück zu uns Menschen und unserem Auto. Dann verschmolzen sie und ihre Kinder mit der Savanne und waren verschwunden.

Jamie legte die Kamera weg. Sie lachte über das ganze Gesicht. »Alles noch mal gut gegangen«, sagte sie und sah mich an und Erik. »Dank euch.«

Dann ging es zurück in den Jeep, wir waren nämlich noch längst nicht fertig. Eine zweite Kiste stand noch auf der Ladefläche. Nach einer Stunde Fahrt waren wir da. In Omuendas neuem Lebensraum.

»In diesem Schutzgebiet gibt's zu wenige Raubtiere, das heißt, er wird hier ein freies Revier vorfinden«, erklärte Jamie. »Mit genug Wild, sodass er sich ernähren kann, ohne Ärger zu bekommen.«

Diesmal war es Erik, der die Klappe hochziehen und den Geparden freilassen durfte. Doch auch er zögerte. »Ist er auch wirklich wieder ganz gesund?«

»Nicht nur das, er hat sich bei uns richtig gut durchgefressen«, versicherte ihm Jamie. »Außerdem haben wir ihn geimpft.«

Es war Erik, der noch nicht wieder ganz gesund war, er konnte seinen linken Arm kaum gebrauchen. Doch er schaffte es, die Klappe hochzuziehen, und sobald Omuenda die Freiheit witterte, preschte er auch schon davon, geradewegs ins Dickicht hinein. Ob er noch die Worte hörte, die Erik ihm hinterherrief? »Gute Reise, Wanderer«, übersetzte mir Joseph leise und lächelte in sich hinein.

»Na, was meinst du? Er gehört nicht zu den Nachbarn, die uns verhexen würden, oder?«, fragte ich Joseph.

»Erik? Nee, nee. Hätt ich dir auch vorher sagen können,

Meisje. In Ordnung ist der. Und wenn der jemals wieder einen Geparden schießt, fress ich meinen Hut.«

Erik hatte alles gehört und in seinen bernsteinfarbenen Augen saß der Schalk. »Das speckige Ding da? An dem verdirbst du dir nur den Magen. Nimm lieber meinen.«

Am Abend wurde auf Ounene eúlu gefeiert. Alle waren eingeladen, das Personal der Cheetah Foundation und sämtliche Arbeiter, alle Farmer der Umgebung und die Leute aus den Siedlungen. Es gab ein Braai und in dem schwarzen Topf über dem Lagerfeuer schmorte ein Potjie aus Rind, Kartoffeln, Karotten, Zwiebeln und Sellerie. Wie Dessie mir erzählte, war das ein jahrhundertealtes Rezept, das von den holländischen Siedlern in Afrika – den Buren – stammte.

Von Friedrichshöhe war nicht nur Erik gekommen, sondern auch Albrecht Sartorius, Maike und Elias. Sie standen in einem kleinen Grüppchen eng beieinander, unterhielten sich leise. Erik und ich gingen auf sie zu … aber Jamie kam uns zuvor und streckte Eriks Vater mit einem breiten Lächeln die Hand hin. »Herr Sartorius, Sie können stolz auf Ihren Sohn sein. Er hat uns enorm geholfen.«

Albrecht Sartorius zögerte einen Moment lang, fast ungläubig wirkte er, dann nahm er die angebotene Hand und tauschte einen festen Händedruck mit Jamie. Ein langsames Lächeln, das tief von innen kam, breitete sich auf seinem Gesicht aus. »Ich danke Ihnen. Nicht jeder denkt so gut von ihm, aber es ist schön, dass er neue Freunde gefunden hat.«

Jamie winkte ab. »Wir wissen doch beide, dass dieser Prozess eine Farce war. Die Anwälte hätten dieses norwegische Mädchen von Anfang an ins Kreuzverhör nehmen sollen, dann wäre es gar nicht erst zu einer Anklage gekommen.«

»Denke ich auch.« Albrecht Sartorius nickte.

»Ach ja, wir haben es uns überlegt, wir hätten für unsere Ziegenherde gerne einen Ihrer Anatolians«, ergänzte Erik mit fester Stimme. Albrecht Sartorius blickte ihn kurz von der Seite an, dann seufzte er und nickte.

Wenn Jamie überrascht war, ließ sie es sich nicht anmerken. »Prima. Die Welpen sind schon nächste Woche so weit. Vielleicht kann Lilly euch dann einen vorbeibringen.« Sie zwinkerte mir zu und ich wusste, dass von einer Warteliste diesmal nicht die Rede sein würde.

»Das ist eine gute Idee«, sagte Erik, legte den Arm um mich und strahlte mich an. Was niemanden zu stören schien, nicht mal Albrecht Sartorius. Das Glück schlich sich auf Samtpfoten zurück in mein Herz. Wir suchten uns eine etwas ruhigere Ecke und küssten uns ausgiebig. Und es fühlte sich anders an als vorher – etwas war verschwunden, eine unsichtbare Mauer zwischen uns. Die Last der Geheimnisse. Frei und unbeschwert fühlten sich diese Küsse an.

Eine halbe Stunde später sichtete ich Eriks Vater noch einmal in der Menge. Er hatte sich ein Bier geholt und trank hin und wieder einen Schluck aus der Flasche. Locker und breitbeinig stand er da und strahlte Zufriedenheit aus. Gerade plauderte er mit Rob und ich traute meinen Ohren kaum, als ich die beiden lachen hörte.

Auch ein paar Meter weiter, in dem Pulk von Nachbarn und Kollegen, der sich um den Potjie scharte, war die Stimmung prächtig. Ich sah, wie Erik und Elias sich leise unterhielten, dann lachte Erik plötzlich laut auf und schlug

Elias auf die Schulter. Sie schüttelten sich die Hände und die ganze Zeit über grinste Elias breit. Na, was hatten die denn ausgeheckt?

Aber ich ging nicht zu ihnen, sondern zu Maike. Sie hatte sich auf einen Stein gehockt und teilte gerade ihr Essen mit Flix. Als ich mich zu ihr setzte, schaute sie mich aus großen Augen an und lächelte dann ganz vorsichtig.

»Stell dir vor, ich war noch nie hier, obwohl es nebenan ist«, meinte sie. »Das ist ja eine richtig große Farm, noch größer als Friedrichshöhe, oder?«

»Ich glaube schon. Und es gibt auch immer viel zu tun, so wie bei euch.« Ich entschied mich, ein klein wenig nachzubohren. »Neulich hat Erik ja sogar abends einen Anruf bekommen, dass ihr ihn auf der Farm braucht …«

Maike verzog den Mund. »Das war ich. Ich habe ihm was von einem schrecklichen Albtraum erzählt und sagte, ich hätte jetzt Angst vor dem Einschlafen. Und weil er versprochen hatte, immer für mich da zu sein, musste er heimkommen. Tut mir echt leid. Damals, äh, mochte ich dich noch nicht so richtig.«

»Ich weiß – aber warum eigentlich?«

Maike schwieg einen Moment lang. Flix wartete geduldig, begriff dann, dass von ihr vorerst keine Leckereien mehr kommen würden, und machte sich auf Erkundungstour in Richtung Grill. »Na ja, wegen Erik. Ich dachte, du würdest ihm vielleicht wehtun.«

Habe ich auch, dachte ich. Wir haben uns gegenseitig wehgetan, aber wir haben es überstanden und wir lieben uns immer noch. »Es ist schwer ohne deine Mutter, oder? Erik ist alles, was du hast.«

Maike nickte und drehte das Gesicht weg. Einen Moment lang sagte keine von uns etwas, dann meinte sie: »Ich weiß, dass er so oder so nicht mehr lange auf der Farm sein wird. Er will ja studieren.«

»Dann kommst du ihn immer mal wieder besuchen und er dich, okay?«

Jetzt hatte Maike Tränen in den Augen. Ich nahm sie in die Arme, sie schmiegte sich an mich und einen Moment lang wollte ich nichts mehr als sie beschützen, so wie Erik es immer getan hatte. Aber das ging nicht, nur ihre Freundin konnte ich sein, jetzt und hier und später einmal aus der Ferne.

Schließlich richtete Maike sich auf. »Vielleicht sollte ich wieder in die Schule gehen. So wie früher. Dann finde ich vielleicht auch neue Freundinnen und mein Leben wird ein bisschen lustiger.«

Da wusste ich, dass Maike auf dem richtigen Weg war.

Ich erfuhr so vieles an diesem Abend. Dass es Elias nach langen Verhandlungen geschafft hatte, mit ein paar Freunden eine Farm von der Regierung zu pachten. Dass Rob davon träumte, einmal Fallschirm springen zu gehen. Dass Karla ein halbes Jahr mit den San, den Buschleuten, in der Wüste gelebt hatte. Dass das Foto auf ihrem Schreibtisch ihren Bruder Jeremy zeigte, der in die USA ausgewandert war; sie hatte ihn schon seit Jahren nicht mehr gesehen. Dass Louis beinahe Priester geworden wäre, bevor er sich für die Tiermedizin entschieden hatte. Dass Dessie vielleicht bald heiraten würde, weil ein junger Mann offiziell Interesse an ihr signalisiert hatte. »Wenn beide Familien zustimmen, dann fängt ein Austausch von Geschenken an, das wird teuer«, meinte Dessie und verzog das Gesicht. »Aber ich mag Henry wirklich, ihn zu heiraten, wäre keine schlechte Sache!«

Ich beglückwünschte und umarmte sie, war aber leicht besorgt. »Aber du könntest doch weiterhin hier arbeiten, oder? Oder ziehst du dann in den Norden?«

»Keine Sorge, er wohnt in Okahandja, das ist nicht weit weg.«

Ich erfuhr auch, warum Teresa nicht mitfeierte. »Wo ist sie eigentlich, kommt sie erst später?«, fragte ich Jamie Edwards, die gerade an einem Steak herumsäbelte.

»Nein, Lilly. Sie ist abgereist. Joseph hat sie nach Windhoek gefahren, morgen früh geht ihr Flug.«

»Oh«, sagte ich überrumpelt. Sie musste ihre Sachen aus der Hütte geholt haben, als ich gerade nicht da gewesen war. So schnell hatte sich das Blatt gewendet! Noch vor ein paar Tagen war ich diejenige gewesen, die beinahe zurückgeflogen wäre.

Ich sah Jamie an und fragte mich, was Teresa erzählt hatte. Ob sie überhaupt etwas erzählt hatte und wenn ja, wie viel.

»Sie hat behauptet, dass ihre Mutter krank ist und sie so schnell wie möglich zurückmuss in die USA.« Jamie stellte ihren Teller beiseite. »Aber es klang irgendwie seltsam und ich habe so lange nachgefragt, bis sie mir die Wahrheit gesagt hat. Dass sie schuld war an einigen dieser Zwischenfälle. Ich war … ziemlich überrascht.« Auf einmal wirkte Jamie verlegen. »Wir müssen uns bei dir entschuldigen, Lilly. Jeder wird es erfahren, noch heute Abend.«

Ich freute mich und gleichzeitig schickte ich Teresa düstere Gedanken hinterher. Bis zuletzt hatte sie versucht, alles zu verschweigen. Immerhin, zum Schluss hatte sie wenigstens nicht mehr gelogen.

»Ich kann mir auch nicht erklären, warum sie das alles getan hat«, sagte Jamie. »Ich glaube, sie ist ein Typ Mensch, der alles in sich hineinfrisst, der nicht ansprechen kann, wenn ihn etwas stört. So etwas kann gefährlich werden, weil dann irgendwann alles herausbricht.«

Das klang wie ein Spruch meiner Mutter. Und stimmte vielleicht sogar. Egal. Es war vorbei. Teresa war weg. Jetzt war ich wieder voll und ganz allein dafür verantwortlich, wenn um mich herum etwas schiefging. Ich war heilfroh, dass niemand zu ahnen schien, dass ausgerechnet ich die Tierschmuggler auf Ciskas Spur gebracht hatte. Oder vielleicht hatten meine Kollegen auch netterweise beschlossen, es zu vergessen.

»Äh, könntest du dich vielleicht wieder um Okana und Tila kümmern?«, meinte Jamie. »Das wäre ganz wunderbar, dann können sich die beiden langsam an Karla gewöhnen.«

»Aber klar doch«, antwortete ich und Jamie sagte: »Willkommen zurück im Team.«

Wir lächelten uns an und ich ahnte, dass meine restliche Zeit mit den Geparden der reine Genuss werden würde. Und so war es.

Auch Sofia ging es wieder gut. Ihre Undercoveraktion hatte geklappt, im Jeansgeschäft hatte sie niemand erkannt.

> die haben bestimmt augen gemacht, als sie plötzlich eine hose mehr im laden hatten als vorher. vor

allem eine hose, die nach ihrem aufenthalt in der gartenhütte nicht mehr ganz taufrisch aussah. na ja, egal, jedenfalls muss ich mir keine gedanken mehr machen, und das ist mir auch lieber so. hey, ich vermisse dich, gut dass du jetzt bald wieder zurückkommst!!!

Ich will nicht erzählen, wie schwer es war, Abschied zu nehmen. Im Tränenzählen war ich noch nie gut. Stattdessen berichte ich lieber, wie ich ein halbes Jahr später auf dem Frankfurter Flughafen stand, vor einem Gate, aus dem ein endloser Strom übermüdeter, zerknitterter Touristen quoll. Wie endlich auch er herauskam, mit langen Schritten; über seiner Schulter ein khakifarbener Seesack, in seiner Hand ein Kunststoffkasten.

Als Erik mich sah, ging auf seinem Gesicht die Sonne auf. »Lilly!«, rief er. Ich rannte ihm entgegen, der Seesack polterte auf den Boden und dann umarmten wir uns, so fest wir konnten.

»Ich hab dir was mitgebracht«, sagte er schließlich und hob vorsichtig den Kasten hoch. Wie sich herausstellte, war es ein Reisekäfig und durch das Gitter sah ich ein verdutztes orange gestreiftes Gesicht herauslugen. He, dieses Kätzchen kannte ich doch! Es hatte sich damals vor Flix auf meine Schulter gerettet.

»Ja nee, ich weiß auch nicht – die Kleine wollte unbedingt mit«, sagte Erik und lächelte. Ich streckte den Finger durchs Gitter, um meine neue Katze hinter dem Ohr zu kraulen, und sie schnurrte mich an. Sie brauchte nicht mal eine Minute, um sich einen Platz in meinem Herzen zu erobern. Einen Platz gleich neben den Erinnerungen an Frodo, die jetzt nicht mehr ganz so wehtaten.

Ich wollte wieder einen Namen aus dem »Herrn der Ringe« aussuchen, aber zu einem Kätzchen aus Afrika passte nur ein afrikanischer Name. Also ließ ich mich von Erik beraten und taufte die Kleine schließlich auf den Namen *Emona*. Jeder, der Osikuanjama spricht, weiß natürlich sofort, was das heißt.

Es ist das Wort für »Schatz«.

EPILOG

Die Dunkelheit roch nach Holz. Nur durch wenige Ritzen in der Kiste konnte der Wanderer sehen, was vorging. Die Angst zog sein Herz zusammen und er fauchte hilflos. Was geschah jetzt, wo war er? Als Licht hineinflutete und sich ein Fluchtweg auftat, zögerte er nicht, sondern rannte, so schnell er konnte.

Furchterregend war es gewesen, bei den Menschen zu sein, aber sie hatten ihm Beute gebracht und das glich aus, dass sie so seltsam rochen und ihm viel zu nah kamen. Es war ihm zwar gelungen, sie zu unterscheiden, aber seine Aufmerksamkeit erregt hatten nur wenige von ihnen. Dieser Mann, dessen Haare die gelbliche Farbe von Wintergras hatten. Es fühlte sich an, als wäre der Wanderer ihm früher schon einmal begegnet, irgendwo im Busch, als einer der seinen. Und diese Frau, die von einem Männchen seiner eigenen Art begleitet wurde ... sie beherrschte seine Sprache und schien immer zu wissen, was er dachte. Sie war seine Hoffnung auf Freiheit gewesen.

Wiedersehen wollte er sie trotzdem nicht. Jetzt war seine Pfote geheilt, der Schmerz in seinem Körper war weg und der Hunger auch. Stark und frei fühlte er sich. Bereit, dieses neue, fremde Revier in Augenschein zu nehmen. Es roch gut, nach warmer Erde und Gras und Beute.

Leichtfüßig machte sich der Wanderer auf den Weg.

Danksagung

Personen und Geparden dieses Romans sind erfunden, aber es gibt tatsächlich Organisationen, die sich für den Schutz der Geparden in Namibia engagieren – beispielsweise den Cheetah Conservation Fund CCF (www.cheetah.org). Von dessen Chefin Laurie Marker stammt die Idee, Schaf- und Ziegenherden durch Hütehunde vor wilden Geparden zu schützen. Ein herzliches Dankeschön an den CCF und speziell Patricia Tricorache für die Unterstützung und die vielen Informationen. Übrigens: Beim CCF kann man tatsächlich ein Praktikum machen.

Bei Livia Pack und Christin Lange (seit ihrer Heirat Christin Zingelmann), früher beschäftigt bei Pack Safari, Windhoek (www.packsafari.com) bedanke ich mich für die vielen wertvollen Auskünfte über Namibia. Eine Gegenleserin wie Christin zu finden, die über ein beeindruckendes Wissen über ihr neues Heimatland verfügt, war ein absoluter Glücksfall. Dr. Ludger Schneider-Störmann danke ich für seine faszinierenden Namibia-Geschichten und Fotos, Rita Steiniger für ihre wertvollen Infos und Anton Theart, Airport Manager des Hosea Kutako Airport, für die Auskünfte.

Mein Mann Christian versicherte mir, dass die Geschichte nicht so schrecklich geworden war, wie es mir manchmal vorkam, Isabel Abedi gab mir wichtige Tipps zur Love-Story. Auch Beatrix Mannel, Jana Henck, Sonja, Nadja Schüpbach und Johanna »Jojo« Ries halfen mir sehr durch ihr Feedback. Und meine Lektorin Joanna Storm unterstützte mich wunderbar.

Darüber, dass der Roman bei Arena neu herauskommen konnte, habe ich mich sehr gefreut. Dafür und für die tolle Zusammenarbeit ein großes Dankeschön an Nikoletta Enzmann von Arena.

Weitere Infos über mich und meine Bücher auf
www.katja-brandis.de

Katja Brandis
Woodwalkers

Carags Verwandlung

Halb Mensch, halb Berglöwe, ist Carag in der Wildnis der Rocky Mountains aufgewachsen. Seine Neugierde, das Leben als Mensch kennen zu lernen, entzweit ihn jedoch mit seiner Berglöwen-Familie und bringt ihn in große Gefahr. Erst als der junge Gestaltwandler von der Clearwater High erfährt, einem geheimen Internat für Woodwalker wie ihn, verspürt er ein Gefühl von Heimat. In Holly, einem frechen Rothörnchen, und Brandon, einem schüchternen Bison, findet er Freunde. Und die kann Carag gut gebrauchen – denn die Welt der Woodwalker steckt voller Rätsel und Gefahren ...

Arena

Auch als E-Book und
als Hörbuch bei
Arena audio erhältlich

Band 1
296 Seiten • Kartoniert
ISBN 978-3-401-51148-1
www.arena-verlag.de

Katja Brandis

Khyona

Im Bann des Silberfalken

Der Islandurlaub mit ihrer neuen Patchworkfamilie ist genauso anstrengend wie Kari sich das vorgestellt hat. Doch als ihr ein silberner Falke begegnet und sie ins Reich Isslar gebracht wird, verändert sich alles. Ehe Kari sich versieht, steckt sie mitten in einer magischen Welt voller Trolle, Eisdrachen und Elfen, in der Geysire über das Schicksal entscheiden.

Band 1
480 Seiten • Gebunden
ISBN 978-3-401-60366-7
Auch als E-Book erhältlich

Die Macht der Eisdrachen

Ein Jahr ist vergangen, seitdem Kari das magische Isslar mit seinen Eisdrachen, Elfen und Vulkanen zurückgelassen hat. Doch die Sehnsucht nach Andrik und die Ungewissheit darüber, wer sie ist, lassen Kari nicht los und treiben sie zurück nach Island. Doch kaum ist Kari durch das Grüne Tor nach Isslar getreten, gerät sie in einen Strudel aus Machtspielen und Intrigen.

Arena

Band 2
480 Seiten • Gebunden
ISBN 978-3-401-60487-9
www.arena-verlag.de